月似当年，

人似当年否？

丰子恺

自 述

丰子恺 著/绘 钟桂松 编

上海三联书店

目录

石门湾记忆

忆儿时

一

我回忆儿时，有三件不能忘却的事。

第一件是养蚕。那是我五六岁时我祖母在日的事。我祖母是一个豪爽而善于享乐的人，良辰佳节不肯轻轻放过。养蚕也每年大规模地举行。其实，我长大后才晓得，祖母的养蚕并非专为图利，叶贵的年头常要蚀本，然而她喜欢这暮春的点缀，故每年大规模地举行。我所喜欢的，最初是蚕落地铺。那时我们的三开间的厅上、地上统是蚕，架着经纬的跳板，以便通行及饲叶。蒋五伯挑了担到地里去采叶，我与诸姐跟了去，去吃桑葚。蚕落地铺的时候，桑葚已很紫而甜了，比杨梅好吃得多。我们吃饱之后，又用一张大叶做一只碗，采了一碗桑葚，跟了蒋五伯回来。蒋五伯饲蚕，我就以走跳板为戏乐，常常失足翻落地铺里，压死许多蚕宝宝，祖母忙喊蒋五伯抱我起来，不许我再走。然而这满屋的跳板，像棋盘街一样，又很低，走起来一点也不怕，真是有趣。这真是一年一度的难得的乐事！所以虽然祖母禁止，我总是每天要去走。

蚕上山之后，全家静默守护，那时不许小孩子们吵了，我暂时感到沉闷。然而过了几天，采茧、做丝，热闹的空气又浓起来了。我们每年照例请牛桥头七娘娘来做丝。蒋五伯每天买枇杷和软糕来给采茧、做丝、烧火的人吃。大家认为现在是辛苦而有希望的时候，应该享受这点心，都不客气地取食。我也无功受禄地天天吃多量的枇杷与软糕，这又是乐事。

七娘娘做丝休息的时候，捧了水烟筒，伸出她左手上的短少半段的小指给我看，对我说：做丝的时候，丝车后面是万万不可走近去的。她的小指，便是小时候不留心被丝车轴棒轧脱的。她又说："小囡囡不可走近丝车后面去，只管坐在我身旁，吃枇杷，吃软糕。还有做丝做出来的蚕蛹，叫妈妈油炒一炒，真好吃哩！"然而我始终不要吃蚕蛹，大概是我爸爸和诸姐都不要吃的原故。我所乐的，只是那时候家里的非常的空气。日常固定不动的堂窗、长台、八仙椅子，都收拾去，而变成不常见的丝车、匾、缸。又不断地公然地可以吃小食。

丝做好后，蒋五伯口中唱着"要吃枇杷，来年蚕罢"，收拾丝车，恢复一切陈设。我感到一种兴尽的寂寥。然而对于这种变换，倒也觉得新奇而有趣。

现在我回忆这儿时的事，常常使我神往！祖母、蒋五伯、七娘娘和诸姐都像童话里、戏剧里的人物了。且在我看来，他们当时这剧的主人公便是我。何等甜美的回忆！只是这剧的题材，现在我仔细想想觉得不好：养蚕做丝，在生计上原是幸福的，然其本身是数万的生灵的杀虐！《西青散记》里面有两句仙人的诗句："自织藕丝衫子嫩，可怜辛苦赦春蚕。"安得人间也发明织藕丝的丝车，而尽赦天下的春蚕的性命！

儿童不知春，问草何故绿

我七岁上祖母死了^①，我家不复养蚕。不久父亲与诸姐弟相继死亡，家道衰落了，我的幸福的儿时也过去了。因此这回忆一面使我永远神往，一面又使我永远忏悔。

二

第二件不能忘却的事，是父亲的中秋赏月，而赏月之乐的中心，在于吃蟹。

我的父亲中了举人之后，科举就废，他无事在家，每天吃酒、看书。他不要吃羊、牛、猪肉，而喜欢吃鱼、虾之类。而对于蟹，尤其喜欢。自七八月起直到冬天，父亲平日的晚酌规定吃一只蟹、一碗隔壁豆腐店里买来的开锅热豆腐干。他的晚酌，时间总在黄昏。八仙桌上一盏洋油灯、一把紫砂酒壶、一只盛热豆腐干的碎磁盖碗、一把水烟筒、一本书，桌子角上一只端坐的老猫，我脑中这印象非常深刻，到现在还可以清楚地浮现出来。我在旁边看，有时他给我一只蟹脚或半块豆腐干。然我喜欢蟹脚。蟹的味道真好，我们五个姊妹兄弟都喜欢吃，也是为了父亲喜欢吃的原故。只有母亲与我们相反，喜欢吃肉，而不喜欢又不会吃蟹，吃的时候常常被蟹螯上的刺刺开手指，出血；而且抉剔得很不干净，父亲常常说她是外行。父亲说：吃蟹是风雅的事，吃法也要内行才懂得。先折蟹脚，后开蟹斗……脚上的拳头（即关节）里的肉怎样可以吃干净，脐里的肉怎样可以剔出……脚爪可以当作剔肉的针……蟹螯上的骨头可拼成一只很好看的蝴蝶……父亲吃蟹真是内行，吃得非常干净。所以陈妈妈说："老爷吃下来的蟹壳，真是蟹壳。"

———————————

① 作者祖母卒于 1902 年 5 月，当时作者五岁。

蟹的储藏所，就在天井角落里的缸里，经常总养着十来只。到了七夕、七月半、中秋、重阳等节候上，缸里的蟹就满了，那时我们都有得吃，而且每人得吃一大只，或一只半。尤其是中秋一天，兴致更浓。在深黄昏，移桌子到隔壁的白场①上的月光下面去吃。更深人静，明月底下只有我们一家的人，恰好围成一桌，此外只有一个供差使的红英坐在旁边。大家谈笑，看月亮，他们——父亲和诸姐——直到月落时光，我则半途睡去，与父亲和诸姐不分而散。

这原是为了父亲嗜蟹，以吃蟹为中心而举行的。故这种夜宴，不仅限于中秋，有蟹的节季里的月夜，无端也要举行数次。不过不是良辰佳节，我们少吃一点，有时两人分吃一只。我们都学父亲，剥得很精细，剥出来的肉不是立刻吃的，都积受在蟹斗里，剥完之后，放一点姜醋，拌一拌，就作为下饭的菜，此外没有别的菜了。因为父亲吃菜是很省的，而且他说蟹是至味，吃蟹时混吃别的菜肴，是乏味的。我们也学他，半蟹斗的蟹肉，过两碗饭还有余，就可得父亲的称赞，又可以白口吃下余多的蟹肉，所以大家都勉力节省。现在回想那时候，半条蟹腿肉要过两大口饭，这滋味真好！自父亲死了以后，我不曾再尝这种好滋味。现在，我已经自己做父亲，况且已经茹素，当然永远不会再尝这滋味了。唉！儿时欢乐，何等使我神往！

然而这一剧的题材，仍是生灵的杀虐！因此这回忆一面使我永远神往，一面又使我永远忏悔。

三

第三件不能忘却的事，是与隔壁豆腐店里的王囡囡的交游，而这

---

① 白场，作者家乡话，意即场地。

交游的中心，在于钓鱼。

那是我十二三岁时的事，隔壁豆腐店里的王囡囡是当时我的小侣伴中的大阿哥。他是独子，他的母亲、祖母和大伯，都很疼爱他，给他很多的钱和玩具，而且每天放任他在外游玩。他家与我家贴邻而居。我家的人们每天赴市，必须经过他家的豆腐店的门口，两家的人们朝夕相见，互相来往。小孩们也朝夕相见，互相来往。此外他家对于我家似乎还有一种邻人以上的深切的交谊，故他家的人对于我特别要好，他的祖母常常拿自产的豆腐干、豆腐衣等来送给我父亲下酒。同时在小侣伴中，王囡囡也特别和我要好。他的年纪比我大，气力比我好，生活比我丰富，我们一道游玩的时候，他时时引导我，照顾我，犹似长兄对于幼弟。我们有时就在我家的染坊店里的榻上玩耍，有时相偕出游。他的祖母每次看见我俩一同玩耍，必叮嘱囡囡好好看待我，勿要相骂。我听人说，他家似乎曾经患难，而我父亲曾经帮他们忙，所以他家大人们吩咐王囡囡照应我。

我起初不会钓鱼，是王囡囡教我的。他叫他大伯买两副钓竿，一副送我，一副他自己用。他到米桶里去捉许多米虫，浸在盛水的罐头里，领了我到木场桥头去钓鱼。他教给我看，先捉起一个米虫来，把钓钩由虫尾穿进，直穿到头部。然后放下水去。他又说："浮珠一动，你要立刻拉，那么钩子钩住鱼的颚，鱼就逃不脱。"我照他所教的试验，果然第一天钓了十几头白条，然而都是他帮我拉钓竿的。

第二天，他手里拿了半罐头扑杀的苍蝇，又来约我去钓鱼。途中他对我说："不一定是米虫，用苍蝇钓鱼更好。鱼喜欢吃苍蝇！"这一天我们钓了一小桶各种的鱼。回家的时候，他把鱼桶送到我家里，说他不要。我母亲就叫红英去煎一煎，给我下晚饭。

自此以后，我只管欢喜钓鱼。不一定要王囡囡陪去，自己一人也去钓，又学得了掘蚯蚓来钓鱼的方法。而且钓来的鱼，不仅够自己下

香饵见来须闭口，大江归去好藏身

晚饭，还可送给店里的人吃，或给猫吃。我记得这时候我的热心钓鱼，不仅出于游戏欲，又有几分功利的兴味在内。有三四个夏季，我热心于钓鱼，给母亲省了不少的菜蔬钱。

后来我长大了，赴他乡入学，不复有钓鱼的工夫。但在书中常常读到赞咏钓鱼的文句，例如什么"独钓寒江雪"，什么"渔樵度此身"，才知道钓鱼原来是很风雅的事。后来又晓得有所谓"游钓之地"的美名称，是形容人的故乡的。我大受其煽惑，为之大发牢骚：我想"钓鱼确是雅的，我的故乡，确是我的游钓之地，确是可怀的故乡"。但是现在想想，不幸而这题材也是生灵的杀虐！

我的黄金时代很短，可怀念的又只有这三件事。不幸而都是杀生取乐，都使我永远忏悔。

一九二七年梅雨时节

忆 弟

　　突然外面走进一个人来，立停在我面前咫尺之地，向我深深地作揖。我连忙拔出口中的卷烟而答礼，烟灰正擦在他的手背上，卷烟熄灭了，连我也觉得颇有些烫痛。

　　等他仰起头来，我看见一个衰老憔悴的面孔，下面穿一身褴褛的衣裤，伛偻地站着。我的回想在脑中曲曲折折地转了好几个弯，才寻出这人的来历。起先认识他是太，后来记得他姓朱，我便说道：

　　"啊！你是朱家大伯！长久不见了。近来……"

　　他不等我说完就装出笑脸接上去说：

　　"少爷，长久不见了，我现在住在土地庵里，全靠化点香钱过活。少爷现在上海发财了？几位官官①了？真是前世修的好福气！"

　　我没有逐一答复他在不在上海，发不发财，和生了几个儿子；只是唯唯否否。他也不要求一一答复，接连地说过便坐下在旁边的

────────────────

　　①　官官，作者家乡一带对小主人的称呼。

10

凳子上。

我摸出烟包，抽出一支烟来请他吸，同时忙碌地回想过去。

二十余年前，我十三四岁的时候，和满姐、慧弟①跟着母亲住在染坊店里面的老屋里。同住的是我们的族叔一家。这位朱家大伯便是叔母的娘家的亲戚而寄居在叔母家的。他年纪与叔母仿佛。也许比叔母小，但叔母叫他"外公"，叔母的儿子叫他"外公太太"（注，石门湾方言，称曾祖为太）。论理我们也该叫他"外公太太"，但我们不论。一则因为他不是叔母的嫡亲外公，听说是她娘家同村人的外公；且这叔母也不是我们的嫡亲叔母，而是远房的。我们倘对他攀亲，正如我乡俗语所说："攀了三日三夜，光绪皇帝是我表兄"了。二则因为他虽然识字，但是挑水果担的，而且年纪并不大，叫他"太太"有些可笑。所以我们都跟染坊店里的人叫他朱家大伯。而在背后谈他的笑话时，简称他为"太"。这是尊称的反用法。

太的笑话很多，发见他的笑话的是慧弟。理解而赏识这些笑话的只有我和满姐。譬如吃夜饭的时候，慧忽然用饭碗接住了他的尖而长的下巴，独自吃吃地笑个不住。我们便知道他是想起了今天所发见的太的笑话了，就用"太今天怎么样？"一句话来催他讲。他笑完了便讲："太今天躺在店里的榻上看《康熙字典》。竺官②坐在他旁边，也拿起一册来翻。翻了好久，把书一掷叫道：'竺字在哪里？你这部字典翻不出的！'太一面看字典，一面随口回答：'蛮好翻的！'竺官另取一册来翻了好久，又把书一掷叫道：'翻不出的！你这部字典很难翻！'他又随口回答：'蛮好翻的！再要好翻没有了！'"

讲到这里，我们三人都笑不可仰了。母亲催我们吃饭。我们吃了

---

① 满姐，即作者的三姐丰满（梦忍）。慧弟，即作者的大弟丰浚（慧珠）。
② 竺官，系店里的伙计。

几口饭又笑了起来。母亲说出两句陈语来："食不言，寝不语。你们父亲前头……"但下文大都被我们的笑声淹没了。从此以后，我们要说事体的容易做，便套用太的语法，说"再要好做没有了"。后来更进一步，便说"同太的字典一样"了。现在慧弟的墓木早已拱了，我同满姐二人有时也还在谈话中应用这句古话以取笑乐——虽然我们的笑声枯燥冷淡，远不及二十余年前夜饭桌上的热烈了。

有时他用手按住了嘴巴从店里笑进来，又是发现了太的笑话了。"太今天怎么样？"一问，他便又讲出一个来。

"竺官问太香瓜几钱一个，太说三钱一个，竺官说：'一钱三个？'太说：'勿要假来假去！'竺官向他担子里捧了三个香瓜就走，一面说着：'一个铜元欠一欠，大年夜里有月亮，还你。'太追上去夺回香瓜。一个一个地还到担子里去，口里唱一般地说：'别的事情可假来假去，做生意勿可假来假去！'"

讲到"别的事情可假来假去"一句，我们又都笑不可仰了。

慧弟所发现的趣话，大都是这一类的。现在回想起来，他真是一个很别致的人。他能在寻常的谈话中随处发现笑的资料。例如嫌冷的人叫一声："天为什么这样冷！"装穷的人说了一声："我哪里有钱！"表明不赌的人说了一声："我几时弄牌！"又如怪人多事的人说了一句："谁要你讨好！"虽然他明知道这是借疑问词来加强语气的，并不真个要求对手的解答，但他故意捉住了话中的"为什么""哪里""几时""谁"等疑问词而作可笑的解答。倘有人说"我马上去"，他便捉住他问："你的马在哪里？"倘有人说"轮船马上开"，他就笑得满座皆笑了。母亲常说他"吃了笑药"，但我们这孤儿寡妇的家庭幸有这吃笑药的人，天天不缺乏和乐而温暖的空气。我和满姐虽然不能自动发现笑的资料，但颇能欣赏他的发现，尤其是关于太的笑话，在我们脑中留下不朽的印象。所以我和他虽已阔别二十余年，今天一见立刻认识，而且立刻想起他那部"再要好翻没有了"的字典。

但他今天不讲字典，只说要买一只龛缸，向我化一点钱。他说：

"我今年七十五岁了，近来一年不如一年。今年三月里在桑树根上绊一绊跌了一跤，险险乎病死。靠菩萨，还能走出来。但是还有几时活在世上呢？庵里毫无出息。化化香钱呢，大字号店家也只给一两个小钱，初一、月半两次，每次最多得到三角钱，连一口白饭也吃不饱。店里先生还嫌我来得太勤。饿死了也干净，只怕这几根骨头没有人收拾，所以想买一只缸。缸价要七八块钱，汪恒泰里已答应我出两块钱，请少爷也做个好事。钱呢，买好了缸来领。"

我和满姐立刻答应他每人出一块钱。又请他喝一杯茶，留他再坐。我们想从他那里找寻自己童年的心情，但终于找不出，即使找出了也笑不出。因为主要的赏识者已不在人世，而被赏识的人已在预备买缸收拾自己的骨头，残生的我们也没有心思再做这种闲情的游戏了。我默默地吸卷烟，直到他的辞去。

一九三三年六月廿四日在石门湾

中举人

我的父亲是清朝光绪年间最后一科的举人。他中举人时我只四岁，隐约记得一些，听人传说一些情况，写这篇笔记。话须得从头说起：

我家在明末清初就住在石门湾。上代已不可知，只晓得我的祖父名小康，行八，在这里开一爿染坊店，叫作丰同裕。这店到了抗日战争开始时才烧毁。祖父早死，祖母沈氏，生下一女一男，即我的姑母和父亲。祖母读书识字，常躺在鸦片灯边看《缀白裘》等书。打瞌睡时，往往烧破书角。我童年时还看到过这些烧残的书。她又爱好行乐。镇上演戏文时，她总到场，先叫人搬一只高椅子去，大家都认识这是丰八娘娘的椅子。她又请了会吹弹的人，在家里教我的姑母和父亲学唱戏。邻近沈家的四相公常在背后批评她："丰八老太婆发昏了，教儿子女儿唱徽调。"因为那时唱戏是下等人的事。但我祖母听到了满不在乎。我后来读《浮生六记》，觉得我的祖母颇有些像那芸娘。

父亲名镤，字斛泉，廿六七岁时就参与大比。大比者，就是考举人，三年一次，在杭州贡院中举行，时间总在秋天。那时没有火车，便坐船去。运河直通杭州，约八九十里。在船中一宿，次日便到。于是在贡院附近租一个"下处"，等候进场。祖母临行叮嘱他："斛泉，到了杭州，勿再埋头用功，先去玩玩西湖。胸襟开朗，文章自然生色。"但我父亲总是忧心忡忡，因为祖母一方面旷达，一方面非常好强。曾经对人说："坟上不立旗杆，我是不去的。"那时定例：中了举人，祖坟上可以立两个旗杆。中了举人，不但家族亲戚都体面，连已死的祖宗也光荣。祖母定要立了旗杆才到坟上，就是定要我父亲在她生前中举人。我推想父亲当时的心情多么沉重，哪有兴致玩西湖呢？

每次考毕回家，在家静候福音。过了中秋消息沉沉，便确定这次没有考中，只得再在家里饮酒、看书、吸鸦片，进修三年，再去大比。这样地过了三次，即九年，祖母日渐年老，经常卧病。我推想当时父亲的心里多么焦灼！但到了他三十六岁①那年，果然考中了。那时我年方四岁，奶妈抱了我挤在人丛中看他拜北阙，情景隐约在目。那时的情况是这样：

父亲考毕回家，天天闷闷不乐，早眠晏起，茶饭无心。祖母躺在床上，请医吃药。有一天，中秋过后，正是发榜的时候②，染店里的管账先生，即我的堂房伯伯，名叫亚卿，大家叫他"麻子三大伯"的，早晨到店，心血来潮，说要到南高桥头去等"报事船"。大家笑他发呆，他不顾管，径自去了。他的儿子名叫乐生，是个顽皮孩子（关于此人，我另有记录），跟了他去。父子两人在南高桥上站了一会，看见一只快船驶来，锣声喤喤不绝。他就问："谁中了？"船上人说："丰锍，丰锍！"乐生先逃，麻子三大伯跟着他跑。旁人不知就里，

---

① 应为三十五岁。
② 当时发榜常在农历九月初九，取重九登高之意。

都说："乐生又闯了祸了，他老子在抓他呢。"

麻子三大伯跑回来，闯进店里，口中大喊："斛泉中了！斛泉中了！"父亲正在蒙被而卧。麻子三大伯喊到他床前，父亲讨厌他，回说："你不要瞎说，是四哥，不是我！"四哥者，是我的一个堂伯，名叫丰锦，字浣江，那年和父亲一同去大比的。但过了不久，报事船已经转进后河，锣声敲到我家里来了。"丰锽接诰封！丰锽接诰封！"一大群人跟了进来。我父亲这才披衣起床，到楼下去盥洗。祖母闻讯，也扶病起床。

我家房子是向东的，于是在厅上向北设张桌子，点起香烛，等候新老爷来拜北阙。麻子三大伯跑到市里，看见团子、粽子就拿，拿回来招待报事人。那些卖团子、粽子的人，绝不同他计较。因为他们都想同新贵的人家结点缘。但后来总是付清价钱的。父亲戴了红缨帽，穿了外套走出来，向北三跪九叩，然后开诰封。祖母头上拔下一支金挖耳来，将诰封挑开，这金挖耳就归报事人获得。报事人取出"金花"来，插在父亲头上，又插在母亲和祖母头上。这金花是纸做的，轻巧得很。据说皇帝发下的时候，是真金的，经过人手，换了银花，再换了铜花，最后换了纸花。但不拘怎样，总之是光荣。表演这一套的时候，我家里挤满了人。因为数十年来石门湾不曾出过举人，所以这一次特别稀奇。我年方四岁，由奶妈抱着，挤在人丛中看热闹，虽然莫明其妙，但到现在还保留着模糊的印象。

两个报事人留着，住在店楼上写"报单"。报单用红纸，写宋体字："喜报贵府老爷丰锽高中庚子辛丑恩政并科第八十七名举人。"自己家里挂四张，亲戚每家送两张。这"恩政并科"便是最后一科，此后就废科举，办学堂了。本来，中了举人之后，再到北京"会试"，便可中进士，做官。举人叫作金门槛，很不容易跨进；一跨进之后，会试就很容易，因为人数很少，大都录取。但我的父亲考中的是最后一科，所以不得会试，没有官做，只得在家里设塾授徒，坐冷板凳了。这是后话。且说写报单的人回去之后，我家就举行"开贺"。房子狭窄，把灶头拆掉，全部粉饰，挂灯、结彩。附近各县知事，以及远近亲友都来贺喜，并送贺仪。这贺仪倒是一笔收入。有些人要"高攀"，特别送得重。客人进门时，外面放炮三声，里面乐人吹打。客人叩头，主人还礼。礼毕，请客吃"跑马桌"。跑马桌者，不拘什么时候，请他吃一桌酒。这样，免得大排筵席，倒是又简便又隆重的办法。开贺三天，祖母天天扶病下楼来看，病也似乎好了一点。父亲应酬辛劳，

锣鼓响

全靠鸦片借力。但祖母经过这番兴奋，终于病势日渐沉重起来。父亲连忙在祖坟上立旗杆。不多久，祖母病危了。弥留时问父亲："坟上旗杆立好了吗？"父亲回答："立好了。"祖母含笑而逝。于是开吊、出丧，又是一番闹热，不亚于开贺的时候。大家说："这老太太真好福气！"我还记得祖母躺在尸床上时，父亲拿一叠纸照在她紧闭的眼前，含泪说道："妈，我还没有把文章给你看过。"其声呜咽，闻者下泪。后来我知道，这是父亲考中举人的文章的稿子。那时已不用八股文而用策论，题目是《汉宣帝信赏必罚，综核名实论》和《唐太宗盟突厥于便桥，宋真宗盟契丹于澶州论》。

父亲三十六岁中举人，四十二岁就死于肺病。这五六年中，他的生活实在很寂寥。每天除授徒外，只是饮酒看书吸鸦片。他不吃肥肉，难得吃些极精的火腿。秋天爱吃蟹，向市上买了许多，养在缸里，每天晚酌吃一只。逢到七夕、中秋、重阳佳节，我们姐妹四五人也都得吃。下午放学后，他总在附近沈子庄开的鸦片馆里度过。晚酌后，在家吸鸦片，直到更深，再吃夜饭。我的三个姐姐陪着他吃。吃的是一个皮蛋、一碗冬菜。皮蛋切成三份，父亲吃一份，姐姐们分食两份。我年幼早睡，是没有资格参与的。父亲的生活不得不如此清苦。因为染坊店收入有限，束脩更为微薄，加上两爿大商店（油车、当铺）的"出官"① 每年送一二百元外，别无进账。父亲自己过着清苦的生活，他的族人和亲戚却沾光不少。凡是同他并辈的亲族，都称老爷奶奶，下一辈的都称少爷小姐。利用这地位而作威作福的，颇不乏人。我是嫡派的少爷。常来当差的褚老五，带了我上街去，街上的人都起敬，糕店送我糕，果店送我果，总是满载而归。但这一点荣华也难久居，我九岁上，父亲死去，我们就变成孤儿寡妇之家了。

---

① 出官，指商家借举人老爷之名而得到保障，因而付给的酬金。

清　明

　　清明例行扫墓。扫墓照理是悲哀的事。所以古人说："鸦啼雀噪昏乔木，清明寒食谁家哭。"又说："佳节清明桃李笑，野田荒冢只生愁。"然而在我幼时，清明扫墓是一件无上的乐事。人们借佛游春，我们是"借墓游春"。我父亲有八首《扫墓竹枝词》：

　　　　别却春风又一年，梨花似雪柳如烟。
　　　　家人预理上坟事，五日前头折纸钱。

　　　　风柔日丽艳阳天。老幼人人笑口开。
　　　　三岁玉儿娇小甚，也教抱上画船来。

　　　　双双画桨荡轻波，一路春风笑语和。
　　　　望见坟前堤岸上，松阴更比去年多。

壶榼纷陈拜跪忙，闲来坐憩树阴凉。
村姑三五来窥看，中有谁家新嫁娘。

周围堤岸视桑麻，剪去枯藤只剩花。
更有儿童知算计，松球拾得去煎茶。

荆榛坡上试跻攀，极目云烟杳霭闲，
恰得村夫遥指处，如烟如雾是含山①。

纸灰扬起满林风，杯酒空浇奠已终。
却觅儿童归去也，红裳遥在菜花中。

解将锦缆趁斜晖，水上蜻蜓逐队飞。
赢受一番春色足，野花载得满船归。

　　这里的"三岁玉儿"，就是现在执笔写此文的七十老翁。我的小名叫作"慈玉"。

　　清明三天，我们每天都去上坟。第一天，寒食，下午上"杨庄坟"。杨庄坟离镇五六里路，水路不通，必须步行。老幼都不去，我七八岁就参加。茂生大伯挑了一担祭品走在前面，大家跟他走，一路上采桃花，偷新蚕豆，不亦乐乎。到了坟上，大家息足，茂生大伯到附近农家去，借一只桌子和两只条凳来，于是陈设祭品，依次跪拜。拜过之后，自由玩耍。有的吃甜麦塌饼②，有的吃粽子，有的拔蚕豆梗来作笛子。

---

①　含山是作者故乡附近唯一的一座山，山上有塔。
②　甜麦塌饼，作者故乡一带清明时节用米粉和麦芽做成的一种甜饼。

看花携酒去，酒醉插花归

蚕豆梗是方形的，在上面摘几个洞，作为笛孔。然后再摘一段豌豆梗来，装在这笛的一端，笛便做成。指按笛孔，口吹豌豆梗，发音竟也悠扬可听。可惜这种笛寿命不长。拿回家里，第二天就枯干，吹不响了。祭扫完毕，茂生大伯去还桌子凳子，照例送两个甜麦塌饼和一串粽子，作为酬谢。然后诸人一同在夕阳中回去。杨庄坟上只有一株大松树，临着一个池塘。父亲说这叫作"美人照镜"。现在，几十年不去，不知美人是否还在照镜。闭上眼睛，情景宛在目前。

正清明那天，上"大家坟"。这就是去上同族公共的祖坟。坟共有五六处，须用两只船，整整上一天。同族共有五家，轮流做主。白天上坟，晚上吃上坟酒。这笔费用由祭田开销。祖宗们心计长，恐怕子孙不肖，上不起坟，叫他们变成饿鬼。因此特置几亩祭田，租给农民。轮到谁家主持上坟，由谁家收租。雇船办酒之外，费用总有余裕。因此大家高兴做主。而小孩子尤其高兴，因为可以整天在乡下游玩，在草地上吃午饭。船里烧出来的饭菜，滋味特别好。因为，据老人们说，家里有灶君菩萨，把饭菜的好滋味先尝了去，而船里没有灶君菩萨，所以船里烧出来的饭菜滋味特别好。孩子们还有一件乐事，是抢鸡蛋吃。每到一个坟上，除对祖宗的一桌祭品以外，必定还有一只小匾，内设小鱼、小肉、鸡蛋、酒和香烛，是请地主吃的，叫作拜坟墓土地。孩子们中，谁先向坟墓土地叩头，谁先抢得鸡蛋。我难得抢到，觉得这鸡蛋的确比平常的好吃。上了一天坟回来，晚上是吃上坟酒。酒有四五桌，因为出嫁姑娘也都来吃。吃酒时，长辈总要训斥小辈，被训斥的，主要是乐谦、乐生和月生。因为乐谦盗卖坟树，乐生、月生作恶为非，上坟往往不到而吃上坟酒必到。

　　第三天上私房坟。我家的私房坟，又称为旗杆坟。去上的就是我们一家人，父母和我们姐弟数人。吃了早中饭，雇一只客船，慢吞吞地荡去。水路五六里，不久就到。祭扫期间，附近三竺庵里的和尚来问讯，送我们些春笋。我们也到这庵里去玩，看见竹林很大，身入其中，不见天日。我们终年住在那市井尘嚣中的低小狭窄的百年老屋里，一朝来到乡村田野，感觉异常新鲜，心情特别快适，好似遨游五湖四海。因此我们把清明扫墓当作无上的乐事。我的父亲孜孜兀兀地在穷乡僻壤的蓬门败屋之中度过短促的一生，我想起了感到无限的同情。

一九七二年

元帅菩萨

石门湾南市梢有一座庙，叫作元帅庙。香火很盛。

正月初一日烧头香的人，半夜里拿了香烛，站在庙门口等开门。据说烧得到头香，菩萨会保佑的。每年五月十四日，元帅菩萨迎会。排场非常盛大！长长的行列，开头是夜叉队，七八个人脸上涂青色，身穿青衣，手持钢叉，锵锵振响。随后是一盆炭火，由两人扛着，不时地浇上烧酒，发出青色的光，好似鬼火。随后是臂香队和肉身灯队。臂香者，一只锋利的铁钩挂在左臂的皮肉上，底下挂一只廿几斤重的锡香炉，皮肉居然不断。肉身灯者，一个赤膊的人，腰间前后左右插七八根竹子，每根竹子上挂一盏油灯，竹子的一端用钩子钉在人的身体上。据说这样做，是为了"报娘恩"。随后是犯人队。许多人穿着犯人衣服，背上插一白旗，上写"斩犯一名×××"①。再后面是拈

---

① 按当时作者故乡的风习，认为生病是罪孽所致，因此病人有时在神前许愿：若得病愈，当在元帅会上扮作犯人以示赎罪。

香队，许多穿长衫的人士，捧着长香，踱着方步。然后是元帅菩萨的轿子，八人扛着，慢慢地走。后面是细乐队、香亭。众人望见菩萨轿子，大家合掌作揖。我五六岁时，看见菩萨，不懂得作揖，却喊道："元帅菩萨的眼睛会动的！"大人们连忙掩住我的口，教我作揖。第二天，我生病了，眼睛转动。大家说这是昨天喊了那句话的原故。我的母亲连忙到元帅庙里去上香叩头，并且许愿。父亲请医生来看病，医生说我是发惊风，吃了一颗丸药就好了。但店里的人说不是丸药之功，是母亲去许愿，菩萨原谅了之故。后来办了猪头三牲，去请菩萨。

为此，这元帅庙里香火极盛，每年收入甚丰。庙里有两个庙祝，

乘凉（石门湾木场桥）

贪得无厌，想出一个奸计来扩大做生意。某年迎会前一天，照例祭神。庙祝预先买嘱一流氓，教他在祭时大骂"菩萨无灵，泥塑木雕"，同时取食神前的酒肉，然后假装肚痛，伏地求饶。如此，每月来领银洋若干元。流氓同意了，一切照办。岂知酒一下肚，立刻七孔流血，死在神前。原来庙祝已在酒中放入砒霜，有意毒死这流氓来大做广告。远近闻讯，都来看视，大家宣传菩萨的威灵。于是元帅庙的香火大盛，两个庙祝大发其财。后来为了分赃不均，两人争执起来，泄露了这阴谋，被官警捉去法办，两人都杀头。我后来在某笔记小说中看到一个故事，与此相似。有一农民入市归来，在一古墓前石凳上小坐休息。他把手中的两个馒头放在一个石翁仲的头上，以免蚂蚁侵食。临走时，忘记了这两个馒头。附近有两个老婆子，发见了这馒头，便大肆宣传，说石菩萨有灵，头上会生出馒头来，就在当地搭一草棚，摆设神案香烛，叩头礼拜。远近闻讯，都来拜祷。老婆子将香灰当作仙方，卖给病人。偶然病愈了，求仙方的人越来越多，老婆子大发其财。有一流氓看了垂涎，向老婆子敲竹杠。老婆子教他明日当众人来求仙方时，大骂石菩萨无灵，取食酒肉，然后假装肚痛，倒在神前。如此，每月分送银洋若干。流氓照办。岂知酒中有毒，流氓当场死在神前。此讯传出，石菩萨威名大震，仙方生意兴隆，老婆子大发其财。后来为了分赃不均，两个老婆子闹翻了，泄露阴谋，被官警捉去正法。元帅庙的事件，与此事完全相似，也可谓"智者所见皆同"。

一九七二年

劫法场

子恺画

劫法场

梦　痕

　　我的左额上有一条同眉毛一般长短的疤。这是我儿时游戏中在门槛上跌破了头颅而结成的。相面先生说这是破相，这是缺陷。但我自己美其名曰"梦痕"。因为这是我的梦一般的儿童时代所遗留下来的唯一的痕迹。由这痕迹可以探寻我的儿童时代的美丽的梦。

　　我四五岁时，有一天，我家为了"打送"（吾乡风俗，亲戚家的孩子第一次上门来做客，辞去时，主人家必做几盘包子送他，名曰"打送"）某家的小客人，母亲、姑母、婶母和诸姐们都在做米粉包子。厅屋的中间放一只大匾，匾的中央放一只大盘，盘内盛着一大堆粘土一般的米粉，和一大碗做馅用的甜甜的豆沙。母亲们大家围坐在大匾的四周。各人卷起衣袖，向盘内摘取一块米粉来，捏作一只碗的形状；挟取一筷豆沙来藏在这碗内；然后把碗口收拢来，做成一个圆子。再用手法把圆子捏成三角形，扭出三条绞丝花纹的脊梁来；最后在脊梁凑合的中心点上打一个红色的"寿"字印子，包子便做成。一圈一圈地陈列在大匾内，样子很是好看。大家一边做，一边兴高采烈地说笑。

有时说谁的做得太小，谁的做得太大；有时盛称姑母的做得太玲珑，有时笑指母亲的做得像个饼。笑语之声，充满一堂。这是年中难得的全家欢笑的日子。而在我，做孩子们的，在这种日子更有无上的欢乐；在准备做包子时，我得先吃一碗甜甜的豆沙。做的时候，我只要吵闹一下子，母亲们会另做一只小包子来给我当场就吃。新鲜的米粉和新鲜的豆沙，热热地做出来就吃，味道是好不过的。我往往吃一只不够，再吵闹一下子就得吃第二只。倘然吃第二只还不够，我可嚷着要替她们打寿字印子。这印子是不容易打的：蘸的水太多了，打出来一塌糊涂，看不出寿字；蘸的水太少了，打出来又不清楚；况且位置要摆得正，歪了就难看；打坏了又不能揩抹涂改。所以我嚷着要打印子，是母亲们所最怕的事。她们便会和我商量，把做圆子收口时摘下来的一小粒米粉给我，叫我"自己做来自己吃"。这正是我所盼望的主目的！开了这个例之后，各人做圆子收口时摘下来的米粉，就都得照例归我所有。再不够时还得要求向大盘中扭一把米粉来，自由捏造各种粘土手工：捏一个人，团拢了，改捏一个狗；再团拢了，再改捏一只水烟管……捏到手上的龌龊都混入其中，而雪白的米粉变成了灰色的时候，我再向她们要一朵豆沙来，裹成各种三不像的东西，吃下肚子里去。这一天因为我吵得特别厉害些，姑母做了两只小巧玲珑的包子给我吃，母亲又外加摘一团米粉给我玩。为求自由，我不在那场上吃弄，拿了到店堂里，和五哥哥一同玩弄。五哥哥者，后来我知道是我们店里的学徒，但在当时我只知道他是我儿时的最亲爱的伴侣。他的年纪比我长，智力比我高，胆量比我大，他常做出种种我所意想不到的玩意儿来，使得我惊奇。这一天我把包子和米粉拿出去同他共玩，他就寻出几个印泥菩萨的小形的红泥印子来，教我印米粉菩萨。

后来我们争执起来，他拿了他的米粉菩萨逃，我就拿了我的米粉菩萨追。追到排门旁边，我跌了一跤，额骨磕在排门槛上，磕了眼睛大小的一个洞，便晕迷不省。等到知觉的时候，我已被抱在母亲手里，外科郎中蔡德本先生，正在用布条向我的头上重重叠叠地包裹。

自从我跌伤以后，五哥哥每天乘店里空闲的时候到楼上来省问我。来时必然偷偷地从衣袖里摸出些我所爱玩的东西来——例如关在自来火匣子里的几只叩头虫、洋皮纸人头、老菱壳做成的小脚、顺治铜钿[①]磨成的小刀等——送给我玩，直到我额上结成这个疤。

讲起我额上的疤的来由，我的回想中印象最清楚的人物，莫如五哥哥。而五哥哥的种种可惊可喜的行状，与我的儿童时代的欢乐，也便跟了这回想而历历地浮出到眼前来。

他的行为的顽皮，我现在想起了还觉吃惊。但这种行为对于当时的我，有莫大的吸引力，使我时时刻刻追随他，自愿地做他的从者。他用手捉住一条大蜈蚣，摘去了它的有毒的钩爪，而藏在衣袖里，走到各处，随时拿出来吓人。我跟了他走，欣赏他的把戏。他有时偷偷地把这条蜈蚣放在别人的瓜皮帽子上，让它沿着那人的额骨爬下去，吓得那人直跳起来。有时怀着这条蜈蚣去登坑，等候邻席的登坑者正在拉粪的时候，把蜈蚣丢在他的裤子上，使得那人扭着裤子乱跳，累了满身的粪。又有时当众人面前他偷把这条蜈蚣放在自己的额上，假装被咬的样子而号淘大哭起来，使得满座的人惊惶失措，七手八脚地为他营救。正在危急存亡的时候，他伸起手来收拾了这条蜈蚣，忽然破涕为笑，一缕烟逃走了。后来这套戏法渐渐做穿，有的人警告他说，若是再拿出蜈蚣来，要打头颈拳[②]了。于是他换出别种花头来：他躲在门口，等候警告打头颈拳的人将走出门，突然大叫一声，倒身在门槛边的地上，乱滚乱撞，哭着嚷着，说是践踏了一条臂膀粗的大蛇，

---

① 顺治铜钿，指清朝顺治年间铸造的圆形方孔铜币。
② 打头颈拳，作者家乡话，意即打耳光。

但蛇是已经钻进榻底下去了。走出门来的人被他这一吓，实在魂飞魄散；但见他的受难比他更深，也无可奈何他，只怪自己的运气不好。他看见一群人蹲在岸边钓鱼，便参加进去，和蹲着的人闲谈。同时偷偷地把其中相接近的两人的辫子梢头结住了，自己就走开，躲到远处去作壁上观。被结住的两人中若有一人起身欲去，滑稽剧就演出来给他看了。诸如此类的恶戏，不胜枚举。

现在回想他这种玩耍，实在近于为虐的戏谑。但当时他热心地创作，而热心地欣赏的孩子，也不止我一个。世间的严正的教育者，请稍稍原谅他的顽皮！我们的儿时，在私塾里偷偷地玩了一个折纸手工，是要遭先生用铜笔套管在额骨上猛钉几下，外加在至圣先师孔子之神位面前跪一支香的！

况且我们的五哥哥也曾用他的智力和技术来发明种种富有趣味的玩意，我现在想起了还可以神往。暮春的时候，他领我到田野去偷新蚕豆。把嫩的生吃了，而用老的来做"蚕豆水龙"。其做法，用煤头纸火把老蚕豆荚熏得半熟，剪去其下端，用手一捏，荚里的两粒豆就从下端滑出，再将荚的顶端稍稍剪去一点，使成一个小孔。然后把豆荚放在水里，待它装满了水，以一手的指捏住其下端而取出来，再以另一手的指用力压榨豆荚，一条细长的水带便从豆荚的顶端的小孔内射出。制法精巧的，射水可达一二丈之远。他又教我"豆梗笛"的做法：摘取豌豆的嫩梗长约寸许，以一端塞入口中轻轻咬嚼，吹时便发嗄嗄之音。再摘取蚕豆梗的下段，长约四五寸，用指爪在梗上均匀地开几个洞，做成笛的样子。然后把豌豆梗插入这笛的一端，用两手的指随意启闭各洞而吹奏起来，其音宛如无腔之短笛。他又教我用洋蜡烛的油作种种的浇造和塑造。用芋艿或番薯镌刻种种的印版，大类现今的木版画……诸如此类的玩意，亦复不胜枚举。

现在我对这些儿时的乐事久已缘远了。但在说起我额上的疤的来由时，还能热烈地回忆神情活跃的五哥哥和这种兴致蓬勃的玩意儿。谁言我左额上的疤痕是缺陷？这是我的儿时欢乐的佐证，我的黄金时代的遗迹。过去的事，一切都同梦幻一般地消灭，没有痕迹留存了。只有这个疤，好像是"脊杖二十，刺配军州"时打在脸上的金印，永久地明显地录着过去的事实，一说起就可使我历历地回忆前尘。仿佛我是在儿童世界的本贯地方犯了罪，被刺配到这成人社会的"远恶军州"来的。这无期的流刑虽然使我永无还乡之望，但凭这脸上的金印，还可回溯往昔，追寻故乡的美丽的梦啊！

一九三四年六月七日

癞六伯

　　癞六伯，是离石门湾五六里的六塔村里的一个农民。这六塔村很小，一共不过十几份人家，癞六伯是其中之一。我童年时候，看见他约有五十多岁，身材瘦小，头上有许多癞疮疤。因此人都叫他癞六伯。此人姓甚名谁，一向不传，也没有人去请教他。只知道他家中只有他一人，并无家属。既然称为"六伯"，他上面一定还有五个兄或姐，但也一向不传。总之，癞六伯是孑然一身。

　　癞六伯孑然一身，自耕自食，自得其乐。他每日早上挽了一只篮步行上街，走到木场桥边，先到我家找奶奶，即我母亲。"奶奶，这几个鸡蛋是新鲜的，两支笋今天早上才掘起来，也很新鲜。"我母亲很欢迎他的东西，因为的确都很新鲜。但他不肯讨价，总说"随你给吧"。我母亲为难，叫店里的人代为定价。店里人说多少，癞六伯无不同意。但我母亲总是多给些，不肯欺负这老实人。于是癞六伯道谢而去。他先到街上"做生意"，即卖东西。大约九点多钟，他就坐在对河的汤裕和酒店门前的饭桌上吃酒了。这汤裕和是一家酱园，但兼卖热酒。门前搭着一个大凉棚，凉棚底下，靠河口，设着好几张板桌。癞六伯就占据了一张，从容不迫地吃时酒。时酒，是一种白色的米酒，酒力不大，不过二十度，远非烧酒可比，价钱也很便宜，但颇能醉人。因为做酒的时候，酒缸底上用砒霜画一个"十"字，酒中含有极少量的砒霜。砒霜少量原是无害而有益的，它能养筋活血，使酒力遍达全身，因此这时酒颇能醉人，但也醒得很快，喝过之后一两个钟头，酒便完全醒了。农民大都爱吃时酒，就为了它价钱便宜，醉得很透，醒得很快。农民都要工作，长醉是不相宜的。我也爱吃这种酒，后来客居杭州上海，常常从故乡买时酒来喝。因为我要写作，宜饮此酒。李太白"但愿长醉不愿醒"，我不愿。

且说癞六伯喝时酒，喝到饱和程度，还了酒钱，提着篮子起身回家了。此时他头上的癞疮疤变成通红，走步有些摇摇晃晃。走到桥上，便开始骂人了。他站在桥顶上，指手划脚地骂："皇帝万万岁，小人日日醉！""你老子不怕！""你算有钱？千年田地八百主！""你老子一条裤子一根绳，皇帝看见让三分！"骂的内容大概就是这些，反复地骂到十来分钟。旁人久已看惯，不当一回事。癞六伯在桥上骂人，似乎是一种自然现象，仿佛鸡啼之类。我母亲听见了，就对陈妈妈说："好烧饭了，癞六伯骂过了。"时间大约在十点钟光景，很准确的。

有一次，我到南沈浜亲戚家做客。下午出去散步，走过一爿小桥，一只狗声势汹汹地赶过来。我大吃一惊，想拾石子来抵抗，忽然一个人从屋后走出来，把狗赶走了。一看，这人正是癞六伯，这里原来是六塔村了。这屋子便是癞六伯的家。他邀我进去坐，一面告诉我："这狗不怕。叫狗勿咬，咬狗勿叫。"我走进他家，看见环堵萧然，一床、一桌、两条板凳、一只行灶之外，别无长物。墙上有一个搁板，堆着许多东西，碗盏、茶壶、罐头，连衣服也堆在那里。他要在行灶上烧茶给我吃,我阻止了。他就向搁板上的罐头里摸出一把花生来请我吃:"乡下地方没有好东西,这花生是自己种的,燥倒还燥。"我看见墙上贴着几张花纸,即新年里买来的年画,有《马浪荡》《大闹天宫》《水没金山》等,倒很好看。他就开开后门来给我欣赏他的竹园。这里有许多枝竹、一群鸡,还种着些菜。我现在回想,癞六伯自耕自食,自得其乐,很可羡慕。但他毕竟孑然一身,孤苦伶仃,不免身世之感。他的喝酒骂人,大约是泄愤的一种方法吧。

不久,亲戚家的五阿爹来找我了。癞六伯又抓一把花生来塞在我的袋里。我道谢告别,癞六伯送我过桥,喊走那只狗。他目送我回南沈浜。我去得很远了,他还在喊:"小阿官^①!明天再来玩!"

一九七二年

---

① 小阿官,作者家乡一带对小主人的称呼。

歪鲈婆阿三

　　歪鲈婆阿三不知何许人也，亦不详其姓氏。只因他的嘴巴像鲈鱼的嘴巴，又有些歪，因以为号也。他是我家贴邻王囡囡豆腐店里的司务。每天穿着褴褛的衣服，坐在店门口包豆腐干。人们简称他为"阿三"。阿三独身无家。

　　那时盛行彩票，又名白鸽票。这是一种大骗局。例如：印制三万张彩票，每张一元。每张分十条，每条一角。每张每条都有号码，从一到三万。把这三万张彩票分发全国通都大邑。卖完时可得三万元。于是选定一个日子，在上海某剧场当众开彩。开彩的方法，是用一个大球，摆在舞台中央，三四个人都穿紧身短衣，袖口用带扎住，表示不得作弊。然后把十个骰子放进大球的洞内，把大球摇转来。摇了一会，大球里落出一只骰子来，就把这骰子上的数字公布出来。这便是头彩的号码的第一个字。台下的观众连忙看自己所买的彩票，如果第一个数字与此相符，就有一线中头彩的希望。笑声、叹声、叫声，充满了剧场。这样地表演了五次，头彩的五个数目字完全出现了。五个

跌一交（跤）且坐坐

字完全对的，是头彩，得五千元；四个字对的，是二彩，得四千元；三个字对的，是三彩，得三千元……这样付出之后，办彩票的所收的三万元，净余一半，即一万五千元。这是一个很巧妙的骗局。因为买一张的人是少数，普通都只买一条，一角钱，牺牲了也有限。这一角钱往往像白鸽一样一去不回，所以又称为"白鸽票"。

只有我们的歪鲈婆阿三，出一角钱买一条彩票，竟中了头彩。事情是这样：发卖彩票时，我们镇上有许多商店担任代售。这些商店，大概是得到一点报酬的，我不详悉了。这些商店门口都贴一张红纸，上写"头彩在此"四个字。有一天，歪鲈婆阿三走到一家糕饼店门口，店员对他说："阿三！头彩在此！买一张去吧。"对面咸鲞店里的小麻子对阿三说："阿三，我这一条让给你吧。我这一角洋钱情愿买香烟吃。"小麻子便取了阿三的一角洋钱，把一条彩票塞在他手里了。阿三将彩票夹在破毡帽的帽圈里，走了。

大年夜前几天，大家准备过年的时候，上海传来消息，白鸽票开彩了。歪鲈婆阿三的一条，正中头彩。他立刻到手了五百块大洋（那时米价每担二元半，五百元等于二百担米），变成了一个富翁。咸鲞店里的小麻子听到了这消息，用手在自己的麻脸上重重地打了三下，骂了几声："穷鬼！"歪鲈婆阿三没有家，此时立刻有人来要他去"招亲"了。这便是镇上有名的私娼俞秀英。俞秀英年约二十余岁，一张鹅蛋脸生得白嫩，常常站在门口卖俏，勾引那些游蜂浪蝶。她所接待的客人全都是有钱的公子哥儿，豆腐司务是轮不到的，但此时阿三忽然被看中了。俞秀英立刻在她家里雇起四个裁缝司务来，替阿三做花缎袍子和马褂。限定年初一要穿。四个裁缝司务日夜动工，工钱加倍。

到了年初一，歪鲈婆阿三穿了一身花缎皮袍皮褂，卷起了衣袖，在街上东来西去，大吃大喝，滥赌滥用。几个穷汉追随他，问他要钱，他一摸总是两三块银洋。有的人称他 "三兄""三先生""三相公"，他的赏赐更丰。那天我也上街，看到这情况，回来告诉我母亲。正好豆腐店的主妇定四娘娘在我家闲谈。母亲对定四娘娘说："把阿三脱下来的旧衣裳保存好，过几天他还是要穿的。"

果然，到了正月底边，歪鲈婆阿三又穿着原来的旧衣裳，坐在店门口包豆腐干了。只是一个崭新的皮帽子还戴在头上。把作司务①钟老七衔着一支旱烟筒，对阿三笑着说："五百只大洋！正好开爿小店，讨个老婆，成家立业。现在哪里去了？这真叫作没淘剩②！"阿三管自包豆腐干，如同不听见一样。我现在想想，这个人真明达！货悖而入者，亦悖而出；来路不明，去路不白。他深深地懂得这个至理。我年逾七十，阅人多矣。凡是不费劳力而得来的钱，一定不受用。要举起例子来，不知多少。歪鲈婆阿三是一个突出的例子。他可给千古的人们作借鉴。自古以来，荣华难于久居。大观园不过十年，金谷园更为短促。我们的阿三把它浓缩到一个月，对于人世可说是一声响亮的警钟，一种生动的现身说法。

一九七二年

---

① 把作，"把持作坊"的意思。把作司务，就是在作坊中负责技术的司务。
② 没淘剩，作者家乡话，意即没出息。

四轩柱

　　我的故乡石门湾，是运河打弯的地方，又是春秋时候越国造石门的地方，故名石门湾。运河里面还有条支流，叫作后河。我家就在后河旁边。沿着运河都是商店，整天骚闹，只有男人们在活动；后河则较为清静，女人们也出场，就中有四个老太婆，最为出名，叫作四轩柱。

　　以我家为中心，左面两个轩柱，右面两个轩柱。先从左面说起。住在凉棚底下的一个老太婆叫作莫五娘娘。这莫五娘娘有三个儿子，大儿子叫莫福荃，在市内开一爿杂货店，生活裕如。中儿子叫莫明荃，是个游民，有人说他暗中做贼，但也不曾破过案。小儿子叫木铳阿三，是个戆大①，不会工作，只会吃饭。莫五娘娘打木铳阿三，是一出好戏，大家要看。莫五娘娘手里拿了一根棍子，要打木铳阿三。木铳阿三逃，莫五娘娘追。快要追上了，木铳阿三忽然回头，向莫五娘娘背后逃走。

---

① 木铳和戆大都是指戆头戆脑的人。

莫五娘娘回转身来再追,木铳阿三又忽然回头,向莫五娘娘背后逃走。这样地表演了三五遍,莫五娘娘吃不消了,坐在地上大哭。看的人大笑。此时木铳阿三逃之杳杳了。这个把戏,每个月总要表演一两次。有一天,我同豆腐店王囡囡坐在门口竹榻上闲谈。王囡囡说:"莫五娘娘长久不打木铳阿三了,好打了。"没有说完,果然看见木铳阿三从屋里逃出来,莫五娘娘拿了那根棍子追出来了。木铳阿三看见我们在笑,他心生一计,连忙逃过来抱住了王囡囡。我乘势逃开。莫五娘娘举起棍子来打木铳阿三,一半打在王囡囡身上。王囡囡大哭喊痛。他的祖母定四娘娘赶出来,大骂莫五娘娘:"这怪老太婆!我的孙子要你打?"就伸手去夺她手里的棒。莫五娘娘身躯肥大,周转不灵,被矫健灵活的定四娘娘一推,竟跌到了河里。木铳阿三毕竟有孝心,连忙下水去救,把娘像落汤鸡一样驮了起来,幸而是夏天,单衣薄裳的,没有受冻,只是受了些惊。莫五娘娘从此有好些时不出门。

第二个轩柱,便是定四娘娘。她自从把莫五娘娘打落水之后,名望更高,大家见她怕了。她推销生意的本领最大。上午,乡下来的航船停埠的时候,定四娘娘便大声推销货物。她熟悉人头,见农民大都叫得出:"张家大伯!今天的千张格外厚,多买点去。李家大伯,豆腐干是新鲜的,拿十块去!"就把货塞在他们的篮里。附近另有一家豆腐店,是陈老五开的,生意远不及王囡囡豆腐店,就因为缺少像定四娘娘的一个推销员。定四娘娘对附近的人家都熟悉,常常穿门入户,进去说三话四。我家是她的贴邻,她来得更勤。我家除母亲以外,大家不爱吃肉,桌上都是素菜。而定四娘娘来的时候,大都是吃饭时候。幸而她像《红楼梦》里的凤姐一样,人没有进来,声音先听到了。我母亲听到了她的声音,立刻到橱里去拿出一碗肉来,放在桌上,免得她说我们"吃得寡薄"。她一面看我们吃,一面同我母亲闲谈,报告她各种新闻:哪里吊死了一个人;哪里新开了一爿什么店;汪宏泰的酥糖比徐宝禄的好，徐家的重四两，汪家的有四两五；哪家的姑娘同哪家的儿子对了亲，分送的茶枣讲究得很，都装锡罐头；哪家的姑娘养了个私生子，等等。我母亲爱听她这种新闻，所以也很欢迎她。

第三个轩柱，是盆子三娘娘。她是包酒馆里永林阿四的祖母。他的已死的祖父叫作盆子三阿爹，因为他的性情很坦，像盆子一样①，于是他的妻子就也叫作盆子三娘娘。其实，三娘娘的性情并不坦，她很健谈，而且消息灵通，远胜于定四娘娘。定四娘娘报道消息，加的油盐酱醋较少，而盆子三娘娘的报道消息，加入多量的油盐酱醋，叫它变味走样。所以有人说："盆子三娘娘坐着讲，只能听一半；立着讲，一句也听不得。"她出门，看见一个人，只要是她所认识的，就和他谈。她从家里出门，到街上买物，不到一二百步路，她来往要走两三个钟头。因为到处勾留，一勾留就是几十分钟。她指手划脚地说："桐家桥头的草棚着了火了，烧杀了三个人！"后来一探听，原来一个人也没有烧杀，只是一个老头子烧掉了些胡子。"塘河里一只火轮船撞沉了一只米船，几十担米全部沉在河里！"其实是米船为了避开火轮船，在石埠子上撞了一下，船头里漏了水，打湿了几包米，拿到岸上来晒。她出门买物，一路上这样地讲过去，有时竟忘记了买物，空手回家。盆子三娘娘在后河一带确是一个有名人物。但自从她家打了一次官司，她的名望更大了。

事情是这样：她有一个孙子，年纪二十多岁，做医生的，名叫陆李王。因为他幼时为了要保证健康长寿，过继给含山寺里的菩萨太君娘娘，太君娘娘姓陆。他又过继给另外一个人，姓李。他自己姓王。把三个姓连起来，就叫他"陆李王"。这陆李王生得眉清目秀，皮肤雪白。有一个女子看上了他，和他私通。但陆李王早已娶妻，这私

---

① 坦，按作者家乡方言是慢的意思，与盆子（即盘子）平坦的坦谐音。

通是违法的。女子的父亲便去告官。官要逮捕陆李王。盆子三娘娘着急了，去同附近有名的沈四相公商量，送他些礼物。沈四相公就替她作证，说他们没有私通。但女的已经招认。于是县官逮捕沈四相公，把他关进三厢堂（是秀才坐的牢监，比普通牢监舒服些）。盆子三娘娘更着急了，挽出她包酒馆里的伙计阿二来，叫他去顶替沈四相公。允许他"养杀你"①。阿二上堂，被县官打了三百板子，腿打烂了。官司便结束。阿二就在这包酒馆里受供养，因为腿烂，人们叫他"烂膀②阿二"。这事件轰动了全石门湾。盆子三娘娘的名望由此增大。就有人把这事编成评弹，到处演唱卖钱。我家附近有一个乞丐模样的汉子，叫作"毒头③阿三"。他编得最出色，人们都爱听他唱。我还记得唱词中有几句："陆李王的面孔白来有看头，厚底鞋子寸半头，直罗④汗巾三转头……"描写盆子三娘娘去请托沈四相公，唱道："水鸡⑤烧肉一碗头，拍拍胸脯点点头……"全部都用"头"字，编得非常自然而动听。欧洲中世纪的游唱诗人（troubadour minnesinger），想来也不过如此吧。毒头阿三唱时，要求把大门关好。因为盆子三娘娘看到了要打他。

　　第四个轩柱是何三娘娘。她家住在我家的染作场隔壁。她的丈夫叫作何老三。何三娘娘生得短小精悍，喉咙又尖又响，骂起人来像怪鸟叫。她养几只鸡，放在门口街路上。有时鸡蛋被人拾了去，她就要骂半天。有一次，她的一双弓鞋晒在门口阶沿石上，不见了。这回她骂得特别起劲："穿了这双鞋子，马上要困棺材！""偷我鞋子的人，

----

① 养杀你，意即供养你一辈子直到老死。
② 烂膀，意即烂腿。
③ 毒头，意即神经病或傻瓜。
④ 直罗，即有直的隐条的丝织品。
⑤ 水鸡，即甲鱼。

世世代代做小娘（即妓女）！"何三娘娘的骂人，远近闻名。大家听惯了，便不当一回事，说一声"何三娘娘又在骂人了"，置之不理。有一次，何三娘娘正站在阶沿石上大骂其人，何老三喝醉了酒从街上回来，他的身子高大，力气又好，不问青红皂白，把这瘦小的何三娘娘一把抱住，走进门去。何三娘娘的两只小脚乱抖乱撑，大骂："杀千刀！"旁人哈哈大笑。

　　何三娘娘常常生病，生的病总是肚痛。这时候，何老三便上街去买一个猪头，扛在肩上，在街上走一转。看见人便说："老太婆生病，今天谢菩萨。"谢菩萨又名拜三牲，就是买一个猪头、一条鱼，杀一只鸡，供起菩萨像来，点起香烛，请一个道士来拜祷。主人跟着道士跪拜，恭请菩萨醉饱之后快快离去，勿再同我们的何三娘娘为难。拜罢之后，须得请邻居和亲友吃"谢菩萨夜饭"。这些邻居和亲友，都是送过份子的。份子者，就是钱。婚丧大事，送的叫作"人情"，有送数十元的，有送数元的，至少得送四角。至于谢菩萨，送的叫作"份子"，大都是一角或至多两角。菩萨谢过之后，主人叫人去请送份子的人家来吃夜饭。然而大多数不来吃。所以谢菩萨大有好处。何老三掮了一个猪头到街上去走一转，目的就是要大家送份子。谢菩萨之风，在当时盛行。有人生病，郎中看不好，就谢菩萨。有好些人家，外面在吃谢菩萨夜饭，里面的病人断气了。再者，谢菩萨夜饭的猪头肉烧得半生不熟，吃的人回家去就生病，亦复不少。我家也曾谢过几次菩萨，是谁生病，记不清了。总之，要我跟着道士跪拜。我家幸而没有为谢菩萨而死人。我在这环境中，侥幸没有早死，竟能活到七十多岁，在这里写这篇随笔，也是一个奇迹。

一九七二年

王囡囡

　　每次读到鲁迅《故乡》中的闰土，便想起我的王囡囡。王囡囡是我家贴邻豆腐店里的小老板，是我童年时代的游钓伴侣。他名字叫复生，比我大一二岁，我叫他"复生哥哥"。那时他家里有一祖母，很能干，是当家人；一母亲，终年在家烧饭，足不出户；还有一"大伯"，是他们的豆腐店里的老司务，姓钟，人们称他为钟司务或钟老七。

　　祖母的丈夫名王殿英，行四，人们称这祖母为"殿英四娘娘"，叫得口顺，变成"定四娘娘"。母亲名庆珍，大家叫她"庆珍姑娘"。她的丈夫叫王三三，早年病死了。庆珍姑娘在丈夫死后十四个月生一个遗腹子，便是王囡囡。请邻近的绅士沈四相公取名字，取了"复生"。复生的相貌和钟司务非常相像。人都说："王囡囡口上加些小胡子，就是一个钟司务。"

　　钟司务在这豆腐店里的地位，和定四娘娘并驾齐驱，有时竟在其上。因为进货、用人、经商等事，他最熟悉，全靠他支配。因此他握着经济大权。他非常宠爱王囡囡，怕他死去，打一个银项圈挂在他的项颈里。市上凡有新的玩具、新的服饰，王囡囡一定首先享用，都是他大伯买给他的。我家开染坊店，同这豆腐店贴邻，生意清淡；我的父亲中举人后科举就废，在家坐私塾。我家经济远不及王囡囡家的富裕，因此王囡囡常把新的玩具送我，我感谢他。王囡囡项颈里戴一个银项圈，手里拿一枝长枪，年幼的孩子和猫狗看见他都逃避。这神情宛如童年的闰土。

　　我从王囡囡学得种种玩艺。第一是钓鱼，他给我做钓竿，弯钓钩。拿饭粒装在钓钩上，在门前的小河里垂钓，可以钓得许多小鱼。活活地挖出肚肠，放进油锅里煎一下，拿来下饭，鲜美异常。其次是摆擂

约 1935 年，在杭州某亭内

台。约几个小朋友到附近的姚家坟上去，王囡囡高踞在坟山上摆擂台，许多小朋友上去打，总是打他不下。一朝打下了，王囡囡就请大家吃花生米，每人一包。又次是放纸鸢。做纸鸢，他不擅长，要请教我。他出钱买纸、买绳，我出力糊纸鸢，糊好后到姚家坟去放。其次是缘树。姚家坟附近有一个坟，上有一株大树，枝叶繁茂，形似一顶阳伞。王囡囡能爬到顶上，我只能爬在低枝上。总之，王囡囡很会玩耍，一天到晚精神勃勃，兴高采烈。

有一天，我们到乡下去玩，有一个挑粪的农民，把粪桶碰了王囡囡的衣服。王囡囡骂他，他还骂一声："私生子！"王囡囡面孔涨得绯红，从此兴致大大地减低，常常皱眉头。有一天，定四娘娘叫一个关魂婆来替她已死的儿子王三三关魂。我去旁观。这关魂婆是一个中年妇人，肩上扛一把伞，伞上挂一块招牌，上写"捉牙虫算命"。她从王囡囡家后门进来。凡是这种人，总是在小巷里走，从来不走闹市大街。大约她们知道自己的把戏鬼鬼祟祟，见不得人，只能骗骗愚夫愚妇。牙痛是老年人常有的事。那时没有牙医生，她们就利用这情况，说会"捉牙虫"。记得我有一个亲戚，有一天请一个婆子来捉牙虫。这婆子要小解了，走进厕所去。旁人偷偷地看看她的膏药，原来里面早已藏着许多小虫。婆子出来，把膏药贴在病人的脸上，过了一会，揭起来给病人看，"喏！你看：捉出了这许多虫，不会再痛了。"这证明她的捉牙虫全然是骗人。算命、关魂，更是骗人的勾当了。闲话少讲，且说定四娘娘叫关魂婆进来，坐在一只摇纱椅子①上。她先问："要叫啥人？"定四娘娘说："要叫我的儿子三三。"关魂婆打了三个呵欠，说："来了一个灵官，长面孔……"定四娘娘说："不是。"

---

① 摇纱椅子，是作者家乡一带低矮的靠背竹椅，因妇女摇纱（纺纱）时常坐此椅而得名。

关魂婆又打呵欠，说："来了一个灵官……"定四娘娘说："是了，是我三三了。三三！你撇得我们好苦！"就一把鼻涕、一把眼泪地哭。后来对着庆珍姑娘说："喏，你这不争气的婆娘，还不快快叩头！"这时庆珍姑娘正抱着她的第二个孩子（男，名掌生）喂奶，连忙跪在地上，孩子哭起来，王囡囡哭起来，棚里的驴子也叫起来。关魂婆又代王三三的鬼魂说了好些话，我大都听不懂。后来她又打一个呵欠，就醒了。定四娘娘给了她钱，她讨口茶吃了，出去了。

王囡囡渐渐大起来，和我渐渐疏远起来。后来我到杭州去上学了，就和他阔别。年假暑假回家时，听说王囡囡常要打他的娘。打过之后，第二天去买一支参来，煎了汤，定要娘吃。我在杭州学校毕业后，就到上海教书，到日本游学。抗日战争前一两年，我回到故乡，王囡囡有一次到我家里来，叫我"子恺先生"，本来是叫"慈弟"的。情况真同闰土一样。抗战时我逃往大后方，八九年后回乡，听说王囡囡已经死了，他家里的人不知去向了。而他儿时的游钓伴侣的我，以七十多岁的高龄，还残生在这婆婆世界上，为他写这篇随笔。

笔者曰：封建时代礼教杀人，不可胜数。王囡囡庶民之家，亦受其毒害。庆珍姑娘大可堂皇地再嫁与钟老七。但因礼教压迫，不得不隐忍忌讳，酿成家庭之不幸，冤哉枉也。

一九七二年

星期日是母亲的烦恼日

乐　生

　　乐生是我的远房堂兄。他的父亲叫亚卿，我们叫他亚卿三大伯，或麻子三大伯。亚卿曾在我们的染店里当管账，乐生就在店里当学徒。因此我和乐生很熟悉，下午店里空了，乐生就陪我玩。

　　乐生的玩法，异想天开，与众不同，还带些恶毒性，但实际上并不怎么危害人。我对他有些向往，就因为爱好这种恶毒性。例如：他看到一条百脚①，诱它出来，用剪刀把它的两只钳剪去。百脚是以钳为武器的，如今被剪去了，就如缴了械，解除了武装，不可怕了。乐生便把它藏在衣袖里，任他在身上爬来爬去。他突然把百脚丢在别人身上，那人吓了一大跳。有几个小孩，竟被他吓得大哭。有一次，我母亲出来，在店门口坐坐。乐生乘其不备，把这条百脚放在她肩上了。我母亲见了，大吃一惊，乐生立刻走过去把百脚捉了，藏入袋里，使得我母亲又吃一惊。又有一次，他向他的父亲麻子三大伯讨零用钱，

_____

① 百脚，即蜈蚣。

他父亲不给。他便拿出百脚来，丢在他臂上。麻子三大伯吓了一跳，连忙用手来掸，岂知那百脚落在他背脊上了，没有离身。他向门角落里拿起一根门闩，要打乐生。乐生在前面逃，他背着百脚拿着门闩在后面追，街上的人大笑。乐生转一个弯，不见了，麻子三大伯背着百脚拿着门闩站着喘气。有人替他掸脱了百脚。一只鸡看见了，跑过来啄了两三口，把百脚全部吞下去了。这鸡照旧仰起了头踱来踱去，若无其事。可知鸡的胃消化力很强。这百脚已无钳无毒。倘是有钳有毒的，它照样会消化，把毒当作营养品。记得我的大姐扎珠花，嫌珠子不圆，把它灌进鸡嘴巴里。过了一会，把鸡杀了，取出珠子来，已浑圆了。可见其消化力之强。闲话少讲。

乐生对于百脚，特别感到兴趣。上述的办法玩腻之后，他又另想办法。把一根竹，两头削尖，弯成弓形，钉住百脚的头和尾，两手一放，百脚就成了弓弦。这叫作百脚弓。他把百脚弓挂在墙上，到第三日，那百脚还不曾死，脚还在抖动。所以说：百足之虫，死而不僵，但这办法太残忍了。百脚原是害虫，应该杀死，但何必用这等残酷的刑罚呢？但这是我现在的想法，当时我也木知木觉。且说百脚干燥之后，居然非常坚韧，可作弓弦，用竹签子射箭，见者无不惊叹乐生这种杰作。

乐生另有一种杰作，实在恶毒得可以。有一天晚上，我同他两人在店堂里，他悄悄地拿出一包头发来，不知是从哪里弄来的，用剪刀剪得很细，像黑粉末。我问他做什么用，他说你明天自会知道。到了明天下午，店里空了，隔壁的道士先生顾芷塘来坐在店门口，和人谈闲天。乐生乘其不备，拿一把头发粉末来撒在他的后头骨下面的项颈里了。这顾芷塘的项颈生得很长，人们说他是吹笙的，笙是吸的，便把项颈吸得很长了。因为项颈长，所以衣领后头很宽，可容许多头发粉末。顾芷塘起先不觉得什么，后来觉得痒了，伸手去搔，越搔越痒。

那些头发粉末落下去，粘在背脊上，顾芷塘只得撩起衣服来，弯进手臂去搔。同时自言自语："背脊上痒得很，难道生虱子了？我家没有虱子的呀。"终于痒得熬不住，便回家去换衣裳了。

管账先生何昌熙也着过这道儿。何昌熙坐在账桌边写账，乐生假作用鸡毛帚掸灰尘，把一把头发粉末撒在他项颈里了。何昌熙是个大块头，一时木知木觉，后来牵动衣裳，越牵越痒，嘴里不住地骂人。乐生和我却在暗笑。丫头红英吃过不少次数。因为红英常常坐在店门口阶沿上剖鱼或洗衣服，乐生凭在柜台上，居高临下，撒下去正好落在项颈里。此外，乐生拿了这包宝贝上街去，谁吃他亏，不得而知了。这些都是顽皮孩子的恶作剧，算不得作恶为非，但他还有招摇撞骗行径呢。

上午，街上正闹的时候，乐生拿了一碗水在人丛中走。看到一个比较阔绰的人，有意去碰他一下，那碗水倒翻在地上了。乐生惊喊起来："啊呀！我这两角洋钱烧酒被你碰翻了！奈末①我的爷要打杀我了！要你赔！要你赔！"他竟哭出眼泪来了。那人没奈何，只得赔他两角洋钱。

乐生早死。他的儿子叫舜华，听说在肉店经商，现在不知怎样，几十年没消息了。

---

① 奈末，江南一带方言，意即这下子。

菊　林

　　我十三四岁在小学读书的时候，菊林是一个六岁的小和尚。如果此人现在活着而不还俗，则是一个六十多岁的老和尚了。

　　我们的西溪小学堂办在市梢的西竺庵里，借他们的祖师殿为校舍。我们入学，必须走进山门，通过大殿。因此和和尚们天天见面。西竺庵是个子孙庙，老和尚收徒弟，先进山门为大。菊林虽只六岁，却是先进山门，后来收的十三四岁的本诚，要叫他"师父"。这些小和尚，都是穷苦人家卖出来的，三块钱一岁。像菊林只能卖十八元。菊林年幼，生活全靠徒弟照管。"阿拉师父跌了一跤！"本诚抱他起来。"阿拉师父撒尿出了！"本诚替他换裤子。"阿拉师父困着了！"本诚抱他到楼上去。

　　僧房的楼窗外挂着许多风肉。这些和尚都爱吃肉，而且堂堂皇皇地挂在窗口。他们除了做生意（即拜忏）时吃素之外，平日都吃荤。而且拜忏结束之时，最后一餐也吃荤。有一次我看见老和尚打菊林的屁股，为的是菊林偷肉吃。

西竺庵里常常拜忏，差不多每月举行一次，每次都有名目：大佛菩萨生日、观音菩萨生日、某祖师生日等等。届时邀请当地信佛的太太们来参加。太太们都很高兴，可以借佛游春。她们每人都送香金。富有的人家送得很重，贫家随缘乐助。每次拜忏，和尚的收入是可观的。和尚请太太们吃素斋，非常丰盛。太太们吃好之后，在碗底下放几个铜钱，叫作洗碗钱。菊林在这一天很出风头。他合掌向每位太太拜揖，口称"阿弥陀佛"。他的面孔像个皮球，声音喃喃呐呐，每个太太都怜爱他，给他糖果或铜板角子。她们调查这小和尚的身世，知道他一出世就父母双亡，阿哥阿嫂生活困难，把他卖作小和尚。菊林心地很好，每次拜忏的收入，铜板角子交给老和尚，糖果和他的徒弟分吃。

抗战胜利后我从重庆归来，去凭吊劫后的故乡，看见西竺庵一部分还在。我入内瞻眺，在廊柱石凳之间依稀仿佛地看见六岁的菊林向我合掌行礼。庵中的和尚不知去向，屋宇都被尘封。大概他们都在这浩劫中散而之四方矣。但不知菊林下落如何。

小学同级生

　　科举废后，石门湾最初开办小学堂，用西竺庵里面的祖师殿为校舍，名曰溪西小学堂，后来改名石门县立第三小学校。我是这学校的第一级学生。这第一级一共只有七个学生，现在除了我一人老不死之外，其余六人都早已死去，而且都不是终天年的——一人病死，五人横死。

　　病死的叫沈元。毕业时我考第一，他考第二，我们两人一同到杭州入第一师范学校。五年毕业后，我到上海办学，到东京游学；他就回故乡当这小学的校长，一直当到死。初级师范毕业生应该当小学教师。沈元恪守这制度，为桑梓小学教育服务到底。抗日战争开始，石门湾沦陷，沈元生根在故乡，离乡则如鱼失水，只得躲在农村里。他家的房屋烧毁了。学校停办了，他便忧恼成病而死。我于沦陷前十余天觅得一船，载了家眷亲戚共十二人逃向杭州，经过五河泾时，望见沈元在路旁的一所茶店里吃茶，彼此打一招呼，这便是永别了。后来听说他是生伤寒病，没有医药，听其自死的。

横死的五个人，其一叫C，是附近北泉村人。此人在学时国文很好，而别的功课不好，所以毕业时考第三名。毕业后不升学，就在家乡鬼混，后来到石门县里去当了什么差使，竟变成了一个讼师，包揽讼事，鱼肉乡民。敌伪时期中，他结识了一个大恶霸Y，当了他的军师。这Y是本地人，绰号"柴头阿三"，同我还有一点亲戚关系：我的远房伯父丰亚卿的女儿，婴孩时许配给他，不久就死了。但既经父定，他便是丰家的女婿，和我是郎舅之亲。所以抗战胜利后我从重庆回上海，到家乡探望亲友时，这Y曾经来招待我，在家里办了一桌酒请我吃。这时候他家住在包厅，排场很阔。他的老婆叫E，也是本地人。听说有一次Y出门去了，有一个男人来看E，在她房里坐地。不料Y因遗忘物件，回转来取，看见了这男人，摸出手枪来把他打死。可知他是一个杀人不眨眼的魔王。我因为早就传闻此人的行径，所以不欲同他交往，然而故乡族人和亲友都怕他，劝我非敷衍他不可，因此我只得受他招待。而我的同级友C，正是这个魔王的军师。Y不识字，C替他代笔，Y狠而无谋，C替他划策。他对C是心悦诚服，言听计从的。C假手Y而杀死的人，不知凡几。后来Y不知去向，不知逃到哪里去了。C恶贯满盈，被抓去就地正法。抗战胜利，我从重庆还乡时，曾见到他。他告诉我：敌伪时期，他坐在家里，一个日本兵从他门口走过，对他开了一枪。幸而打得不准，子弹从身旁飞过，没有打死他。后来我想：你那时被打死了，胜如现在就地正法。

第二个横死的叫L，是高家湾人。此人在家乡包揽讼事，鱼肉乡民；奸淫妇女，横行不法。后来和C同时就地正法。此人在校是插班生，我和他不熟悉，详情不知。

第三个横死的叫W，是石门湾首富Z的独子。Z开米店，其店就在我家染店的斜对河。Z每天从对河走过，人们都说他走路时两手掉动像龟手，是发财相。他既发财，对W这独子当然宠爱，W在校中，衣裳穿得最漂亮，上海初有皮鞋，他就穿了，上海初有铅笔，他就用了。沪杭初通火车，他首先由父亲伴着去乘了。乘了回来吹牛给同学们听，说火车走得极快，两旁的电线木同栅栏一样。听者为之咋舌。辛亥革命了，他把辫子盘在头顶，穿一件淡蓝色扯襟长袍，招摇过市，见者无不啧啧称赏。总之，那时的 W，是石门湾的天之骄子。小学毕业之后，我赴杭州求学，难得回乡，对 W 日渐生疏。但闻知他的父亲死了，他当了家，在家里纳福。有一个无业游民叫 Q 的，也是小学的同学，不过年级比我们低。此人做了 W 的跑腿，天天在他家里进出，沾点油水，所以人们称他为"火腿上的绳"。抗战开始，我率眷西行，W 的情况全然不知。抗战胜利后我回乡一行，才知道 W 已迁居城内，没有见面。解放后，我居上海，传闻 W 为壁报作画，获得好评。原来他在小学时就以善画出名，人们称他为"小画家"。后来，听说 Q 到浙江某地劳动，在那里揭发了 W 的一件命案。于是 W 被捕入狱。他一向是养尊处优、锦衣玉食的，哪里吃得消铁窗生活，不久就死在牢狱里了。他有一个女儿，昔年我曾见过，相貌很像她父亲。听说是个很能干的医务工作者。

第四第五两个横死的，是魏氏兄弟，即魏堂，字颂声；魏和，字达三。魏颂声小学毕业后，曾到上海入某体育学校。后来受人劝诱到新加坡去当教师。在那热带上住了数年，得了严重的眼疾，戴了黑眼镜回乡，就在母校里当体操音乐教师。然而家里的老婆已经走脱了……此时我早已离乡，奔走各地，一直不知道魏颂声的情况。直到解放那年，我住在上海福州路时，有一天来了一个不相识的女人。我问她你是谁家宅眷，她说"我是魏颂声家的"，说罢泣不能抑。我不胜惊诧，忙问她颂声情况，她边哭边说地答道："死了。""什么毛病？""是吊死的！""哎呀！"慢慢地问她，才知道她是颂声的续弦，颂声在奉贤当小学教师，薪水微薄，一家四口难于活命，他自己又要吸烟喝酒。债台高筑，告贷无门。有一天她早上起来，看见颂声吊在门框上，已经冰冷了。桌上放着一个空空的烧酒瓶，他是喝醉了上吊的。古来都说酒能消愁，他的酒竟把愁根本消除了。我安慰她一番，拿出十万元（即今十元）来送她，作为吊仪，她道谢告辞，下文不得而知。

他的兄弟魏达三，另有一种横死法。此人小学毕业后，从师学医，挂牌开业，医道颇高，渐渐名闻遐迩。但架子也渐渐大起来。有时喝醉了酒，不肯出诊，要三请四请才能请到。有一天，就是日本鬼在金山卫登陆那一天，上午听见远处轰响，大家说是县城里被炸，但大家又自慰："我们这小镇，请他来炸他也不肯来的。"这一天下午，附近乡村人来请魏达三出诊，放了一只船来。魏达三说今天没空，不能下乡，明天上午去吧。那时如果有人预知未来，一定要苦劝他赶快上船，保全性命。然而他竟到东市某家去看病了。正在诊病，日本飞机来了，炸弹纷纷投下，居民东奔西窜，哭喊连天。魏达三认为屋里危险，怕房子坍下来压死，便逃出后门，走进桑地里躲避。正好一个炸弹投下来，弹片削去了他的右臂，当场毙命。那只手臂抛在远处，手指还戴着一个金指环，被趁火打劫的人取了去。那时我一家人躲在屋里，炸弹落在离开我屋约五丈的地方，桌上的热水瓶、水烟管都翻落地上，幸而人没有被炸死。当天大家纷纷下乡避难，全镇变成死市，魏达三的尸体如何收拾，不得而知。后来听人说，那天东市病家门外的桑地里，桑树上挂着许多稻柴，大约敌机望下来以为是兵，所以投下许多炸弹，而魏达三躬逢其盛。此后约半个月，我就率眷逃往杭州、桐庐，辗转到达萍乡、长沙、桂林，故乡的情况不得而知了。

攢研

子愷畫

钻研

新年怀旧

　　我似觉有二十多年不逢着"新年"了。因为近二十多年来，我所逢着的新年，大都不像"新年"。每逢年底，我未尝不热心地盼待"新年"的来到；但到了新年，往往大失所望，觉得这不是我所盼待的"新年"。我所盼待的"新年"似乎另外存在着，将来总有一天会来到的。再过半个月，新年又将来临。料想它又是不像"新年"的，也无心盼待了。且回想过去吧。

　　我所认为像"新年"的新年，只有二十多年前，我幼时所逢到的几个"新年"。近二十多年来，我每逢新年，全靠对它们的回忆，在心中勉强造出些"新年"似的情趣来，聊以自慰。回忆的力一年一年地薄弱起来。现在若不记录一些，恐怕将来的新年，连这点聊以自慰的空欢也没有了。

　　当阳历还被看作"洋历"，阴历独裁地支配着时间的时代，新年真是一个极盛大的欢乐时节！一切空气温暖而和平，一切人公然地嬉戏。没有一个人不穿新衣服，没有一个人不是新剃头。尤其是我，正当童年时代，不知众苦，但有一切乐。我的新年的欢乐，始于新年的eve（前夕）。

大年夜的夜饭，我故意不吃饱。留些肚皮，用以享受夜间游乐中的小食、半夜里的暖锅和后半夜的接灶圆子。吃过夜饭，店里的柜台上就点着一对红蜡烛、一只风灯。红蜡烛是岁烛，风灯是供给往来的收账人看账目用的。从黄昏起，直至黎明，街上携着灯笼收账的人络续不绝。来我们店里收账的人，最初上门来，约在黄昏时，谈了些寒暄，把账簿展开来看一看，大约有多少，假如看见管账先生不拿出钱来，他们会很客气地说一声"等一会儿再算"，就告辞。第二次来，约在半夜时。这会拿过算盘来，确实地决算一下，打了一个折扣，再在算盘上摸脱了零头，得到一个该付的实数。倘我们的管账先生因为自己的店账没有收齐，回报他们说"再等一会儿付款"，收账的人也会很客气地满口答允，提了灯笼又去了。第三次来时，约在后半夜。有的收清账款，有的反而把旧欠放弃不收，说道"带点老亲"。于是大家说着"开年会"，很客气地相别。我们的收账员，也提了灯笼，向别家去演同样的把戏，直到后半夜或黎明方才收清。这在我这样的孩子们看来，真是一年一度的难得的热闹。平日天一黑就关门。这一天通夜开放，灯火满街。我们但见一班灯笼进，一班灯笼出，店堂里充满着笑语和客气话。心中着实希望着账款不要立刻付清，因此延长一点夜的闹热。在前半夜，我常常跟了我们店里的收账员，向各店收账。每次不过是看一看数目，难得收到钱。但遍访各店，在我是一种趣味。他们有的在那里请年菩萨，有的在那里准备过新年。还有的已经把年夜当作新年，在那里掷骰子，欢呼声充满了店堂的里面。有的认识我是小老板，还要拿本店的本产货的食物送给我吃，表示亲善。我吃饱了东西回到家里，里面别是一番热闹：堂前点着岁烛和保险灯。灶间里拥着大批人看放谷花。放的人一手把糯米谷撒进镬子里去，一手拿着一把稻草不绝地在镬子底上撩动。那些糯米谷得了热气，起初"拍，拍"地爆响，后来米脱出了谷皮，渐渐膨胀起来，终于放得像朵朵梅花一样。这些梅花在环视者的欢呼声中出了镬子，就被拿到厅上的桌子上去挑选。保险灯光下的八仙桌，中央堆了一大堆谷花，四周围着张开笑口的男女老幼许多人。你一堆，我一堆，大家竞把砻糠剔去，拣出纯白的谷花来，放在一只竹篮里，预备新年里泡糖茶请客人吃。我也参加在这人丛中，但我的任务不是拣而是吃。那白而肥的谷花，又香又燥，比炒米更松，比蛋片更脆，又是一年中难得尝到的异味。等到拣好了谷花，端出暖锅来吃半夜饭的时候，我的肚子已经装饱，只为着吃后的"毛草纸揩嘴"的兴味，勉强凑在桌上。所谓"毛草纸揩嘴"，是每年年夜例行的一种习惯。吃过年夜饭，家里的母亲乘孩子们不备拿出预先准备着的老毛草纸向孩子们口上揩抹。其意思是把嘴当作屁眼，这一年里即使有不吉利的话出口，也等于放屁，不会影响事实。但孩子们何尝懂得这番苦心？我们只是对于这种恶戏发生兴味，便模仿母亲，到毛厕间里去拿张草纸来，公然地向同辈，甚至长辈的嘴上去乱擦。被擦者决不忿怒，只是掩口而笑，或者笑着逃走。于是我们擎起草纸，向后面追赶。不期正在追赶的时候，自己的嘴却被第三者用草纸揩过了。于是满堂哄起热闹的笑声。

夜半过后在时序上已经是新年了；但在习惯上，这五六个小时还算是旧年。我们于后半夜结伴出门，各种商店统统开着，街上行人不绝，收账的还是提着灯笼幢幢来往。但在一方面，烧头香的善男信女，已经携着香烛向寺庙巡礼了。我们跟着收账的，跟着烧香的，向全镇乱跑。直到肚子跑饿，天将向晓，然后回到家里来吃了接灶圆子，怀着了明朝的大欢乐的希望而酣然就睡。

元旦日，起身大家迟。吃过谷花糖茶，白日的乐事，是带了去年底预先积存着的零用钱、压岁钱和客人们给的糕饼钱，约伴到街上去吃烧卖。我上街的本意不在吃烧卖，却在花纸儿和玩具上。我记得，似乎每年有几张新鲜的花纸儿给我到手。拿回家来摊在八仙桌上，引得老幼人人笑口皆开。晏晏地吃过了隔年烧好的菜和饭，下午的兴事是敲年锣鼓。镇上备有锣鼓的人家不很多，但是各坊都有一二处。我家也有一副，是我的欢喜及时行乐的祖母所置备的。平日深藏在后楼，每逢新年，拿到店堂里来供人演奏。元旦的下午，大街小巷，鼓乐之声遥遥相应。现在回想，这种鼓乐最宜用为太平盛世的点缀。丝竹管弦之音固然幽雅，但其性质宜于少数人的清赏，非大众的。最富有大众性的乐器，莫如打乐（打击乐器）。俗语云："锣鼓响，脚底痒。"因为这是最富有对大众的号召力的乐器。打乐之中，除大锣鼓外，还有小锣、班鼓、檀板、大铙钹、小铙钹等，都是不能演奏旋律的乐器。因此奏法也很简单，只是同样的节奏的反复，不过在轻重缓急之中加以变化而已。像我，十来岁的孩子，略略受人指导也能自由地参加新年的鼓乐演奏。一切音乐学习，无如这种打乐之容易速成者。这大概也是完成其大众性的一种条件吧。这种浩荡的音节，都是暗示昂奋的、华丽的、盛大的。在近处听这种音节时，听者的心会忙着和它共鸣，无暇顾到他事。好静的人所以讨厌打乐，也是为此。从远处听这种音节，似觉远方举行着热闹的盛会，不由你的心不向往。好群的人所以要脚底痒者，也正是为此。试想：我们一个数百户的小镇同时响出好几处的浩荡的鼓乐来，云中的仙人听到了，也不得不羡慕我们这班盛世黎民的欢乐呢。

新年的晚上，我们又可从花炮享受种种的眼福。最好看的是放万花筒。这往往是大人们发起而孩子们热烈赞成的。大人们一到新年，似乎袋里有的都是闲钱。逸兴到时，斥两百文购大万花筒三个，摆在河岸一齐放将起来。河水反照着，映成六株开满银花的火树，这般光景真像美丽的梦境。东岸上放万花筒，西岸上的豪侠少年岂肯袖手旁观呢？势必响应在对岸上也放起一套来。继续起来的就变花样。或者高高地放几十个流星到天空中，更引起远处的响应，或者放无数雪炮，隔河作战。闪光满目，欢呼之声盈耳，火药的香气弥漫在夜天的空气中。当这时候，全镇的男女老幼，大家一致兴奋地追求欢乐，似乎他们都是以游戏为职业的。独有爆竹业的人，工作特别多忙。一新年中，全镇上此项消费为数不小呢：送灶过年、接灶、接财神、安灶……每次斋神，每家总要放四个斤炮，数百鞭炮。此外万花筒、流星、雪炮等观赏的消耗，更无限制。我的邻家是业爆竹的。我幼时对于爆竹店，比其余一切地方都亲近。自年关附近至新年完了，差不多每天要访问爆竹店一次。这原是孩子们的通好，不过我特别热心。我曾把鞭炮拆散来，改制成无数的小万花筒，其法将底下的泥挖出，将头上的引火线拔下来插入泥孔中，倒置在水槽边上燃放起来，宛如新年夜河岸上的光景。虽然简陋，但神游其中，不妨想象得比河岸上的光景更加壮丽。这种火的游戏只限于新年内举行，平日是不被许可的。因此火药气与新年，在我的感觉上有不可分离的联关。到现在，偶尔闻到火药气时，我还能立刻联想到新年及儿时的欢乐呢。

二十多年来，我或为负笈，或为糊口，频频离开故乡。上述的种种新年的点缀，在这二十多年间无形无迹地渐渐消灭起来。等到最近数年前我重归故乡息足的时候，万事皆非昔比，新年已不像"新年"了。第一，经济衰落与农村破产凋弊了全镇的商业。使商店难于立足，不敢放账，年夜里早已没有携了灯笼幢幢往来收账的必要了。第二，阴历与阳历的并存扰乱了新年的定标，模糊了新年的存在。阳历新年多数人没有娱乐的勇气，阴历新年又失了娱乐的正当性，于是索性废止娱乐。我们可说每年得逢两度新年，但也可说一度也没有逢，似乎新年也被废止了。第三，多数的人生活局促，衣食且不给，遑论新年与娱乐？故现在的除夜，大家早早关门睡觉，几与平日无异。现在的新年，难得再闻鼓乐之声。现在的爆竹店，只卖几个迷信的实用上所不可缺的鞭炮，早已失去了娱乐品商店的性质。况且战乱频仍，这种迷信的实用有时也被禁，爆竹商的存在亦已岌岌乎了。

我们的新年，因了阴阳历的并存而不明确，复因了民生的疾苦而无生气，实在是我们的生活趣味上的一大缺憾！我不希望开倒车回复二十多年前的儿时，但希望每年有个像"新年"的新年，以调剂一年来工作的辛苦，恢复一年来工作的疲劳。我想这像"新年"的新年一定存在着，将来总有一天会来到的。

廿四年（1935）十二月十三日作，曾载《宇宙风》

我的母亲

中国文化馆要我写一篇《我的母亲》，并寄我母亲的照片一张。照片我有一张四寸的肖像，一向挂在我的书桌的对面。已有放大的挂在堂上，这一张小的不妨送人。但是《我的母亲》一文从何处说起呢？看看母亲的肖像，想起了母亲的坐姿。母亲生前没有摄取坐像的照片，但这姿态清楚地摄入在我脑海中的底片上，不过没有晒出。现在就用笔墨代替显影液和定影液，把我母亲的坐像晒出来吧：

我的母亲坐在我家老屋的西北角①里的八仙椅子上，眼睛里发出严肃的光辉，口角上表出慈爱的笑容。

老屋的西北角里的八仙椅子，是母亲的老位子。从我小时候直到她逝世前数月，母亲空下来总是坐在这把椅子上，这是很不舒服的一个座位：我家的老屋是一所三开间的楼厅，右边是我的堂兄家，左边一间是我的堂叔家，中央一间是我家。但是没有板壁隔开，只拿在左

---

① 老屋不是朝南而是朝东的，所以西北角应作西南角。

右的两排八仙椅子当作三份人家的界限。所以母亲坐的椅子，背后凌空。若是沙发椅子，三面有柔软的厚壁，凌空原无妨碍。但我家的八仙椅子是木造的，坐板和靠背成九十度角，靠背只是疏疏的几根木条，其高只及人的肩膀。母亲坐着没处搁头，很不安稳。母亲又防椅子的脚摆在泥土上要霉烂，用二三寸高的木座子衬在椅子脚下，因此这只八仙椅子特别高，母亲坐上去两脚须得挂空，很不便利。所谓西北角，就是左边最里面的一只椅子。这椅子的里面就是通过退堂的门。退堂里就是灶间。母亲坐在椅子上向里面顾，可以看见灶头。风从里面吹出的时候，烟灰和油气都吹在母亲身上，很不卫生。堂前隔着三四尺阔的一条天井便是墙门。墙外面便是我们的染坊店。母亲坐在椅子里向外面望，可以看见杂沓往来的顾客，听到沸翻盈天的市井声，很不清静。但我的母亲一向坐在我家老屋西北角里的这样不安稳、不便利、不卫生、不清静的一只八仙椅子上，眼睛发出严肃的光辉，口角上表出慈爱的笑容。母亲为什么老是坐在这样不舒服的椅子里呢？因为这位子在我家中最为冲要。母亲坐在这位子里可以顾到灶上，又可以顾到店里。母亲为要兼顾内外，便顾不到座位的安稳不安稳、便利不便利、卫生不卫生和清静不清静了。

我四岁时，父亲中了举人[①]，同年祖母逝世，父亲丁艰在家，郁郁不乐，以诗酒自娱，不管家事，丁艰终而科举废，父亲就从此隐遁。这期间家事店事，内外都归母亲一人兼理。我从书堂出来，照例走向坐在西北角里的椅子上的母亲的身边，向她讨点东西吃吃。母亲口角上表出亲爱的笑容，伸手除下挂在椅子头顶的"饿杀猫篮"[②]，拿起

---

① 丰镇于 1902 年中举，1906 年病逝。如按虚岁，作者在 1902 年应为五岁。后面的九岁也是虚岁。

② 饿杀猫篮，一种用细篾制成的、四周有孔的、通风的有盖竹篮，菜碗放此篮中，猫吃不到，故名。

饼饵给我吃；同时眼睛里发出严肃的光辉，给我几句勉励。

我九岁的时候，父亲遗下了母亲和我们姐弟六人、薄田数亩和染坊店一间而逝世。我家内外一切责任全部归母亲负担。此后她坐在那椅子上的时间愈加多了。工人们常来坐在里面的凳子上，同母亲谈家事；店伙们常来坐在外面的椅子上，同母亲谈店事；父亲的朋友和亲戚邻人常来坐在对面的椅子上，同母亲交涉或应酬。我从学堂里放假回家，又照例走向西北角里的椅子边，同母亲讨个铜板。有时这四班人同时来到，使得母亲招架不住，于是她用了眼睛的严肃的光辉来命令、警戒或交涉，同时又用了口角上的慈爱的笑容来劝勉、抚爱或应酬。当时的我看惯了这种光景，以为母亲是天生成坐在这只椅子上的，而且天生成有四班人向她缠绕不清的。

我十七岁离开母亲，到远方求学。临行的时候，母亲眼睛里发出严肃的光辉，诚告我待人接物求学立身的大道；口角上表出慈爱的笑容，关照我起居饮食一切的细事。她给我准备学费，她给我置备行李，她给我制一罐猪油炒米粉，放在我的网篮里；她给我做一个小线板，上面插两只引线放在我的箱子里，然后送我出门。放假归来的时候，我一进店门，就望见母亲坐在西北角里的八仙椅子上。她欢迎我归家，口角上表出慈爱的笑容，她探问我的学业，眼睛里发出严肃的光辉。晚上她亲自上灶，烧些我所爱吃的菜蔬给我吃，灯下她详询我的学校生活，加以勉励、教训或责备。

我廿二岁毕业后，赴远方服务，不克依居母亲膝下，唯假期归省。每次归家，依然看见母亲坐在西北角里的椅子上，眼睛里发出严肃的光辉，口角上表现出慈爱的笑容。她像贤主一般招待我，又像良师一般教训我。

我三十岁时，弃职归家，读书著述奉母。母亲还是每天坐在西北角里的八仙椅子上，眼睛里发出严肃的光辉，口角上表出慈爱的笑容。

只是她的头发已由灰白渐渐转成银白了。

我三十三岁时，母亲逝世。我家老屋西北角里的八仙椅子上，从此不再有我母亲坐着了。然而我每逢看见这只椅子的时候，脑际一定浮出母亲的坐像——眼睛里发出严肃的光辉，口角上表出慈爱的笑容。她是我的母亲，同时又是我的父亲。她以一身任严父兼慈母之职而训诲我抚养我，我从呱呱坠地的时候直到三十三岁，不，直到现在。陶渊明诗云："昔闻长者言，掩耳每不喜。"我也犯这个毛病；我曾经全部接受了母亲的慈爱，但不会全部接受她的训诲。所以现在我每次在想象中瞻望母亲的坐像，对于她口角上的慈爱的笑容，觉得十分感谢；对于她眼睛里的严肃的光辉，觉得十分恐惧。这光辉每次给我以深刻的警惕和有力的勉励。

民国廿六年（1937）二月廿八日

学画回忆 ^①

　　假如有人探寻我儿时的事，为我作传记或讣启，可以为我说得极漂亮："七岁入塾即擅长丹青。课余常摹古人笔意，写人物图，以为游戏。同塾年长诸生竞欲乞得其作品而珍藏之，甚至争夺殴打。师闻其事，命出画观之，不信，谓之曰：'汝真能画，立为我作至圣先师孔子像！不成，当受罚。'某从容研墨伸纸，挥毫立就，神颖晔然。师弃戒尺于地，叹曰：'吾无以教汝矣！'遂装裱其画，悬诸塾中，命诸生朝夕礼拜焉。于是亲友竞乞其画像，所作无不维妙维肖……"百年后的人读了这段记载，便会赞叹道："七岁就有作品，真是天才、神童！"

　　朋友来信要我写些关于儿时学画的回忆的话。我就根据上面的一段话写些吧。上面的话都是事实，不过欠详明些，宜解释之如下：

---

① 　本篇曾载 1935 年 3 月《良友》第 103 期，1957 年版《缘缘堂随笔》中有改动，现按 1935 年初版原样。

我七八岁时——到底是七岁或八岁，现在记不清楚了。但都可说，说得小了可说是照外国算法的；说得大了可说是照中国算法的——入私塾，先读《三字经》，后来又读《千家诗》。《千家诗》每页上端有一幅木板画，记得第一幅画的是一只大象和一个人，在那里耕田，后来我知道这是二十四孝中的大舜耕田图。但当时并不知道画的是什么意思，只觉得看上端的画，比读下面的"云淡风轻近午天"有趣。我家开着染坊店，我向染匠司务讨些颜料来，溶化在小盅子里，用笔蘸了为书上的单色画着色，涂一只红象、一个蓝人、一片紫地，自以为得意。但那书的纸不是道林纸，而是很薄的中国纸，颜料涂在上面的纸上，会渗透下面好几层。我的颜料笔又吸得饱，透得更深。等得着好色，翻开书来一看，下面七八页上，都有一只红象、一个蓝人和一片紫地，好像用三色版套印的。

　　第二天上书的时候，父亲——就是我的先生——就骂，几乎要打手心；被母亲不知大姐劝住了，终于没有打。我抽抽咽咽地哭了一顿，把颜料盅子藏在扶梯底下了。晚上，等到先生——就是我的父亲——上鸦片馆去了，我再向扶梯底下取出颜料盅子，叫红英——管我的女仆——到店堂里去偷几张煤头纸① 来，就在扶梯底下的半桌上的"洋油手照"② 底下描色彩画。画一个红人、一只蓝狗、一间紫房子……这些画的最初的鉴赏者，便是红英。后来母亲和诸姐也看到了，她们都说"好"；可是我没有给父亲看，防恐吃手心。这就叫作"七岁入塾即擅长丹青"。况且向染坊店里讨来的颜料不止丹和青呢！

　　后来，我在父亲晒书的时候找到了一部人物画谱，翻一翻，看见里面花样很多，便偷偷地取出了，藏在自己的抽斗里。晚上，又偷偷

---

① 　煤头纸，指卷成纸筒后用以引火的一种薄纸。
② 　洋油手照，作者家乡话，意即火油灯。

地拿到扶梯底下的半桌上去给红英看。这回不想再在书上着色；却想照样描几幅看，但是一幅也描不像。亏得红英想工①好，教我向习字簿上撕下一张纸来，印着了描。记得最初印着描的是人物谱上的柳柳州像。当时第一次印描没有经验，笔上墨水吸得太饱，习字簿上的纸又太薄，结果描是描成了，但原本上渗透了墨水，弄得很龌龊，曾经受大姐的责骂。这本书至今还存在，最近我晒旧书时候还翻出这个弄龌龊了的柳柳州像来看：穿了很长的袍子，两臂高高地向左右伸起，仰起头作大笑状。但周身都是斑斓的墨点，便是我当日印上去的。回思我当日最初就印这幅画的原因，大概是为了他高举两臂作大笑状，好像我的父亲打呵欠的模样，所以特别有兴味吧。后来，我的"印画"的技术渐渐进步。大约十二三岁的时候（父亲已经弃世，我在另一私塾读书了），我已把这本人物谱统统印全。所用的纸是雪白的连史纸，而且所印的画都着色。着色所用的颜料仍旧是染坊里的，但不复用原色。我自己会配出各种的间色来，在画上施以复杂华丽的色彩，同塾的学生看了都很欢喜，大家说："比原本上的好看得多！"而且大家问我讨画，拿去贴在灶间里，当作灶君菩萨，或者贴在床前，当作新年里买的"花纸儿"。所以说我"课余常摹古人笔意，写人物花鸟之图，以为游戏。同塾年长诸生竞欲乞得其作品而珍藏之"，也都有因；不过其事实是如此。

　　至于学生夺画相殴打，先生请我画至圣先师孔子像，悬诸塾中，命诸生晨夕礼拜，也都是确凿的事实，你听我说吧：那时候我们在私塾中弄画，同在现在社会里抽鸦片一样，是不敢公开的。我好像是一个土贩或私售灯吃的，同学们好像是上了瘾的鸦片鬼，大家在暗头里做勾当。先生坐在案桌上的时候，我们的画具和画都藏好，大家一摇

---

① 　想工，作者家乡话，意即办法。

一摆地读"幼学"书。等到下午，照例一个大块头来拖先生出去吃茶了，我们便拿出来弄画。我先一幅幅地印出来，然后一幅幅地涂颜料。同学们便像看病时向医生挂号一样，依次认定自己所欲得的画。得画的人对我有一种报酬，但不是稿费或润笔，而是种种玩意儿：金铃子一对连纸匣；挖空老菱壳一只，可以加上绳子去当作陀螺抽的；"云"字顺治铜钱一枚（有的顺治铜钱，后面有一个字，字共有二十种。我们儿时听大人说，积得了一套，用绳编成宝剑形状，挂在床上，夜间一切鬼都不敢来。但其中，好像是"云"字，最不易得；往往为缺少此一字而编不成宝剑。故这种铜钱在当时的我们之间是一种贵重的赠品），或者铜管子（就是当时炮船上新用的后膛枪子弹的壳）一个。有一次，两个同学为交换一张画，意见冲突，相打起来，被先生知道了。先生审问之下，知道相打的原因是为画；追求画的来源，知道是我所作，便厉喊我走过去。我料想是吃戒尺了，低着头不睬，但觉得手心里火热了。终于先生走过来了。我已吓得魂不附体；但他走到我的座位旁边，并不拉我的手，却问我："这画是不是你画的？"我回答一个"是"，预备吃戒尺了。他把我的身体拉开，抽开我的抽斗，搜查起来。我的画谱、颜料，以及印好而未着色的画，就都被他搜出，我以为这些东西全被没收了：结果不然，他但把画谱拿了去，坐在自己的椅子上一张一张地观赏起来。过了好一会，先生旋转头来叱一声："读！"大家朗朗地读"混沌初开，乾坤始奠……"这件案子便停顿了。我偷眼看先生，见他把画谱一张一张地翻下去，一直翻到底。放假①的时候我夹了书包走到他面前去作一揖，他换了一种与前不同的语气对我说："这书明天给你。"

明天早上我到塾，先生翻出画谱中的孔子像，对我说："你能看

---

① 放假，指放学。

了样画一个大的吗？"我没有防到先生也会要我画起画来，有些"受宠若惊"的感觉，支吾地回答说"能"。其实我向来只是"印"，不能"放大"。这个"能"字是被先生的威严吓出来的。说出之后心头发一阵闷，好像一块大石头吞在肚里。先生继续说："我去买张纸来，你给我放大了画一张，也要着色彩的。"我只得说"好"。同学们看见先生要我画画了，大家装出惊奇和羡慕的脸色，对着我看。我却带着一肚皮心事，直到放假。

放假时我夹了书包和先生交给我的一张纸回家，便去向大姐商量。大姐教我，用一张画方格子的纸，套在画谱的书页中间。画谱纸很薄，孔子像就有经纬格子范围着了。大姐又拿缝纫用的尺和粉线袋给我在先生交给我的大纸上弹了大方格子，然后向镜箱中取出她画眉毛用的柳条枝来，烧一烧焦，教我依方格子放大的画法。那时候我们家里还没有铅笔和三角板、米突〔米（metre）〕尺，我现在回想大姐所教我的画法，其聪明实在值得佩服。我依照她的指导，竟用柳条枝把一个孔子像的底稿描成了；同画谱上的完全一样，不过大得多，同我自己的身体差不多大。我伴着了热烈的兴味，用毛笔钩出线条；又用大盆子调了多量的颜料，着上色彩，一个鲜明华丽而伟大的孔子像就出现在纸上。店里的伙计、作坊里的司务，看见了这幅孔子像，大家说："出色！"还有几个老妈子，尤加热烈地称赞我的"聪明"和画的"齐整"①，并且说："将来哥儿给我画个容像，死了挂在灵前，也沾些风光。"我在许多伙计、司务和老妈子的盛称声中，俨然地成了一个小画家。但听到老妈子要托我画容像，心中却有些儿着慌。我原来只会"依样画葫芦"的！全靠那格子放大的枪花②，把书上的小

---

① 齐整，作者家乡话，意即漂亮。
② 江南一带方言中有"掉枪花"的说法，意即"耍手段"。

1926年，立达学园文艺院图案系西洋画系师生合影（左二为丰子恺）

画改成为我的"大作"；又全靠那颜色的文饰，使书上的线描一变而为我的"丹青"。格子放大是大姐教我的，颜料是染匠司务给我的，归到我自己名下的工作，仍旧只有"依样画葫芦"。如今老妈子要我画容像，说"不会画"有伤体面，说"会画"将来如何兑现？且置之不答，先把画缴给先生去。先生看了点头。次日画就粘贴在堂名匾下的板壁上。学生们每天早上到塾，两手捧着书包向它拜一下；晚上散学，再向它拜一下。我也如此。

　　自从我的"大作"在塾中的堂前发表以后，同学们就给我一个绰号"画家"。每天来访先生的那个大块头看了画，点点头对先生说："可以。"这时候学校初兴，先生忽然要把我们的私塾大加改良了。

他买一架风琴来，自己先练习几天，然后教我们唱"男儿第一志气高，年纪不妨小"的歌。又请一个朋友来教我们学体操。我们都很高兴。有一天，先生呼我走过去，拿出一本书和一大块黄布来，和蔼地对我说："你给我在黄布上画一条龙。"又翻开书来，继续说："照这条龙一样。"原来这是体操时用的国旗。我接受了这命令，只得又去向大姐商量，再用老法子把龙放大，然后描线、涂色。但这回的颜料不是从染坊店里拿来，是由先生买来的铅粉、牛皮胶和红、黄、蓝各种颜色。我把牛皮胶煮溶了，加入铅粉，调制各种不透明的颜料，涂到黄布上，同西洋中世纪的 fresco（壁画）画法相似。龙旗画成了，就被高高地张在竹竿上，引导学生通过市镇，到野外去体操。我悔不在体操后偷把龙旗藏过了，好让我的传记里添两句："其画龙点睛后忽不见，盖已乘云上天矣。"我的"画家"绰号自此更盛行，而老妈子的画像也催促得更紧了。

我再向大姐商量。她说二姐丈会画肖像，叫我到他家去"偷关子"。我到二姐丈家，果然看见他们有种种特别的画具：玻璃九宫格、擦笔、conte①、米突尺，三角板。我向二姐丈请教了些笔法，借了些画具，又借了一包照片来，作为练习的样本。因为那时我们家乡地方没有照相馆，我家里没有可用玻璃格子放大的四寸半身照片。回家以后，我每天一放学就埋头在擦笔照相画中。这原是为了老妈子的要求而"抱佛脚"的；可是她没有照相，只有一个人。我的玻璃格子不能罩到她的脸孔上去，没有办法给她画像。天下事有会巧妙地解决的。大姐在我借来的一包样本中选出某老妇人的一张照片来，说："把这个人的下巴改尖些，就活像我们的老妈子了。"我依计而行，果然画了一幅八九分像的肖像画，外加在擦笔上面涂以漂亮的淡彩：粉红色的肌肉，

---

① conte, 即 crayon conte，木炭铅笔。

翠蓝色的上衣，花带镶边；耳朵上外加挂上一双金黄色的珠耳环。老妈子看见珠耳环，心花盛开，即使完全不像，也说"像"了。自此以后，亲戚家死了人我就有差使——画容像。活着的亲戚也拿一张小照来叫我放大，挂在厢房里；预备将来可现成地移挂在灵前。我十七岁出外求学，年假、暑假回家时还常常接受这种义务生意。直到我十九岁时，从先生学了木炭写生画，读了美术的论著，方才把此业抛弃。到现在，在故乡的几位老伯伯和老太太之间，我的擦笔肖像画家的名誉依旧健在，不过他们大都以为我近来"不肯"画了，不再来请教我。前年还有一位老太太把她的新死了的丈夫的四寸照片寄到我上海的寓所来，哀求地托我写照。此道我久已生疏，早已没有画具，况且又没有时间和兴味。但无法对她说明，就把照片送到霞飞路的某照相馆里，托他们放大为廿四寸的，寄了去。后遂无问津者。

假如我早得学木炭写生画，早得受美术论著的指导，我的学画不会走这条崎岖的小径。唉，可笑的回忆，可耻的回忆，写在这里，给世间学画的人作借镜吧。

一九三四年二月作

杭州求学时

郎骑竹马来　子恺画

郎骑竹马来

旧 话

　　我想讲些关于升学的话，但我离开学生时代已将十五年，不做教师也已一二年，这个题目似乎对我很疏远，教我讲不出切实的话来。不得已，只好回想二十年前自己入学的旧话来谈谈。但这是过去的时代的事，恐怕无补于读者诸君的实用，只好当作故事读读罢了。

　　我在十七岁的暑假时毕业于石湾的崇德县立第三高等小学。我在学时一味用功，勤修课程表上所有的一切功课，但除了赚得一百分以外，我更无别的企图与欲望。故虽然以第一名的成绩在那小学毕了业，但我完全是一个小孩，关于家务、世务以及自己的前途，完全不闻不问。我家中只有母亲和诸姐弟。我在九岁上丧了父亲之后，母亲是我的兼父职的保护者。我家有数十亩田、一所小染坊店和二三间房屋。平年的收入，仅敷生活用途；一遇荒年，我的母亲便非自己监理店务而力求节省不可。母亲是不识字的，不能看书看报。故家务店务虽善处理，但对于时务无法深知。且当时正是清朝末年与民国光复的时候，时务的变化来得剧烈，母亲的持家操心甚劳。例如科举的废止，学校的兴行，服装的改革，辫发的剪除等事，在坐守家庭而不看书报的母亲看来，犹如不测的风云。我的父亲是考乡试而中举人的。父亲的书籍、考篮、知卷、报单以及衣冠等，母亲都郑重地保藏着，将来科举或许再兴，可给我参考或应用。这不是我母亲一人的希望，其时乡里的人都嫌学校不好，而希望皇帝再坐龙庭而科举再兴。"洪宪即位"，他们的希望几乎达到了；后来虽未达到，但他们的希望总是不断。有的亲友依旧请先生在家里教授"四书""五经"，或把儿女送入私塾。他们都是在社会上活动而有声誉的人。母亲听了他们的论见，自然认为可靠。因此母亲关于我的求学问题，曾费不少的烦虑。虽然送我入学校，但这于前途究竟是否有利，终是怀疑。母亲常痛父亲的早死，又恨自己是一不识字的女身，每每讲起这问题，常对我们说："盲子摸在稻田里了！"但我一味埋头用功，不知其他。我当时似乎以为人总是没有父亲而只有母亲的，而母亲总是"盲子摸在稻田里"的。

因此我在小学毕业之后，母亲的烦虑更深了。邻居的沈蕙荪先生，是我的小学校的校长，又是我们的亲戚，又是地方上有德望的长者。母亲就把我的前途的问题去请教他。他为我母亲说明现在的学制，学生将来的出路，还有种种的忠告。母亲就决定送我到杭州去投考中等学校。恰好沈先生也送他的儿子——我的同班毕业的同学沈元君——到杭州去投考，母亲便托他把我带去。这实在是最幸运的机会。因为当时我家没有人能送我到杭州；即使有人送去，也不懂投考学校的门路。我还记得炎热的夏天的早晨，母亲一早起来给我端整了行装，吃了糕和粽子，送我到沈家，跟了沈家父子搭快班船到长安去乘火车。糕和粽子，暗示"高中"的意思。听说从前父亲去考乡试的时候，祖母总是给他吃这两种点心的。

母亲决定命我投考杭州第一师范。这是母亲参考沈先生的说明，经过了仔细的考虑而决定的。母亲的意思：一则当时乡里学校勃兴，教师缺乏，师范毕业可以充当教师；二则我家没有父兄，我将来不能离家，当教师则可在家乡觅职，不必出外；三则师范取费低廉，毕业后又可不再升学，我家堪能担负。母亲曾把这种道理叮咛地关照我。但我的心沉浸在 Royal Reader（皇家读物）和代数中，哪能体会这道理而谅解母亲的苦心呢？我到了杭州，看见各种学校林立，都比我的小学伟大得多；看见书坊和图书馆里书如山积，都比我所见过的高深得多。我的知识欲展开翅膀而欲翱翔了。我已忘却母亲的话、自己的境遇和其他一切的条件了。我的唯一的挂念，是恐怕这回的入学试验不能通过，落第回家。我在赴杭投考的同乡人中，闻知有同时投考数校的办法。我觉得这办法较为稳当，大可取法。我便不问师范、中学和商业等学校的教育的宗旨及将来的造就，但喜其投考日期不相冲突，便同时向这三校报名。沈先生在逆旅中把三校的性质教示我，使我知道取舍，母亲曾有更切实的叮嘱，她说商业学校毕业后必向外头的银行公司等供职，我家没有父兄，你不好出外，中学毕业后须升高等学校和大学，我家没有本钱，你不好升学。但这种话在我犹如耳边风。况且这是三五年以后的事，在我更觉得渺茫。我的唯一的企求，是目前投考的不落第。自从到了杭州以后，我的心犹似暮春的柳絮，随了机缘与风向而乱走，全不抱定自己的主见。这曾使母亲消受屡次的烦忧。

　　我投考了三个学校，结果统被录取。中学校录取第八，师范学校录取第三，商业学校录取第一。我在投考的时候，但看学校的形式，觉得师范学校规模最大，似乎最能满足我的知识欲。我便进了师范学校。这是与母亲的意见偶然相合，并非我能体谅母亲的苦心，顾念自己的境遇，或抱着服务小学教育的决心而进这学校的。故入学以后，我因不惯于寄宿舍的团体生活，又不满足于学校的课程——例如英文从 ABCD 教起，算学从四则教起等——懊悔当初不入中学校。这曾使我自己消受长期的懊恼，而对于这学校始终抱着仇视的态度。

我抱了求知识的目的而入养成小学教员的师范学校，我的懊恼是应该有的。幸而预科以后，学校中的知识学科也多加深起来，我只要能得知识欲的满足，就像小孩得糖而安静了。我又如在小学时一样埋头用功，勤修一切的功课，学期试验成绩也屡次列在第一名。放假回家，报告母亲，母亲也很欢喜。每次假期终了而赴校的时候，母亲总给我吃了糕和粽子而动身。但是糕和粽子的效力，后来终于失却。三年级以后，我成绩一落千丈，毕业时的平均成绩已排在第二十名了。其原因是这样：

三年级以后，课程渐渐注重教育与教授法。这些是我所不愿学习的。当时我正梦想将来或从我所钦佩的博学的国文先生而研究古文，或进理科大学而研究理化，或入教会学校而研究外国文。教育与教授法等，我认为是阻碍我前途的进步的。但我终于受着这学校的支配，我自恨不能生翅而奋飞。这时候我又感受长期的烦恼。课程中除了减少知识学科，增加教育与教授法而外，又来一种新奇的变化。我们的图画科改由向来教音乐而常常请假的李叔同先生教授了。李先生的教法在我觉得甚为新奇：我们本来依照商务印书馆出版的《铅笔画帖》及《水彩画帖》而临摹；李先生却教我们不必用书，上课时只要走一个空手的人来。教室中也没有四只脚的桌子，而只有三只脚的画架。画架前面供着石膏制的头像。我们空手坐在画架前面，先生便差级长把一种有纹路的纸分给每人一张，又每人一条细炭、四个图钉（我们的学用品都是学校发给的，不是自备的）。最后先生从讲桌下拿出一盆子馒头来，使我们大为惊异，心疑上图画课大家得吃馒头的。后来果然把馒头分给各人，但不教我们吃，乃教我们当作橡皮用的。于是先生推开黑板（我们的黑板是两块套合的，可以推上拉下。李先生总在授课之前先把一切应说的要点在黑板上写好，用其他一块黑板遮住。

用时推开），教我们用木炭描写石膏模型的画法。我对于这种新奇的画图，觉得很有兴味。以前我闲时注视眼前的物件，例如天上的云、墙上的苔痕、桌上的器物、别人的脸孔等，我的心会跟了这种线条和浓淡之度而活动，感到一种说不出的情趣。我常觉得一切形状中，其线条与明暗都有很复杂的组织和条理。仔细注视而研究起来，颇有兴趣；不过这件事太微小而无关紧要，除了那种情趣以外，对于人们别无何种的效用。我想来世间一定没有专究这种事件的学问。但当时我用木炭描写石膏模型，听了先生的指导之后，恍然悟到这就是我平日间看眼前物件时所常作的玩意！先生指着模型说："你看，眉毛和眼睛是连在一块的，并不分明；鼻头须当作削成三角形，这一面最明，这一面最暗，这一面适中；头与脸孔的轮廓不是圆形，是不规则的多角形，须用直线描写，不过其角不甚显著。"这都是我平日间看人面时所曾经注意到的事。原来世间也有研究这些事的学问！我私下的玩意，不期也有公开而经先生教导的一日！我觉得这是与英文数理滋味不同的一种兴味，我渐渐疏远其他的功课，而把头埋进木炭画中。我的画逐渐进步，环顾教室中的同学所描的，自觉他们都不及我。有一晚，我为了别的事体去见李先生，告退之后，先生特别呼我转来，郑重地对我说："你的画进步很快！我在所教的学生中，从来没有见过这样快速的进步！"李先生当时兼授南京高等师范及我们的浙江第一师范两校的图画，他又是我们所最敬佩的先生的一人。我听到他这两句话，犹如暮春的柳絮受了一阵急烈的东风，要大变方向而突进了。

我从此抛弃一切学科，而埋头于西洋画。我写信给我的阿姐，说明我近来新的研究与兴味，托她向母亲要求买油画用具的钱。颜料十多瓶要二十余元，画布五尺要十余元，画箱画架等又要十来元。这使得母亲疑虑而又奇怪。她想，做师范生为什么要学这种画？沈家的儿子与我同学同班，何以他不要学习？颜料我们染坊店里自有，何必另买？布价怎会比缎子还贵？……我终于无法为母亲说明西洋画的价值和我学画的主意。母亲表面信任我，让我恣意研究，但我知道她心中常为我的前途担忧。

我在第一师范毕业之后，果然得到了两失的结果：在一方面，我最后两年中时常托故请假赴西湖写生；我几乎完全没有学过关于教育的学科，完全没有到附属小学实习，因此师范生的能力我甚缺乏，不配做小学教师。在另一方面，西洋画是专门的艺术，我的两年中的非正式的练习，至多不过跨进洋画的门槛，遑论升堂入室？以前的知识欲的梦，到了毕业时候而觉醒。母亲的白发渐渐加多。我已在毕业之年受了妻室。这时候我方才看见自己的家境，想到自己的职业。有一

1962年，杭州虎跑寺，与朱幼兰、吴梦非夫妇及郑晓沧夫妇

个表兄介绍我在本县做小学循环指导员，有三十块钱一月。母亲劝我就职，但我不愿。一则我不甘心抛弃我的洋画；二则我其实不懂小学的办法，没有指导的能力。我就到上海来求生活。关于以后的事，已经记述在《出了中学校以后》^①的文中了。总之，我在青年时代不顾义理，任情而动，而以母亲的烦忧偿付其代价，直到母亲死前四五年而付清。现在回想，懊恨无极！但除了空口说话以外，有什么方法可以挽回过去的事实呢？

故我的入师范学校是偶然的，我的学画也是偶然的，我的达到现在的生涯也是偶然的。我倘不入师范，不致遇见李叔同先生，不致学画；也不致遇见夏丏尊先生，不致学文。我在校时不会作文。我的作文全是出校后从夏先生学习的。夏先生常常指示我读什么书，或拿含有好文章的书给我看，在我最感受用。他看了我的文章，有时皱着眉头叫道："这文章有毛病呢！""这文章不是这样作的！"有时微笑点头而说道："文章好呀……"我的文章完全是在他这种话下练习起来。现在我对于文章比对于绘画等更有兴味（在叶圣陶童话集《读后感》中我曾说明其理由）。现在我的生活，可说是文章的生活。这也是偶然而来的。

廿年（1931）四月三十日作

---

① 即《我的苦学经验》。

回忆李叔同先生^①

距今七十七年前，即前清光绪六年，公历一八八〇年，阴历九月二十日，天津河东地藏前姓李的人家诞生了一位大艺术家。他首先把西洋艺术介绍到中国来，在中国美术史、音乐史、戏剧史上都开辟了一个新纪元。

这位大艺术家姓李，名叔同，字息霜。他的父亲名筱楼，是从事银钱业的。他出生的时候，父亲已经六十八岁，母亲是侧室，还只二十多岁。这个老父和少母所生的孩子，头脑异常聪明，具有文学、绘画、书法、金石、音乐、戏剧等各方面的天才。他弱冠时代陪了母亲从天津迁居上海（那时他的父亲早已逝世），就在那时上海（南社，沪学会时代）的文坛上显露头角，应征的文章总是名列第一。不久他的母亲在沪逝世，他就游学日本，入东京上野美术学校西洋画科，一方面研究钢琴音乐和作曲，同时又在东京创办一个话剧团，叫作春柳

---

① 原载于 1956 年 10 月 6 日《天津日报》。

剧社。他自己担任演员，曾经扮演《黑奴吁天录》中的爱美柳夫人及《茶花女遗事》中的茶花女。关于春柳剧社的情况，现在北京的欧阳予倩先生详细知道。

李先生回国以后，先在他的故乡天津担任天津工业专门学校教师。后来重到上海，担任《太平洋报》的文艺编辑，主编该报的副刊《太平洋画报》；同时又与柳亚子先生等创办"文美会"，主编《文美杂志》。这期间的情况，现在北京的柳亚子先生一定知道得更多。后来，李先生脱离了编辑界，担任杭州浙江两级师范学校的美术音乐教师，后来又兼任南京高等师范的美术音乐教师。这时候他家住在上海，家里只有一位日本夫人。他自己两个星期在南京，两个星期在杭州，上海的家就像旅途息足的长亭。我就是他的杭州师范的学生。我看到他的时候，他已经由翩翩的艺术家一变而为朴素的教师。他已经不穿洋装，而穿灰色粗布袍子和黑布马褂；已经不戴金丝边眼镜，而戴钢丝边眼镜。只有身边一只金表，还是当美术家、音乐家、演剧家、文学家时代的旧物，常常躺在音乐教室中的钢琴头上发出闪烁的光彩，仿佛向我们报道这位严肃的音乐教师过去在艺术上的辉煌的成就。他真是一位严肃的教师：教课非常热心，对学生的美术、音乐修养的要求甚高。因此，南京高师和浙江师范两校曾经造就不少的艺术人才，后来这些人在全国各处宣扬艺术文化。

李先生全心全意地当了六七年美术、音乐教师之后，在三十九岁上，到西湖虎跑寺去做了和尚，法名演音，号弘一。于是李先生一变而为弘一法师。弘一法师最初修净土宗，后来转入佛教中最坚苦的律宗。起初他在虎跑寺修持，后来云游各地，足迹大都在浙南和闽南等处。他自从出家之后，就屏除"声色"（指音乐、美术等），一心念佛，直到六十三岁（一九四二年）阴历九月初四日在泉州示寂为止。在这二十多年的僧腊期间，弘一法师飞锡芒鞋，三衣一钵，完全是一个苦行头陀。看到他的人，谁也不能相信这双手曾经挥油画笔、弹披亚娜，谁也不能相信这个腰曾经给束小了扮茶花女。然而过去的艺术心和美欲终于没有完全熄灭，常常在他所写的佛号或经文中透露出来。这些佛号和经文，笔致非常秀雅，行间布局非常匀称，简直每一幅是一件精良的艺术品。这些艺术品流传于世的很多，识者都懂得珍藏。绘画美、音乐美、文学美和戏剧美，仿佛综合起来，经过了一番锤炼，结晶化在这些书法中了！

欧化东渐的时候，第一个出国去学习西洋绘画、西洋音乐和戏剧的，是李叔同先生。第一个把油画、钢琴音乐和话剧介绍到中国来的，是李叔同先生。李先生的油画宗米叶（Millet）一派，略带印象派色调；他所作的乐曲旋律优美，歌词典雅，正如他的"音乐序"中所说："陶冶性情，感精神之粹美。"可惜他的油画作品和音乐作品都不很多，加之当时印刷术幼稚，艺术空气稀薄，所以流传不广，一经散失，就少有人知道。他从事演剧的时间不长，只限于在东京的时候，回国后就不再粉墨登台。然而他的演剧才能是极丰富的。当时日本的"芝居杂志"（即戏剧杂志）中曾经有一个叫作松居松翁的日本人写一篇文章，其中有这样的话："中国的徘优，使我佩服的，便是李叔同君。他在日本时，虽然只是一位留学生，但他所组织的'春柳社'剧团在乐座上演'椿姬'（即茶花女——丰注）一剧，实在非常好。不，与其说是这个剧团好，宁可说是这位饰椿姬的李君演得非常好……李君的优美婉丽，决非日本的徘优所能比拟。"（见林子青编《弘一大师年谱》第三十页）春柳剧社是中国话剧的始基。当时上海市通志馆期刊第二年第三期上曾经登载一篇"春柳剧场开幕宣言"。宣言中说："民国三年四月十五日，春柳剧场假南京路外滩谋得利开幕……溯自乙巳丙午间，曾存吴、李叔同、谢抗白、李涛痕等，留学扶桑，慨祖国文艺之堕落，亟思有以振之；顾数人之精力有限，而文艺之类别綦繁，兼营并失，不如一志而冀有功。于是春柳社遂出现于日本之东京，是为我国人研究新戏之始，前此未曾有也。未几，徐淮告灾，消息至海外，同人演巴黎茶花女遗事，集赀赈之。日人惊为创举，啧啧称道，新闻纸亦多谀词。是年夏，休业多暇，相与讨论进行之法，推李叔同、曾存吴主社事，得欧阳予倩等为社员。次年春，春阳社发现于上海，同人庆祖国响应有人，益不敢自菲薄，谋所以扩大之。"（见《弘一大师年谱》第三十一页）由此可知李叔同先生从事演剧的时间虽然不长，但他在中国话剧创行上的贡献却是很大。饮水思源，我们的文艺界怎能不纪念李叔同先生呢？

李叔同先生逝后，不，弘一法师示寂后，他的灵骨搁在西湖上的虎跑寺里，十年不得埋葬。前年，一九五四年，我和叶圣陶、章雪村、钱君匋诸君各舍净财，替他埋葬在虎跑寺后面的山坡上，并且在上面建立了一座石塔，在杭州总算略微有了一点纪念的表示。我希望李先生诞生地的天津也有一点纪念的表示，这是天津的光荣！

我与弘一法师
——厦门佛学会讲稿

弘一法师是我学艺术的教师，又是我信宗教的导师。我的一生，受法师影响很大。厦门是法师近年经行之地，据我到此三天内所见，厦门人士受法师的影响也很大；故我与厦门人士不啻都是同窗弟兄。今天佛学会要我演讲，我惭愧修养浅薄，不能讲弘法利生的大义，只能把我从弘一法师学习艺术宗教时的旧事，向诸位同窗弟兄谈谈，还请赐我指教。

我十七岁入杭州浙江第一师范，廿岁[①]毕业以后没有升学。我受中等学校以上学校教育，只此五年。这五年间，弘一法师，那时称为李叔同先生，便是我的图画音乐教师。图画音乐两科，在现在的学校里是不很看重的；但是奇怪得很，在当时我们的那间浙江第一师范里，看得比英、国、算还重。我们有两个图画专用的教室、许多石膏模型、两架钢琴、五十几架风琴。我们每天要花一小时去练习图画，花一小

---

① 作者 22 岁毕业于浙江省立第一师范学校。

时以上去练习弹琴。大家认为当然，恬不为怪，这是什么原故呢？因为李先生的人格和学问，统制了我们的感情，折服了我们的心。他从来不骂人，从来不责备人，态度谦恭，同出家后完全一样，然而个个学生真心地怕他，真心地学习他，真心地崇拜他。我便是其中之一人。因为就人格讲，他的当教师不为名利，为当教师而当教师，用全副精力去当教师。就学问讲，他博学多能，其国文比国文先生更高，其英文比英文先生更高，其历史比历史先生更高，其常识比博物先生更富，又是书法金石的专家、中国话剧的鼻祖。他不是只能教图画音乐，他是拿许多别的学问为背景而教他的图画音乐。夏丏尊先生曾经说："李先生的教师，是有后光的。"像佛菩萨那样有后光，怎不教人崇拜呢？而我的崇拜他，更甚于他人。大约是我的气质与李先生有一点相似，凡他所欢喜的，我都欢喜。我在师范学校，一、二年级都考第一名；三年级以后忽然降到第二十名，因为我旷废了许多师范生的功课，而专心于李先生所喜的文学艺术，一直到毕业。毕业后我无力升大学，借了些钱到日本去游玩，没有进学校，看了许多画展，听了许多音乐会，买了许多文艺书，一年后回国，一方面当教师，一方面埋头自习，一直自习到现在，对李先生的艺术还是迷恋不舍。李先生早已由艺术而升华到宗教而成正果，而我还彷徨在艺术宗教的十字街头，自己想想，真是一个不肖的学生。

他怎么由艺术升华到宗教呢？当时人都诧异，以为李先生受了什么刺激，忽然"遁入空门"了。我却能理解他的心，我认为他的出家是当然的。我以为人的生活，可以分作三层：一是物质生活，二是精神生活，三是灵魂生活。物质生活就是衣食。精神生活就是学术文艺。灵魂生活就是宗教。"人生"就是这样的一个三层楼。懒得（或无力）走楼梯的，就住在第一层，即把物质生活弄得很好，锦衣玉食，尊荣富贵，孝子慈孙，这样就满足了。这也是一种人生观。抱这样的人生

1918年5月24日，在杭州与弘一法师、刘质平合影

观的人，在世间占大多数。其次，高兴（或有力）走楼梯的，就爬上二层楼去玩玩，或者久居在里头。这就是专心学术文艺的人。他们把全力贡献于学问的研究，把全心寄托于文艺的创作和欣赏。这样的人，在世间也很多，即所谓"知识分子""学者""艺术家"。还有一种人，"人生欲"很强，脚力很大，对二层楼还不满足，就再走楼梯，爬上三层楼去。这就是宗教徒了。他们做人很认真，满足了"物质欲"还不够，满足了"精神欲"还不够，必须探求人生的究竟。他们以为财产子孙都是身外之物，学术文艺都是暂时的美景，连自己的身体都是虚幻的存在。他们不肯做本能的奴隶，必须追究灵魂的来源、宇宙的根本，这才能满足他们的"人生欲"。这就是宗教徒。世间就不过这三种人。我虽用三层楼为比喻，但并非必须从第一层到第二层，然后得到第三层。有很多人，从第一层直上第三层，并不需要在第二层勾留。还有许多人连第一层也不住，一口气跑上三层楼。不过我们的弘一法师，是一层一层地走上去的。弘一法师的"人生欲"非常之强！他的做人，一定要做得彻底。他早年对母尽孝，对妻子尽爱，安住在第一层楼中。中年专心研究艺术，发挥多方面的天才，便是迁居在二层楼了。强大的"人生欲"不能使他满足于二层楼，于是爬上三层楼去，做和尚，修净土，研戒律，这是当然的事，毫不足怪的。做人好比喝酒：酒量小的，喝一杯花雕酒已经醉了，酒量大的，喝花雕嫌淡，必须喝高粱酒才能过瘾。文艺好比是花雕，宗教好比是高粱。弘一法师酒量很大，喝花雕不能过瘾，必须喝高粱。我酒量很小，只能喝花雕，难得喝一口高粱而已。但喝花雕的人，颇能理解喝高粱者的心。故我对于弘一法师的由艺术升华到宗教，一向认为当然，毫不足怪的。

艺术的最高点与宗教相接近。二层楼的扶梯的最后顶点就是三层楼，所以弘一法师由艺术升华到宗教，是必然的事。弘一法师在闽中，留下不少的墨宝。这些墨宝，在内容上是宗教的，在形式上是艺术的——书法。闽中人士久受弘一法师的熏陶，大都富有宗教信仰及艺术修养。我这初次入闽的人，看见这情形，非常歆羡，十分钦佩！

　　前天参拜南普陀寺，承广洽法师的指示，瞻观弘一法师的故居及其手种杨柳，又看到他所创办的佛教养正院。广义法师要我为养正院书联，我就集唐人诗句"须知诸相皆非相，能使无情尽有情"，写了一副。这对联挂在弘一法师所创办的佛教养正院里，我觉得很适当。因为上联说佛经，下联说艺术，很可表明弘一法师由艺术升华到宗教的意义。艺术家看见花笑，听见鸟语，举杯邀明月，开门迎白云，能把自然当作人看，能化无情为有情，这便是"物我一体"的境界。更

1948 年 11 月，与广洽法师在厦门南普陀后山

进一步，便是"万法从心""诸相非相"的佛教真谛了。故艺术的最高点与宗教相通。最高的艺术家有言："无声之诗无一字，无形之画无一笔。"可知吟诗描画，平平仄仄，红红绿绿，原不过是雕虫小技，艺术的皮毛而已。艺术的精神，正是宗教的。古人云："文章一小技，于道未为尊。"又曰："太上立德，其次立言。"弘一法师教人，亦常引用儒家语："士先器识而后文艺。"所谓"文章""言""文艺"，便是艺术；所谓"道""德""器识"，正是宗教的修养。宗教与艺术的高下重轻，在此已经明示；三层楼当然在二层楼之上的。

我脚力小，不能追随弘一法师上三层楼，现在还停留在二层楼上，斤斤于一字一笔的小技，自己觉得很惭愧。但亦常常勉力爬上扶梯，向三层楼上望望。故我希望：学宗教的人，不须多花精神去学艺术的技巧，因为宗教已经包括艺术了。而学艺术的人，必须进而体会宗教的精神，其艺术方有进步。久驻闽中的高僧，我所知道的还有一位太虚法师。他是我的小同乡，从小出家的。他并没有弄艺术，是一口气跑上三层楼的。但他与弘一法师，同样地是旷世的高僧，同样地为世人所景仰。可知在世间，宗教高于一切。在人的修身上，器识重于一切。太虚法师与弘一法师，异途同归，各成正果。文艺小技的能不能，在大人格上是毫不足道的。我愿与闽中人士以二法师为模范而共同勉励。

民国卅七年（1948）十一月廿八日

陌　巷

　　杭州的小街道都称为巷。这名称是我们故乡所没有的。我幼时初到杭州，对于这巷字颇注意。我以前在书上读到颜子"居陋巷，一箪食，一瓢饮"的时候，常疑所谓"陋巷"，不知是甚样的去处。想来大约是一条坍圮、龌龊而狭小的弄，为灵气所钟而居了颜子的。我们故乡尽不乏坍圮、龌龊、狭小的弄，但都不能使我想象作陋巷。及到了杭州，看见了巷的名称，才在想象中确定颜子所居的地方，大约是这种巷里。每逢走过这种巷，我常怀疑那颓垣破壁的里面，也许隐居着今世的颜子。就中有一条巷，是我所认为陋巷的代表的。只要说起陋巷两字，我脑中会立刻浮出这巷的光景来。其实我只到过这陋巷里三次，不过这三次的印象都很清楚，现在都写得出来。

　　第一次我到这陋巷里，是将近二十年前的事。那时我只十七八岁，正在杭州的师范学校里读书。我的艺术科教师 L 先生 ① 似乎嫌艺术的

――――――――――

①　L 先生，指李叔同先生。

96

1948 年初，一家人刚迁入杭寓

力道薄弱，过不来他的精神生活的瘾，把图画音乐的书籍用具送给我们，自己到山里去断了十七天食，回来又研究佛法，预备出家了。在出家前的某日，他带了我到这陋巷里去访问 M 先生[①]。我跟着 L 先生走进这陋巷中的一间老屋，就看见一位身材矮胖而满面须髯的中年男子从里面走出来应接我们。我被介绍，向这位先生一鞠躬，就坐在一只椅子上听他们的谈话。我其实全然听不懂他们的话，只是断片地听到什么"楞严""圆觉"等名词，又有一个英语"philosophy（哲学）"出现在他们的谈话中。这英语是我当时新近记诵的，听到时怪有兴味。

---

① M 先生，指马一浮先生。

可是话的全体的意义我都不解。这一半是因为 L 先生打着天津白，M 先生则叫工人倒茶的时候说纯粹的绍兴土白，面对我们谈话时也作北腔的方言，在我都不能完全通用。当时我想，你若肯把我当作倒茶的工人，我也许还能听得懂些。但这话不好对他说，我只得假装静听的样子坐着，其实我在那里偷看这位初见的 M 先生的状貌。他的头圆而大，脑部特别丰隆，假如身体不是这样矮胖，一定负载不起。他的眼不像 L 先生的眼地纤细，圆大而炯炯发光，上眼帘弯成一条坚致有力的弧线，切着下面的深黑的瞳子。他的须髯从左耳根缘着脸孔一直挂到右耳根，颜色与眼瞳一样深黑。我当时正热衷于木炭画，我觉得他的肖像宜用木炭描写，但那坚致有力的眼线，是我的木炭所描不出的。我正在这样观察的时候，他的谈话中突然发出哈哈的笑声。我惊奇他的笑声响亮而愉快，同他的话声全然不接，好像是两个人的声音。他一面笑，一面用炯炯发光的眼黑顾视到我。我正在对他作绘画的及音乐的观察，全然没有知道可笑的理由，但因假装着静听的样子，不能漠然不动；又不好意思问他"你有什么好笑"而请他重说一遍，只得再假装领会的样子，强颜作笑。他们当然不会考问我领会到如何程度，但我自己问心，很是惭愧。我惭愧我的装腔作笑，又痛恨自己何以听不懂他们的话。他们的话愈谈愈长，M 先生的笑声愈多愈响，同时我的愧恨也愈积愈深。从进来到辞去，一向做个怀着愧恨的傀儡，冤枉地被带到这陋巷中的老屋里来摆了几个钟头。

　　第二次我到这陋巷，在于前年，是做傀儡之后十六年的事了。这十六七年之间，我东奔西走地糊口于四方，多了妻室和一群子女，少了一个母亲；M 先生则十余年如一日，长是孑然一身地隐居在这陋巷的老屋里。我第二次见他，是前年的清明日，我是代 L 先生送两块印石而去的。我看见陋巷照旧是我所想象的颜子的居处，那老屋也照旧古色苍然。M 先生的音容和十余年前一样，坚致有力的眼帘、炯炯发光的黑瞳和响亮而愉快的谈笑声。但是听这谈笑声的我，与前大异了。我对于他的话，方言不成问题，意思也完全懂得了。像上次做傀儡的苦痛，这回已经没有，可是另感到一种更深的苦痛：我那时初失母亲——从我孩提时兼了父职抚育我到成人，而我未曾有涓埃的报答的母亲——痛恨之极，心中充满了对于无常的悲愤和疑惑。自己没有解除这悲和疑的能力，便堕入了颓唐的状态。我只想跟着孩子们到山巅水滨去 picnic（郊游），以暂时忘却我的苦痛，而独怕听接触人生根本问题的话。我是明知故犯地堕落了。但我的堕落在我所处的社会环境中颇能隐藏。因为我每天还为了糊口而读几页书，写几小时的稿，长年除荤戒酒，不看戏，又不赌博，所有的嗜好只是每天吸半听美丽牌香烟，吃些糖果，买些玩具同孩子们弄弄。在我所处的社会环境中的人看来，这样的人非但不堕落，着实是有淘剩①的。但 M 先生的严肃的人生，显明地衬出了我的堕落。他和我谈起我所作而他所序的《护生画集》，勉励我；知道我抱着风木之悲，又为我解说无常，劝慰我。其实我不须听他的话，只要望见他的颜色，已觉羞愧得无地自容了。我心中似有一团"剪不断，理还乱"的丝，因为解不清楚，用纸包好了藏着。M 先生的态度和说话，着力地在那里发开我这纸包来。我在他面前渐感局促不安，坐了约一小时就告辞。当他送我出门的时候，我感到与十余年前在这里做了几小时傀儡而解放出来时同样愉快的心情。我走出那陋巷，看见街角上停着一辆黄包车，便不问价钱，跨了上去。仰看天色晴明，决定先到采芝斋买些糖果，带了到六和塔去度送这清明日。但当我晚上拖了疲倦的肢体而回到旅馆的时候，想起上午所访问的主人，热烈地感到畏敬的亲爱。我准拟明天再去访他，把心中的纸包打开来给他看。但到了明朝，我的心又全被西

---

① 淘剩，作者家乡话，意即出息。

湖的春色所占据了。

　　第三次我到这陋巷，是最近一星期前的事。这回是我自动去访问的。M 先生照旧孑然一身地隐居在那陋巷的老屋里，两眼照旧描着坚致有力的线而炯炯发光，谈笑声照旧愉快。只是使我惊奇的，他的深黑的须髯已变成银灰色，渐近白色了。我心中浮出"白发不能容宰相，也同闲客满头生"之句，同时又悔不早些常来亲近他，而自恨三年来的生活的堕落。现在我的母亲已死了三年多了①，我的心似已屈服于"无常"，不复如前之悲愤，同时我的生活也就从颓唐中爬起来，想对"无常"作长期的抵抗了。我在古人诗词中读到"笙歌归院落，灯火下楼台""六朝旧时明月，清夜满秦淮""白头宫女在，闲坐说玄宗"等咏叹无常的文句，不肯放过，给它们翻译为画。以前曾寄两幅给 M 先生，近来想多集些文句来描画，预备作一册《无常画集》。我就把这点意思告诉他，并请他指教。他欣然地指示我许多可找这种题材的佛经和诗文集，又背诵了许多佳句给我听。最后他翻然地说道："无常就是常。无常容易画，常不容易画。"我好久没有听见这样的话了，怪不得生活异常苦闷。他这话把我从无常的火宅中救出，使我感到无限的清凉。当时我想，我画了《无常画集》之后，要再画一册《常画集》。《常画集》不须请他作序，因为自始至终每页都是空白的。这一天我走出那陋巷，已是傍晚时候。岁暮的景象和雨雪充塞了道路。我独自在路上彷徨，回想前年不问价钱跨上黄包车那一回，又回想二十年前做了几小时傀儡而解放出来那一会，似觉身在梦中。

一九三三年一月十五日于石门湾

---

①　作者的母亲故于 1930 年农历正月初五，即公历 2 月 3 日。据此"三年多"一说，疑文末之写作年代为农历。

寄宿舍生活的回忆

寄宿舍生活给我的印象，犹如把数百只小猴子关闭在个大笼子中，而使之一齐饮食，一齐起卧。小猴子们怎不闹出种种可笑的把戏来呢？十多年前，我也曾做了一只小猴子而在杭州第一师范学校[①]的大笼子中度过五年可笑的生活。现在回想起来，饭厅里把戏最为可笑。

生活程度增高，物价腾贵，庶务先生精明，厨房司务调皮，加之以青年学生的食欲昂进，夹大夹小七八个毛头小伙子，围住一张板桌，协力对付五只高脚碗里的浅零零的菜蔬，真有"老虎吃蝴蝶"之势。菜蔬中整块的肉是难得见面的。一碗菜里露出疏疏的几根肉丝，或一个蛋边添配一朵肉酱，算是席上的珍品了。倘有一个人大胆地开始向这碗里叉了一筷，立刻便有十多只筷子一齐凑集在这碗菜里，八面夹攻，大有致它死命的气概。我是一向不吃肉的，没有尝到这种夹攻的

----

① 指在杭州的浙江省立第一师范学校。

滋味。但食后在盥洗处，时常听见同学们的不平之语。有的人说："这家伙真厉害，他拿筷子在菜面上掉一个圈子，所有的肉丝便结集在他的筷子上，被他一筷子夹去了。"又有的人说："那家伙坏透了。他把筷子从蛋黄旁边斜插进去，向底下挖取。上面看来蛋黄不曾动弹，其实底下的半个蛋黄已被他挖空，剩下的只是蛋黄的一张壳了。"

有时众目所注意的，是一段鲞鱼。这种鲞鱼在家庭的厨房里是极粗末的东西，在当时卖起来不过两三个铜板一段。但在我们的桌面上，真同山珍海味一般可贵。因为它又咸又腥，夹得到一粒，可以送下三四口饭呢。不幸而这种鲞鱼大都是石硬的。厨房司务又要省柴，蒸得半生不熟。筷子头上不曾装着刀锯。两根平头的毛竹对付这段带皮连骨的石硬的鲞鱼，真非用敏捷的手法不可。我向来拙于用筷的手法。有一时期又听信了一个经济腕力的同学的意见，让右手专司握笔而改用左手拿筷，手法便更加拙劣。偏偏这碗鲞鱼常不放在我的面前，而远远地放在桌的对面。我总要千难万试，候着适当的机会，看中了鲞鱼的一角而下箸。一夹不动，再夹、三夹又不动。别人的筷子已经跃跃欲试地等候在我的手臂的两旁，犹如马路口的车子的等候绿灯了。我不好尽管阻碍交通，只得拉了一片鲞皮回来。有时连夹了四五次，竟连鲞皮都不得一条；而等候开放的人的眼，又都注集在我的筷头，督视着我的演技。空筷子缩回来太没有面子。但到底没有办法，我只得红着脸孔，蘸一些鲞汤回来，也送下了一口白饭。

这原是我的技巧拙劣的原故。饭厅中的人大都眼明手快，当食不让，像我这样拙劣而退缩的人是少数。有的人一顿要吃十来碗饭。吃到本桌上的菜蔬碗底只只向天的时候，他们便转移到有剩菜的邻桌上去吃。吃其余不足，又顾而之他，好像逐水草而转移的游牧之民。又有大食量而兼大胖子的人，舍监先生编排膳厅座位时，倘把这大胖子编定在某席上，与他同坐一边的人就多不平了。饭厅上的板桌比较普通家庭间的八仙桌狭小得多。在最伟大的胖子，原来只合独占一边；他占据了一边的三分之二，把其余的三分之一让给同坐一边的瘦子，已经是客气了。然而那瘦子便抱不平。瘦子的不平也是难怪的。因为这不是暂时之事，膳厅的座位一经舍监先生编定之后，同坐一边的两人犹如经过了正式结婚的夫妇，不由你任意离开了。一日三餐，一学期一百三五十日，共约四百余餐，要餐餐偎傍了一个大胖子而躲在桌角上吃饭，原是人情所难堪的事。况且吃饭一事实在过于重大，据我所闻，暂时同吃一席喜酒，亦有因侵占座位而起口角的事：我的故乡石门地方，有一位吃亏不起的先生，赴亲友家吃喜酒，恰巧和一个老实不客气的大胖子同坐在桌的一边。那大胖子独占了桌边的三分之二，这吃亏不起的先生就向他开口："老兄，你送多少喜仪？"大胖子一时不懂他的意思，率尔而对曰："我送四角。"那人接着说道："原来你也只送四角，我道你是送六角的。"我们饭厅里的瘦子并未责问大胖子缴多少膳费，究竟是在受教育的人，客气得多。

我们的饭厅里，着实是可称为客气的。我们守着这样的礼仪：用膳完毕的时候，必须举起筷子，向着同桌未用毕的人画一个圈子用以代表"慢用"。未用毕的人也须用筷子向他一点，用以代表"用饱"。桌桌如此，餐餐如此。就是在五只菜碗底都向天，未毕的人无可慢用，已毕的人不曾用饱的时候，这礼仪也遵行不废。但是，一群猴子关闭在一个笼子里，客气也有客气的可笑。举动轻率的青年想把筷子伸向左方的一碗中去夹菜，忽又看中了右方的一碗菜，中途把筷子绕回右方，不期地在桌面上画了一个圈子。其余的人当他是行"慢用"的礼，大家用筷子来向他乱点。结果满座发出一种说不出的笑声。又有举动孟浪的孩子只管急忙地划饭，不提防饭粒滚进了气管，咳嗽出一大口和菜嚼碎了的饭粒来，分播在公用的菜碗里，又惹起一种说不出的笑声。

据我的妻子所说，她在某女学校中做寄宿生的时候，饭堂里的礼仪比我们更为严重。同桌的八个人，膳毕须等了一同散去，不得先走。据她说，吃得快而等候别人，不过对着残盘多坐一下，还不算苦；苦的是吃得慢而被人等候的人。倘守了末位，更加难堪。其余七个人都已用毕，环坐在你的面前，二七十四只眼睛煜煜地注视你的举动，看你夹菜，看你划饭，看你咀嚼，看你咽下去。十目所视已经严了，何况十四只眼睛的注视！这结果，吃亏了娇养惯的姑娘，便宜了厨房老板（她的学校是由校长先生家里包饭的）。在家庭间娇养惯的姑娘吃饭大都是一粒一粒地咀嚼的。她们到这学校里来吃饭，最是吃亏。别人放下碗筷的时候，她还没有吃完一碗饭。在十几只眼睛的监视之下，不好意思从容地添饭，只得饿着肚子走开了。大家怕守末位，只得大家少吃些，这就便宜了厨房老板（即校长先生）。

　　总之，饭厅里种种可笑的把戏，都由于共食而发生。倘改了分食，我们的饭厅里就寂寞了。各人各吃一份，吃肉丝不必用筷掉圈子，吃蛋无须向底下挖，吃鲞的艰辛也可免除。大食量的人无处游牧，大胖子不致受人讨嫌，那种说不出的笑声也没有了。我们习惯了共食，以为吃饭当然如此；但根本地想来，这办法实在有些稀奇，而且颇不妥当。我们的吃饭是以饭为主体而菜蔬为补助的。这仿佛馒头，主体是面，而由馅补助面的滋味。但馒头中的主体和补助物各有相当的分量，由做馒头的人配好了给我们吃。吃饭则并不配好，而一任吃者临时自己配合。但又不是一餐一餐地配合，也不是一碗一碗地配合，而是一口一口地配合的。划进一口饭，从口中抽出筷子，插进公用的菜碗里，夹取一筷菜，再送进口中。这办法稀奇得带些野蛮。有洁癖的人自备专用的碗筷，每餐随身携带。却不知共食的时候，七八双筷子从七八只口中到公用的菜碗里要往返数十百次。每碗菜里都已混着各人的唾液了。像我们的饭厅里的小弟弟们，有时竟把嚼碎了的饭屑由筷子带到公用的菜碗里，搅匀了给各人分吃呢。共食的办法在家庭间也许可行，但在我们的饭厅中，行之便有种种可笑的把戏。因为一桌中的和平，全靠各人的公德和良心而维持。共食者要个个是恪守礼仪的道学先生也许可以没事。但我们是关闭在大笼子中的小猴子，不像群狗地狂吠而争食，还算是客气的啊！

饭厅上的可笑由于合并而来，宿舍里的可笑则由于分别而生。住的地方和睡的地方，分别为二处。数百学生，每晚像羊群一般地被驱逐到楼上的寝室内，强迫他们同时睡觉；每晨又强迫他们同时起身，一齐驱逐到楼下的自修室中。明月之夜，倘在校庭中多流连了一会，至少须得暗中摸索而就寝；甚或蒙舍监的谴责，被视为学校中的犯法行为。严冬之晨，倘在被窝里多流连了一会，就得牺牲早饭，或被锁闭在寝室总门内。照这制度的要求，学生须同畜生一样，每天一律放牧，一律归牢，不许一只离群而独步。那宿舍的模样，就同动物院一般。一条长廊之中，连续排列着头二十间寝室的门。门的形状色彩完全相同。每一寝室内排列着三六十八只板床，床的形状也完全相同。各室中的布置又完全相同。你倘若被编排在靠近长廊首尾的几间寝室中，还容易认识。但我不幸而常被编排在中段的几间寝室中，就寝时便不易从形式上认识自己的房间。寝室的门上，原有寝室号码。旁边又挂着室内的寄宿生的姓名表，宛如动物园内的笼上的标札。白天要找寻自己的寝室，原可按着号码或姓名表而探索；但长廊的两端的寝室总门，白天是锁闭的。我们入寝室的时间总是黑夜九点半钟。这时候每室内开一盏电灯，长廊的两端的扶梯上面也各有一盏电灯。但灯光极弱，寝室号码是不易辨认的。我只能跟随同寝室的人，或牢记门口一只床内的被褥的色彩和花纹，以为自己的寝室的记号。倘这位睡在门口的朋友一朝换了被头，我便一时失迷，须得张皇逡巡了一会然后发见自己的窠巢。找到了自己的床，赶快脱衣就睡。不久寝室内就变成黑暗的世界了。长廊两端的两盏电灯原是通夜不熄的。长廊内依旧有光。但中段的寝室门外，所受的光度很是微弱了。倘不是月明之夜，熄灯后在寝室内只看见开向长廊内的玻璃窗的微明的方格，此外更无一线光明了。这在翻进床里就打眠鼾的人也许不觉得苦，但我在青年时代，向有不易入睡的习癖。因为不易入睡，就欢喜停火①。倘先熄了灯，我便辗转不能成寐，要直到更深入倦，然后瞑目。但次日不能早起，须得放弃早膳，或被锁闭，或受舍监先生的责罚了。所以我初到这学校来做寄宿生的时候，曾为了这个习癖而受不少的苦恼。曾记那时候，我对于自己的习癖异常执着。我心中常痛恨学校生活的无理，而庇护自己的习癖。有一次我看到洪北江的文句"夜寝列烛，求其悦魂"，以为我自己的习癖暗合于古人的意见，便非常高兴。现在，我已改为日出而起日入而息的生活，灯火在我几乎无用了。但回忆青年时代所憧憬的文句，仍觉得可爱。上次我到上海，曾专为这文句而买了一部《八大家骈文钞》。

宿舍中的可笑的把戏，就在我辗转不寐的时候演出来了。小便的桶放在长廊两端扶梯上头的电灯下面。约摸十一二点钟，头一忽困醒的时候，就听见邻室中有人起来小便。死一般沉寂的宿舍中，寝室门呀的一声，长廊内就有仓皇出奔似的脚步声。"腾腾腾腾"地越响越远，终于消失了。不久这声音又起，越响越近，寝室门呀的一声，又沉寂了。忽然我们的寝室内起了一种惊骇的呼叫声。"啊唷，啊唷！""哪一个？哪一个？"邻床的人被他们扰醒，继续就有答话之声和笑声。原来邻室中赴小便回来的人睡眼朦胧，认错了一扇门，误进了我们的寝室，急忙把身子钻进同样位置的眠床中，却压在别人的身上，就把那人从睡梦中吓醒，两人都惊喊起来，演成这幕深夜的趣剧。因为我们

---

① 停火，作者家乡方言，指保留灯火不熄。

虽被豢养在这动物园里，但实际上并未具有狗鼻子一般灵敏的嗅觉，或猫眼睛一般锋利的视觉，故在暗夜中便会误认自己的窠巢。明天的自修室中就添了一种谈笑的资料。

自修室就在寝室的楼下，也是向着长廊中开门的。每室容二十四人，两人共用一桌，两桌相对四人为一团，一室共六团。六团在室中的布置，依照骰子上的六点的式样。室室都如此。每天晚上七时至九时之间，四五百人都在埋头自修的时候，你倘不想起这是我们的学校的宿舍，而走到长廊中去观望各室的光景，一定要错认这是一大嘈杂的裁缝工场。我最初加入这生活中的时候，非常不惯，觉得这里面实在只宜于缝工。缝工可以一面缝纫，而一面听人说话或和人谈天。要我在这里面读书，我只得先拿钢笔尖来刺聋自己的耳朵。耳朵终于没有刺，但后来自然变成聋子一般，也会在别人揶揄谈笑的旁边看书或演习算草了。有时对座的五年级生拉着高调而朗读《古文观止》，同时出劲地抖他的腿，我对于他的高调也可以置若罔闻，不过算草簿子上添了许多曲线组成的阿拉伯字。

寄宿舍中的自由乡是调养室。所以调养室中常常人满。虽经舍监和校医严格地限制，但入调养室的人依然很多。我也曾一入这自由乡。觉得调养室的生活比较宿舍的生活，一软一硬，一宽一猛，一温一寒。那里的床铺和桌椅的位置，可以自由改动，不拘一定的形状。起居可以随意早晚，不受铃声的支配。舍监先生不来点名，上课了可以堂皇地缺席。最舒服的，病人可以公然地叫厨子做些爱吃的菜蔬，或叫斋夫生个炭炉来自煮些私菜。这不但病人舒服，病人的同乡或知友们也可托这病人的福而来调养室中享受几顿丰富、舒泰、温暖的晚餐。故病势轻微而病状显著的病是我们所盼望的。发疟的人最幸福了。疟的发作，不管寝室的总门开不开，立刻要来拥被而卧。这真是入调养室的最正当又最有力的理由。而且入室以后，在疟势不发作的时间，欢喜上的课依旧可以去上，不欢喜上的课可以公然不到。这真是学生的幸福病！我的入调养室也是托发疟的福。不幸而疟疾就愈；但我又迁延了几天而出室。出室之后，我想：下次倘得发疟，我决不肯服金鸡纳霜了。

四五百只小猴子关闭在大笼子中，所演的可笑的把戏多得很呢。但我已不能一一记忆当时的详情了。现在我跳出了笼子而在回忆中旁观当时笼内的生活，觉得可笑。但当身在笼中的时候，只觉得可悲与可怕。我初入学校，曾经一两个月的不快与悲哀。我不惯于这笼中的猴子的生活，而眷恋我的庭帏。自念从此以后，只有在年假和暑假的二三个月内得在家中做人，其余大部分的日月是做猴子的时间了。但为了求学，这又是不可避免的事。求学必须如此的吗？这疑团在我的心中始终不释。

到现在，我脱离学生生活已经十三四年了。但昔日的疑团在我心中依然不去。那种可悲可怕的感情，也依旧可以再现。我每逢看到了或想起了关于学生生活的状况，犹如惊弓之鸟，总觉得害怕。上回我到上海，赴某学校访问一位在那里做教师的朋友，蒙他引导我到他的卧室中去谈话。通过学生宿舍的时候，我看见一个开着门的寝室中，排列着许多床铺，一律上起蚊帐，叠好被头。地板上只有极整齐的板缝的并行线，没有半点东西，很像图书馆的藏书室，全不像人所住宿的地方。当我通过这寝室门口的时候，我的朋友对我说："这里的宿舍办得还整齐呢，你看！"我漫应了一声。但想起他这句话的代价，十多年前在母亲膝前送尽了愉逸的假期而重到学校宿舍中时所感到的那种黯然的情绪再现在我的心头了。又如这一回，我结束了母亲的葬事，为了要写这些稿子，匆匆离开故乡，回到嘉兴的寺院一般静寂的寓居中。同舟的有两个孩子和我姐的儿子——立达学园高中科学生周志道君。他因为寒假期满，故来我家送了他的外祖母的葬，便搭了我的船，同到嘉兴，预备次日乘火车赴江湾上学。我在舟中非常愉快。因为我已经结束了平生最后的一件大事，现在是坐了自己独雇的船，悠悠地开到我所欢喜的寺院一般静寂的寓居中。但对着同舟的青年又感到黯然的情绪。因为我用自己的心来推度他的心，觉得他现在是在他母亲膝前送尽了愉逸的假期而整装赴校，又将开始我所认为可悲可怕的寄宿舍生活了。故到寓的第一日，我的兴味为他减杀了一半。我似又不便要他一同享乐我的家庭生活。例如在火炉上煨些年糕，煎些茶，或向园地里拔些萝卜，割些黄芽菜，是我的家庭中的无上的乐趣。但想起了我的外甥不能长久和我们共乐而且此去将开始严格的学生生活，我的兴趣就被他的同情所阻抑，不能充分地展开了——虽然我明知道他对于家庭生活和学校生活的感情不一定和我一样。但这好比闲步于车站之旁，在栅栏外面旁观急急忙忙地上车下车的旅客。对他们摆出悠闲的态度来，似乎是残忍的行为。

廿年（1931）二月十三日于嘉兴

用功

悼丐师

我从重庆郊外迁居城中，候船返沪。刚才迁到，接得夏丏尊老师逝世的消息。记得三年前，我从遵义迁重庆，临行时接得弘一法师往生的电报。我所敬爱的两位教师的最后消息，都在我行旅倥偬的时候传到。这偶然的事，在我觉得很是蹊跷。因为这两位老师同样的可敬可爱，昔年曾经给我同样宝贵的教诲；如今噩耗传来，也好比给我同样的最后训示。这使我感到分外的哀悼与警惕。

我早已确信夏先生是要死的，同确信任何人都要死的一样。但料不到如此其速。八年违教，快要再见，而终于不得再见！真是天实为之，谓之何哉！

犹忆二十六年（1937）秋，芦沟桥事变之际，我从南京回杭州，中途在上海下车，到梧州路去看夏先生。先生满面忧愁，说一句话，叹一口气。我因为要乘当天的夜车返杭，匆匆告别。我说："夏先生再见。"夏先生好像骂我一般愤然地答道："不晓得能不能再见！"同时又用凝注的眼光，站立在门口目送我。我回头对他发笑。因为夏先生老是善愁，而我总是笑他多忧。岂知这一次正是我们的最后一面，果然这一别"不能再见"了！

后来我扶老携幼，仓皇出奔，辗转长沙、桂林、宜山、遵义、重庆各地。夏先生始终住在上海。初年还常通信。自从夏先生被敌人捉去监禁了一回之后，我就不敢写信给他，免得使他受累。胜利一到，我写了一封长信给他。见他回信的笔迹依旧遒劲挺秀，我很高兴。字是精神的象征，足证夏先生精神依旧。当时以为马上可以再见了，岂知交通与生活日益困难，使我不能早归；终于在胜利后八个半月的今日，在这山城客寓中接到他的噩耗，也可说是"抱恨终天"的事！

夏先生之死，使"文坛少了一位老将"，"青年失了一位导师"，这些话一定有许多人说，用不着我再讲。我现在只就我们的师弟情缘上表示哀悼之情。

夏先生与李叔同先生(弘一法师)，具有同样的才调，同样的胸怀。不过表面上一位做和尚，一位是居士而已。

犹忆三十余年前，我当学生的时候，李先生教我们图画、音乐，夏先生教我们国文。我觉得这三种学科同样的严肃而有兴趣，就为了他们二人同样的深解文艺的真谛，故能引人入胜。夏先生常说："李先生教图画、音乐，学生对图画、音乐，看得比国文、数学等更重。这是有人格作背景的原故。因为他教图画、音乐，而他所懂得的不仅是图画、音乐；他的诗文比国文先生的更好，他的书法比习字先生的更好，他的英文比英文先生的更好……这好比一尊佛像，有后光，故能令人敬仰。"这话也可说是"夫子自道"。夏先生初任舍监，后来教国文。但他也是博学多能，只除不弄音乐以外，其他诗文、绘画(鉴赏)、金石、书法、理学、佛典，以至外国文、科学等，他都懂得。因此能和李先生交游，因此能得学生的心悦诚服。

他当舍监的时候，学生们私下给他起个诨名，叫夏木瓜。但这并非恶意，却是好心。因为他对学生如对子女，率直开导，不用敷衍、欺蒙、压迫等手段。学生们最初觉得忠言逆耳，看见他的头大而圆，就给他起这个诨名。但后来大家都知道夏先生是真爱我们，这绰号就变成了爱称而沿用下去。凡学生有所请愿，大家都说："同夏木瓜讲，这才成功。"他听到请愿，也许暗呜叱咤地骂你一顿，但如果你的请愿合乎情理，他就当作自己的请愿，而替你设法了。

他教国文的时候，正是"五四"将近。我们做惯了"太王留别父老书""黄花主人致无肠公子书"之类的文题之后，他突然叫我们做一篇"自述"。而且说："不准讲空话，要老实写。"有一位同学，写他父亲客死他乡，他"星夜匍伏奔丧"。夏先生苦笑着问他："你那天晚上真个是在地上爬去的？"引得大家发笑，那位同学脸孔绯红。又有一位同学发牢骚，赞隐遁，说要"乐琴书以消忧，抚孤松而盘桓"。夏先生厉声问他："你为什么来考师范学校？"弄得那人无言可对。这样的教法，最初被顽固守旧的青年所反对。他们以为文章不用古典，不发牢骚，就不高雅。竟有人说："他自己不会做古文（其实做得很好），所以不许学生做。"但这样的人，毕竟是少数。多数学生，对夏先生这种从来未有的、大胆的革命主张，觉得惊奇与折服，好似长梦猛醒，恍悟今是昨非。这正是五四运动的初步。

李先生做教师，以身作则，不多讲话，使学生衷心感动，自然诚服。譬如上课，他一定先到教室，黑板上应写的，都先写好（用另一黑板遮住，用到的时候推开来）。然后端坐在讲台上等学生到齐。譬如学生还琴时弹错了，他举目对你一看，但说："下次再还。"有时他没有说，学生吃了他一眼，自己请求下次再还了。他话很少，说时总是和颜悦色的。但学生非常怕他，敬爱他。夏先生则不然，毫无矜持，有话直说。学生便嬉皮笑脸，同他亲近。偶然走过校庭，看见年纪小的学生弄狗，他也要管："为啥同狗为难！"放假日子，学生出门，夏先生看见了便喊："早些回来，勿可吃酒啊！"学生笑着连说："不吃，不吃！"赶快走路。走得远了，夏先生还要大喊："铜钿少用些！"学生一方面笑他，一方面实在感激他，敬爱他。

夏先生与李先生对学生的态度，完全不同。而学生对他们的敬爱，则完全相同。这两位导师，如同父母一样。李先生的是"爸爸的教育"，夏先生的是"妈妈的教育"。夏先生后来翻译的《爱的教育》，风行国内，深入人心，甚至被取作国文教材。这不是偶然的事。

我师范毕业后，就赴日本。从日本回来就同夏先生共事，当教师，当编辑。我遭母丧后辞职闲居，直至逃难。但其间与书店关系仍多，常到上海与夏先生相晤。故自我离开夏先生的绛帐，直到抗战前数日的诀别，二十年间，常与夏先生接近，不断地受他的教诲。其时李先生已经做了和尚，芒鞋破钵，云游四方，和夏先生仿佛是两个世界的人。但在我觉得仍是以前的两位导师，不过所导的对象由学校扩大为人世罢了。

李先生不是"走投无路，遁入空门"的，是为了人生根本问题而做和尚的。他是真正地做和尚，他是痛感于众生疾苦愚迷，要彻底解决人生根本问题，而"行大丈夫事"的。世间一切事业，没有比做真正的和尚更伟大的了；世间一切人物，没有比真正的和尚更具大丈夫相的了。夏先生虽然没有做和尚，但也是完全理解李先生的胸怀的；他是赞善李先生的行大丈夫事的。只因种种尘缘的牵阻，使夏先生没有勇气行大丈夫事。夏先生一生的忧愁苦闷，由此发生。

凡熟识夏先生的人，没有一个不晓得夏先生是个多忧善愁的人。他看见世间的一切不快、不安、不真、不善、不美的状态，都要皱眉、叹气。他不但忧自家，又忧友、忧校、忧店、忧国、忧世。朋友中有人生病了，夏先生就皱着眉头替他担忧；有人失业了，夏先生又皱着眉头替他着急；有人吵架了，有人吃醉了，甚至朋友的太太要生产了，小孩子跌跤了……夏先生都要皱着眉头替他们忧愁。学校的问题、公司的问题，别人都当作例行公事处理的，夏先生却当作自家的问题，真心地担忧。国家的事、世界的事，别人当作历史小说看的，在夏先生都是切身问题，真心地忧愁、皱眉、叹气。故我和他共事的时候，对夏先生凡事都要讲得乐观些，有时竟瞒过他，免得使他增忧。他和李先生一样地痛感众生的疾苦愚迷。但他不能和李先生一样地彻底解决人生根本问题而行大丈夫事，他只能忧伤终老。在"人世"这个大学校里，这二位导师所施的仍是"爸爸的教育"与"妈妈的教育"。

朋友的太太生产、小孩子跌跤等事，都要夏先生担忧。那么，八年来水深火热的上海生活，不知为夏先生增添了几十万斛的忧愁！忧能伤人，夏先生之死，是供给忧愁材料的社会所致使，日本侵略者所促成的！

以往我每逢写一篇文章，写完之后，总要想："不知这篇东西夏先生看了怎么说？"因为我的写文，是在夏先生的指导鼓励之下学起来的。今天写完了这篇文章，我又本能地想："不知这篇东西夏先生看了怎么说？"两行热泪，一齐沉重地落在这原稿纸上。

卅五年（1946）五月一日于重庆客寓

不惑之礼

　　廿六年（1937）阴历元旦，我破晓醒来，想道："从今天起，我应该说是四十岁了。摸摸自己的身体看，觉得同昨天没有什么两样；检点自己的心情看，觉得同昨天也没有什么差异。只是"四十"这两个字在我心里作怪，使我不能再睡了。十年前，我的年岁开始冠用"三十"两字时，我觉得好像头上张了一把薄绸的阳伞，全身蒙了一个淡灰色的影子。现在，我的年岁上开始冠用"四十"两字时，我觉得好比这顶薄绸的阳伞换了一柄油布的雨伞，全身蒙了一个深灰色的影子了。然而这柄雨伞比阳伞质地坚强得多，周围广大得多，不但能够抵御外界的暴风雨，即使落下一阵卵子大的冰雹来，也不能中伤我。设或豺狼当道，狐鬼逼人起来，我还可以收下这柄雨伞来，充作禅杖，给它们打个落花流水呢。

　　阴历元旦的清晨，四周肃静，死气沉沉，只有附近一个学校里的一群小学生，依旧上学，照常早操，而且喇叭吹得比平日更响，步伐声和喇叭一齐清楚地传到我的耳中。于是我起床了。盥洗毕，展开一张宣纸，抽出一支狼毫，一气呵成地写了这样的几句陶诗：

> 先师遗训，余岂云坠！四十无闻，斯不足畏。
> 脂我名车，策我名骥。千里虽遥，孰敢不至！

下面题上"廿六年古历元旦卯时缘缘堂主人书"，盖上一个"学不厌斋"的印章，装进一个玻璃框中，挂在母亲的遗像的左旁。古人二十岁行弱冠礼，我这一套仿佛是四十岁行的不惑之礼。

不惑之礼毕，我坐楼窗前吸纸烟。思想跟了晨风中的烟缕而飘曳了一会，不胜恐惧起来。因为我回想过去的四十年，发生了这样的一种感觉：我觉得，人生好比喝酒，一岁喝一杯，两岁喝两杯，三岁喝三杯……越喝越醉，越醉越痴、越迷，终而至于越糊涂，麻木若死尸。

烟中三昧

约 1936 年，与次女林先在杭州

只要看孩子们就可知道：十多岁的大孩子，对于人生社会的种种怪现状，已经见惯不怪，行将安之若素了。只有七八岁的小孩子，有时把眼睛张得桂圆大，惊疑地质问："牛为什么肯被人杀来吃？""叫花子为什么肯讨饭？""兵为什么肯打仗？"……大孩子们都笑他发痴，我只见大孩子们自己发痴。他们已经喝了十多杯酒，渐渐地有些醉，已在那里痴迷起来、糊涂起来、麻木起来了，可胜哀哉！我已经喝了四十杯酒，照理应该麻醉了。幸好酒量较好，还能知道自己醉。然而"人生"这种酒是越喝越浓、越浓越凶的。只管喝下去，我将来一定也有烂醉而不自知其醉的一日，为之奈何！

于是我历数诸师友，私自评较：像某某，数十年如一日，足见其有千钟不醉之量，不胜钦佩；像某某，对醉人时自己也烂醉，遇醒者时自己也立刻清醒，这是圣之时者，我也不胜钦佩；像某某，愈喝愈醉，几同脱胎换骨，全失本来面目，我仿佛死了一个朋友，不胜惋惜；像某某，醉迷已极，假作不醉，这是予所否者，不屑评较了。我又回溯古贤先哲，推想古代的人生社会，知道他们所喝的也是这一种酒，并没有比我们的和善。始知人的醉与不醉，不在乎酒的凶与不凶，而在乎量的大与不大。

我怕醉，而"人生"这种酒强迫我喝。在这"恶醉强酒"的生活之下，我除了增大自己的酒量以外，更没有别的方法可以避免喝酒。怎样增大我的酒量？只有请教"先师遗训"了。

于是我检出靖节诗集来，通读一遍，折转了三处书角。再拿出宣纸和狼毫来，抄录了这样的三首诗：

　　　　日暮天无云，春风扇微和。佳人美清夜，达曙酣且歌。
　　　　歌竟长叹息，持此感人多。皎皎云间月，灼灼叶中花。
　　　　岂无一时好，不久当如何？

迢迢百尺楼，分明望四荒。暮作归云宅，朝为飞鸟堂。
山河瘾目中，平原独茫茫。古时功名士，慷慨争此场。
一旦百岁后，相与还北邙。松柏为人伐，高坟互低昂。
颓基无遗主，游魂在何方。荣华诚足贵，亦复可怜伤！

人生归有道，衣食固其端。孰是都不管，而以求自安？
开春理常业，岁功聊可观。晨出肆微勤，日入负耒还。
山中饶霜露，风气亦先寒。田家岂不苦，弗获辞此难。
四体诚乃疲，庶无异患干。盥濯息檐下，斗酒散襟颜。
遥遥沮溺心，千载乃相关。但愿长如此，躬耕非所叹。

　　写好后，从头至尾阅读一遍，用朱笔在警句上加了些圈，好好地
保存了。因为这好比一张醒酒的药方。以后"人生"的酒推上来时，
只要按方服药，就会清醒。我的酒量就仿佛增大了。
　　这样，廿六年阴历元旦完成了我的不惑之礼。

廿六年（1937）八月二日于杭寓

120

游学东洋

春光先到野人家

东京某晚的事

　　我在东京某晚遇见一件很小的事，然而这件事我永远不能忘记，并且常常使我憧憬。

　　有一个夏夜，初黄昏时分，我们同住在一个"下宿"①里的四五个中国人相约到神保町去散步。东京的夏夜很凉快。大家带着愉快的心情出门，穿和服的几个人更是风袂飘飘，倘徉徘徊，态度十分安闲。

　　一面闲谈，一面踱步，踱到了十字路口的时候，忽然横路里转出一个伛偻的老太婆来。她两手搬着一块大东西，大概是铺在地上的席子，或者是纸窗的架子吧，鞠躬似的转出大路来。她和我们同走一条大路，因为走得慢，跟在我们后面。

　　我走在最先。忽然听得后面起了一种与我们的闲谈调子不同的日本语声音，意思却听不清楚。我回头看时，原来是老太婆在向我们队里的最后的某君讲什么话。我只看见某君对那老太婆一看，立刻回转

①　下宿，日文，意即旅馆。

头来，露出一颗闪亮的金牙齿，一面摇头，一面笑着说：

"Iyada,iyada."（不高兴，不高兴！）

似乎趋避后面的什么东西，大家向前挤挨一阵，走在最先的我被他们一推，跨了几脚紧步。不久，似乎已经到了安全地带，大家稍稍回复原来的速度的时候，我方才探问刚才所发生的事情。

原来这老太婆对某君说话，是因为她搬那块大东西搬得很吃力，想我们中间哪一个帮她搬一会。她的话是：

"你们哪一位替我搬一搬，好不好？"

某君大概是因为带了轻松愉快的心情出来散步，实在不愿意替她搬运重物，所以回报她两个"不高兴"。然而说过之后，在她近旁徜徉，看她吃苦，心里大概又觉得过意不去，所以趋避似的快跑几步，务使吃苦的人不在自己眼睛面前。我探问情由的时候，我们已经离开那老太婆十来丈路，颜面已经看不清楚，声音也已听不到了。然而大家的脚步还是有些紧，不像初出门时那么从容安闲。虽然不说话，但各人一致的脚步，分明表示大家都有这样的感觉。

我每次回想起这件事，总觉得很有意味。我从来不曾从素不相识的路人受到这样唐突的要求。那老太婆的话，似乎应该用在家庭里或学校里，决不是在路上可以听到的。这是关系深切而亲爱的小团体中的人们之间所有的话，不适用于"社会"或"世界"的大团体中的所谓"陌路人"之间。这老太婆误把陌路当作家庭了。

这老太婆原是悖事的、唐突的。然而我却在想象，假如真能像这老太婆所希望，有这样的一个世界：天下如一家，人们如家族，互相亲爱，互相帮助，共乐其生活，那时陌路就变成家庭，这老太婆就并不悖事、并不唐突了。这是多么可憧憬的世界！

日本人气质

　　日本投降后数日，欢庆的空气还没有消散的时候，我们几个朋友，聚会在一堂，漫谈未来的幸福的梦。话头自然地转到了日本人身上。大家一致地非笑日本人的愚蠢，慨叹日本人的下场。结论是，这民族的小气的根性，是其败亡的主因。因此，我想起了昔年在东京所遇到的一件事，这件事正是当日聚谈座上的佳话。

　　我到东京去，是为了研究美术，但因自费不多，不能正式入学，不合称为"留学"。又因我不是做官的，也不能美其名曰"考察美术"，所以至多只能称为参观或游览。我跑来跑去，东看西看。东京、西京、横滨等处的画展、音乐会、歌剧场、旧书铺中，多有我的足迹。有一次，我有感于日本的玩具的精美，发心参观玩具厂。因为我确信，玩具是美术、教育与工业三者密切合作的产物；只懂美术与教育，而不懂工业，或只懂工业而不懂美术与教育，决定不能制造出良好的玩具来。所以我有参观工厂的必要。我向中国使馆里的朋友讨了一张介绍片，拣定了一个赛璐珞玩具厂，冒然地去参观。

我走进玩具厂，把名片和介绍书交给□[1]人，求见他们的经理。不久，经理果然出来了，但脸色下沉没有笑容。从日本人特有的这种表情上，我已猜到了事情不妙。我说明来意之后，他率直地答道："我们厂里的规定，是谢绝参观的。对不起得很！"我也率直地答道："啊，是这样么？我没有知道，对不起得很！再会！"

　　我碰了一个钉子，回到我的下宿里。恰巧，一位提琴研究所里的日本同学来访。这位日本同学是帝大医科的学生，年纪已有三十多岁了，胡子满面，眉毛极浓，日本相十足的。但为人很诚实，对我特别要好，因为他是比我迟进研究所，而且初学提琴，进步极难，嫌先生教的时间太少，全靠我的友谊的指导的补充，才得入门的。他常常把日本生活的种种门槛指示我，例如神田区的食堂哪家最便宜，冰哪家最好，乘电车的捷径以及小病的自疗法等，借以报答我的提琴指导的辛劳。这一天他来访我，我便把参观玩具厂碰钉子的事告诉了他。他劈头便问："你有没有送礼物给他？"我觉得这一问来得稀奇，岂有素不相识而带了礼物去参观的？我说："没有。"他笑道："你毕竟是中国人，不知道日本人的性情。日本人是很重情面的。你有礼节，他一定客气，我劝你明天买一点礼物，再去访问那经理。他一定会欢迎你进去参观。"我以为他是说笑，答道："那远不如问他多少钱看一次，干脆地送他多少钱吧！"他认真地说："送钱不行，钱不是礼物！他的工厂又不是戏馆，怎么可以送钱呢？你必须买礼物，才可表示你有礼貌！"我也认真起来："你的话当真？"他正式地用指导的口气说："自然当真！你到某家铺子去买一匣糖果，大约五元钱，叫店员加上装璜，用帕子包了拿去，恭敬地送上，包管你成功。"我口上答应，心中吃惊："日本人作风是这样的！"他告辞时又反复地指

---

① 　□，所据原刊，此字不清。

导了一遍，我表示接受。

次日我有些犹疑，我怕我不会做这出戏。又怕上了那人的当，再碰一个钉子。继而我想：日本人的确眼光很浅，为了研究玩具，我做戏、碰钉子，都不在乎。我告了奋勇，照他所指导的去做了。

我走进工厂大门，照理交名片求见经理，经理果然又出来了。我硬着头皮，双手捧上礼物。经理的脸孔本来同昨日一样沉下，至此忽然笑逐颜开。口中说着谦让的话，双手接受我的糖果匣子。我没有开口他先说了："先生是要参观我们的工厂吗？我们本来是谢绝参观的。不过，先生这样热心，又这样客气，我们破例请你参观。"他表示引导我进内，我好比渔夫探桃花源，忽觉"豁然开朗"，跟他走进里面，承他逐一指示，而且详加说明。约摸参观了两小时之久，方始告辞。赛璐珞玩具制造法的要点及其工业与美术教育的关联，我心中便已了然。这是五元钱糖果换来的。

又次日，我在提琴研究所里会见那日本同学。他一见便问："成功了没有？"我说："多谢多谢！完全成功了。"便把经过的详情告诉了他，而归功于他的指导。他也同玩具厂经理一样笑逐颜开，而且得意非常。又热心地补充一点指导："还有一点，你也要记着：你以后凡有请求，送上礼物之后，务须立刻开口，不要怕难为情。倘你当时不说，过了一天再请求，便难得见效了。"我惊骇之极。索性用演剧似的腔调答道："对啊！对啊！过了一天，糖果已经吃完了！"他却认真地说："对啊！这便难得见效了！"

上述这一件事，给我印象很深，这可说是日本人眼光浅的一个实例。但我必须声明，我确实知日本人决不个个如此。日本人中尽有伟大的灵魂与高远的眼光。只是像那玩具厂经理的人，不在少数而已。记得从前李鸿章督办中国海军，伊藤博文特来参观。他看见一只军舰上晒着一条红裤子，便断定中国海军不可怕，因为晒红裤表示没有军纪。他就进攻，果然中国海军被歼。我倘用伊藤博文的看法来推论，该□□[1]说："日本的侵略不可怕。因为玩具厂经理的接受糖果，表示日本人眼光浅，眼光浅必定败亡。"

糟糕社会逼迫一个人走上绝路很容易，而在我们的想象中事情不会那么坏。一个大悲剧发生时我们往往谴责作者笔下太不留情，说不定他完全是叙述真实，未添枝叶；我们谴责作者而不谴责社会，这说明是我们认识尚浅，我们谴责作者而不谴责造成悲剧的主角，这说明是我们对人性了解不深。我们的心软手软虽然可以帮助我们做一个好人，但是要做一个好的作家却不能不把善恶说个分明。因此，我就想，你我读到的许多夸张的情节也许就是真实，我们还是仔细地观察观察社会，认真地研究研究人性再下结论的好，不然，我们就显得幼稚得可笑了。

我想，好好做人，好好努力，对于我们这就是一切。此外，我不知道更有旁的，如果说还有旁的，那该是我希望借着这封信，□[2]你奠定一生的友谊，把这友谊建立在相互砥砺的基础上。

---

[1]　□□，所据原刊，此二字不清。
[2]　□，所据原刊，此字不清。

记音乐研究会中所见之一

为了我要看胡适之先生的《敬告日本国民》及室伏高信对他的通信，有一位朋友把最近几期《独立评论》寄送我。我看过了要看的之后，翻阅其他，发见该刊第一七八号中有一篇署名向愚的《东京帝大学生生活》。其中有这样的几段："上课的时候并不打钟或摇铃，时间到了，大家进课堂等候。先生普通是过了规定的上课时间二十分钟上下才进课堂来的。先生没有进来之前，学生安静地等候着；先生将要来了，脱下雨衣、大氅和帽子，扣好了扣子；先生进来了，起立致敬。学科除了必要时用原文课本外，什么讲义也没有。先生讲，学生笔记。教授们都是留学过德国和英美诸邦的，讲述的时候，日语、德语和英语掺杂在一块儿，学生们过去在高等学校（大学预科）时代已经受了德语和英语的训练了，所以毫无困难地埋头把先生所讲的东西笔记下来。两小时的功课是连下去的，先生认为到了该结束的时候了，也就结束了，并不等到规定的下课时间之到来。下课的时候，学生仍是起立致敬，一种尊敬师长的空气笼罩了全课堂。""上课的时候，并没有查堂或点名的事情，而从没有看见过学生缺课。因为他们深切地明了他们目前所为的是何事。""学生进图书馆时要将学生证交给坐在二门门口的看守者看，同时把帽子脱下来。千百个人静悄悄地或是整理课堂的笔记，或是看自己带来的先生的专门著作（帝大教授每一个人都有他的有系统的专门著作）或由图书馆借下来的书籍，整天的工夫或半天的工夫，一双眼睛注视在书籍上面，没有倦容。他们这种勤学苦干的精神，令人觉得明治维新到今日不过几十年，把一个国家弄到这种田地，并非偶然。"

我读了这几段颇有所感，忆起了我所不能忘却的，十五年前在东京某音乐研究会中的所见。

日本学生的勤学苦干的精神，真是可以使人叹佩的。而我在某音乐研究会中所见的医科老学生的勤学苦干的精神，尤可使我叹佩到不能忘却。他的相貌和态度，他的说话和行为，我到现在还能清楚详细地回忆起来。

那一年的春天，我到东京一个私办的音乐研究会去报名，入提琴（violin）科。缴了每月五元的学费，拿到一张会员证。会的规则，每天下午自一时至六时之间，皆可凭会员证入会研究，迟早却随便。他们原是适应有正业的人的业余研究而创办的。但所谓研究，其实只有头二十分钟受先生指导，其余的时间只是自己在练习室里熟练。我因为住的是旅馆，练起提琴来恐怕邻室的人嫌烦恼，不如就在研究会中练习，来得放心，所以每天一点钟就去，直到五六点钟方才出会。会址只有两楼两底和一个扶梯入口。楼上是提琴科，楼下是洋琴科（钢琴）。扶梯入口处放一只桌子，桌子旁边坐着一个事务员兼门房的人，我的会费交此人收领；每天到会时，也请此人检验会员证，然后上楼。楼上两间房间中，外间很大，是练习室。壁上挂着许多提琴（大概是五块钱一只的起码货），不曾自备乐器的人可以自由借用，四周地上立着许多谱台，会员也可自由使用。此外并无一物。因为地上是席子，休息时尽可在地上坐卧。内间很小，但又用板壁划分为二，是两位教师住的房间，但每间里面只有一个桌子、两个椅子和两个谱台。教师从下午一时起至六时，即来到室内，等候学生轮流进去请教（轮流的次序，以名牌为凭。我们一到会，先从事务员受得一张名牌。拿了名牌上楼，依照到会先后，顺次挂在内室门口的名牌板上，先生开始授业时，即依名牌的次序顺次受教）。教师一男一女，男教师教已有研究的老学生，女教师教初学提琴的新学生。我是初学提琴的新学生，当然受业于女先生的门下。有生以来，向女先生受教，这是最初次，又是最后次。我最初感到一种无名的不快。但受教了几天以后，就释然了。因为那位女先生的态度极诚恳，教法极良好，技术又极高明，只得使人心悦诚服。我因为没事，到会最早，往往第一个受课。因为外面还没有人到，先生教得很从容，除详细指导奏法外，这位女先生常常和我谈谈个人的事和中国的事。她是东京音乐学校的初年级主任教师，上午在该校授课，下午到这里授课。她对中国音乐很景仰，有一次对我说："中国音乐是神圣的，可惜失传了。"

上面所叙述的，是我当时的环境，也是我们那位医科老学生的环境。我入会后的数星期，新来一个会员。其人身躯短小，脸上表出着多数日本人所共有的特色：浓眉、黑瞳、青颊、糙脸皮，外加鼻尖下一朵浓胡子。他的脸上少有笑颜，态度谨严，举止稳重，他大约是三十几岁的中年人了。他每天要到二点多钟，方始急急忙忙地上楼来。把名牌一挂，就开始练习。他所占的练习位置，与我相邻。因此他一来就同我招呼。他见我是先进，每天把提琴托我校弦。因为他自己还没有置备提琴，每天借用会里的乐器；而会里的乐器，弦线都是没有校正的。我同他相邻站着练习，他的练习我都能清楚听到。他的手法很生硬：左手摸音全然不当，以致音程完全不正。右手擦弓非常笨拙，以致发音非常难听。最初几天我也不怪，因为初学提琴，总不免一时难于入门的。过了好几时，有一次，我故意停止了自己的练习，听听他的练习看，想知道他练到第几课了（我们所用的练习本是相同的）。但听了好久，总听不出来。我疑心他所用的练习本与我所用的不同。不然，难道他迟来反比我先进，已经练到我所没有练过的地方了？于是我乘势休息，把我的琴搁在谱台旁，闲步到他身边去，偷看他的乐谱。原来他所用的书同我的并不两样。而展开着的还只是开头某页；他所热心地练习着的，正是很浅易的某一课。我的心中有些儿惊异：这种练习课都是我所熟弹过的，应该一听就可以知道是某课。何以他所弹的我竟一句也听不懂，好像完全不是这册书里的乐曲呢？于是我用了侦察的兴味，偷看他的眼睛所注视的谱表，又偷看他的左手指所摸的弦线。久而久之，方才知道他所弹的确是这一课的乐曲，只因左手摸得太不精确，故音程不正；右手拉得太生硬，故发音嘈杂；外加拍子全然不讲，于是乐曲中的音符犹如一盘散沙，全不入调。怪不得我听了莫名其妙。我看出了：他是一个全然没有音程观念，没有手指技巧，没有拍子观念，又没有乐谱知识，而冒昧地入这研究会，冤枉地站在这里练习的人。我确定了这观察后最初的冲动，是想立刻夺了他手中的乐器，谆谆地忠告他说："你拉得完全不对！你是完全没有音乐先天的人！你不配学提琴！你还是趁早退出去罢！"然而我没有如此做。于是这冲动就一变而为怜悯。我从他背后看看他的骨瘦棱棱的项颈、带着灰白的头发、伛偻的背部，和痉挛的两臂，又听听他那不成腔调的演奏，"Kawaisoda！（可怜！）"这一句日本语不期地浮出了我的脑际。

当我正在怜悯他的时候，另一个日本人的会员也走近来，和我一同站在他背后参观他的演奏。这个人参观了一会儿，哑然地笑出，旋转头来对我使个眼色，便昂然地走了开去。他的笑和眼色，分明地表示着他也已看到了我所看到的情形，仿佛是在对我说："这样的人也会来学提琴的！你看奇不奇？"这个人大概不知道我是外国人的。不然，他已忘怀于国际界限了。于是我对于我身边这个可怜的练习者，也忘怀了国际的界限，觉得不能袖手旁观了。我因有替他校弦的历史，就老实不客气地装作先进者，用手扣他的肩膀，说道："你的拍子弹错了！"他旋转头来一看，停止了弹奏，谦虚感谢地对我说道："这东西很难弹呢！我实在要命了！请你替我校正校正！"就把琴递给我。我为他指出拍子错误的地方来，弹一遍给他听了，然后把琴交还他。于是他热心地学习，向我提出了种种疑问——程度都是很幼稚的，但态度却是很认真的。例如关于音程的摸不正确，他问我："各指的距离有否一定的尺寸？""可否在弦线上用墨画个记号？"诸如此类，都认真得可笑。然而我对他的友谊的指导，在他极少有利益。因为指导过后，听他弹奏起来，比前好得有限。指导的地方改正了些，未经指导的地方仍是错误。这可见他不是根本理解，乃是局部硬学，其结果仍旧是可怜的。

从此之后，他对我的交谊深进了一步。这一天五点过后，大家将要散出，坐在席上吸烟的时候，他就同我谈起平生来。这时候我方才知道他是离东京很远的乡下人，是某医科学校的学生。为了平生缺乏艺术的修养，因此利用课余的时间，来这里选习提琴。他告诉我，他将来还想到德国去，德国是音乐很发达的地方，所以他决心研究音乐。说到"决心"两字，他的态度十分认真，把头点一点，表示他是一个有志者。我觉得这是日本青年所特有的毅力与真率的表示，在中国是见不到的。中国青年因怕倒楣，说话就调皮。即使想到德国去，事前一定不说，或者偏说"不去"。即使抱了研究音乐的决心，也不肯向人宣布，或者反说"我一定学不好的"。他们以为说"不去"而"去"了，说"一定学不好"而"果然学好"了，是"有面子"的，"光荣"的，

"巧"的。这原是出于自爱之心的，不能说它是恶德；但弄巧成拙，"虚伪""懦怯"往往也从这里产生。与其如此，倒不如这位日本医科老学生的天真可爱了。闲话少说，我当时听了这位医科老学生的自白，在心中窃笑他的不自量力，便问："你为什么选习提琴呢？听说德国洋琴音乐最发达，而且洋琴比提琴容易入门。你何不选习洋琴呢？"我这话的重心，在于"而且"以下的数语。但他似乎听不懂，答道："提琴音色优美，而且提带便利。听说这是西洋乐器中价值最高的一种，我非选择它不可。"我再没有话好说，只有"Sodesuka？Sayonara！（原来如此？那么再会！）"这一天我们分别时，我心中认定他是一个可怜的无自觉的妄人。

然而他后来的言行，渐渐地把我对他的观念改良起来，直到使我钦佩他为止。第二天下午，他去受课的时候，我正在休息时间。被一种"冷酷"的，或者可说是"幸灾乐祸"的好奇心所迫，我就跟进去听。女先生的教室有两扇短的自关门，像我国菜馆里所常见的。我站在门外可以看见他和女先生的脚的行动，又听到他们的谈话。但见这位医科老学生走进之后，不请授科，却放下提琴，恭敬地站着，向女先生谈话起来。他们的谈话大致如此：

"先生：你看我有没有学会提琴的希望？"

"嗳？——你当然有的！"

"昨天那位同学告诉我，我的音程、拍子和手法都很不对。先生看究竟如何？"

"你的练习的确还在初步。但是初学这乐器，总有相当困难，你来这里不到一月呢！虽然进步不能算快，但也不算最慢。只要认真练习，不灰心，一定有成功的希望。拍子的正确，是音乐学习上最根本的要件。你可以这样去练习……"

以后女先生所讲的都是关于音乐学习法的话，医科学生热心地谛听。随后女先生拿起提琴，用她那穿着草鞋的脚在楼板上用力按拍，实际地教导这医科学生拍子的练习法。这时候我就退出，自去练琴了。

自此以后，我的邻席的练习非常勤苦。我们普通的规则，练习廿分钟，休息十分钟，同绘画研究会里的模特儿一样。但当大家休息的时候，这位医科老学生独不休息。于是他的琴声单独地响着，给大家清清楚楚地听到。他的拍子和音程固然比前正确了一半，但是还有一半仍是不正确的，引得休息的人大家默笑。然而他完全不顾，旁若无人地只管练习。

我在这研究所练习，一共六个月，弹完了练习书第三册而退出。医科学生比我迟二三个星期入会，但当我退出的时候，他还没有弹完第一册。然而他的练习已经渐上轨道，拍子和音程固然相当地正确了，拉的手法也相当地纯熟了。这时候我心中真心地赞美："苦学万能！"这个可怜的不自量力的妄人，我最初曾经断定他是永远不能入音乐之门的。不料他的毅力的奋斗果然帮他入了音乐之门。以后造就虽然不可知，过去的进步已成确凿的事实了。我退出研究会的时候，他对我热诚地惜别，又谢我对他的屡次的指导。他说："全靠你的友谊的指导，我的音乐进步了些，虽然进步得很慢。"我对他的毅力十分钦佩，但是没有话可说。现在我想：我国古人教人习字时须坐得端正，有"非是要字好，只此是学"的话。这位提琴练习者的音乐的造就，可想见其一定不大；然而他的精神的确可佩，可说是"非是要乐好，只此是学"了。现在我又想：西洋寓言中有龟兔赛跑之说，我当时总算比他富有音乐的先天，得到三与一之比的成绩。但照他的毅力，十五年来，恐防已经像他所决心地留学德意志，学成了医学与提琴的专家而"归朝"，已达到"有志者事竟成"的地步，亦未可知。而我归国后就为生活所逼，放弃提琴，至今已十五寒暑未曾重温旧业，眼见得今生不会再有从提琴上获得感兴的日子了。那么我们的提琴练习就像龟兔赛跑，他是那胜利的乌龟，我是那失败的兔子，可胜叹哉！

想起了上述的所见，我觉得《独立评论》那篇文章中"他们这种勤学苦干的精神，令人觉得明治维新到今日不过几十年，把一个国家弄到这种田地，并非偶然"的话，并非偶然。

胡适之先生《敬告日本国民》中有云："日本国民在过去六十年中的伟大成绩，不但是日本民族的光荣，无疑的也是人类史上的一桩'灵迹'。任何人读日本国维新以来六十年的光荣历史，无不感觉惊叹兴奋的。"我想，这个"灵迹"，大约是我在东京某音乐研究会中所见的医科老学生及向愚先生所述的帝大学生之类的人所合力造成的。但我的所见，已是十五年前的旧事，不足为凭了。据向愚先生所说，现在东京帝大学生的思想"萎靡不振，令人太失望了"。又帝大的文学部心理学科讲师户幡太郎说，现代日本学生的思想，已由"唯物史观"转向到"就职史观"了。唯物史观不论是否，总是一种人生观。就职史观就是只求有饭吃，不讲人生观了。这是何等的萎靡不振！若果如此，那种毅力和勤学苦干的精神，今后对日本"非徒无益，而又害之"了。

廿五年（1936）一月九日作，曾载《宇宙风》

记音乐研究会中所见之二

　　整理旧书，偶然检出一册手抄的乐谱来。暗黄的封面已经半旧，蓝墨水的颜色已变成深黑。我对这册书似乎曾经有过密切的关系。翻看内容，都是附着洋琴（钢琴）伴奏的怀娥铃（小提琴）曲谱。从曲题的文字上，可以显然认识它是我自己的手笔。但是什么时候，为了什么，在什么地方抄写这册乐谱的？一时自己也记不起来。翻到末页，看见底封面的里面横斜地写着三行英诗，也是我自己的笔迹。其文曰：

What is in your heart let no one know;

When your friend becomes your foe,

Then will the world your secret know.

　　读下去音调很熟，意味也很自然，好像是曾经熟读而受它感动过的。对卷沉思了一会，字里行间忽然隐约地现出一副毛发蓬松的林先

生的脸面来。别的回想也就跟了它浮到我的脑
际。

　　林先生是十六七年前我在东京时的音乐
先生。他的名字叫什么，我已忘记，但记得我
叫他 Hayashi（林）先生。他住在东京最热闹
的电车站之一的春日町的附近的一条小弄里。
他的音乐私人教授的招牌上画着指路箭，挂在
从春日町望去可以看见的地方。我到东京后，
先在某音乐研究会中练习了几个月怀娥铃。技
术上了轨道之后，嫌那研究会中的先生所教的

1921 年末，从日本游学归来

138

基本练习书太枯燥，想换一个私人教授的地方去，点品学些怀娥铃独奏的短曲——尤其是夜曲之类的抒情曲，因为我当时酷嗜这种音乐。有一天，我在春日町望见了这块招牌，就依路箭所示，转进铺着不规则形的石块的小弄，寻到他家里去索章程。他的家的表面，只有一扇开着的门，门内装着一部扶梯，扶梯上头有隐约的琴声，却不见一个人影。我入门，只得喊声gomen（对不起），跨上扶梯去。走完扶梯，吃了一惊。那扶梯所导入的长方形房间中，四周有许多人围着一张长方形矮桌，在靠墙脚的席地上正襟危坐。矮桌上放着一只形似香炉的香烟灰缸，此外别无他物。这印象现在我想起了还觉得诧异，好似谁从庙里搬了许多罗汉像来，用香炉供养在家里。我对他们说："请给我一份章程。"一时无人接应，后来坐在门口的一人向矮桌子底下摸了一张纸，默默地递给我。我接受了走下扶梯时，但闻内室琴声乍起，悠扬婉转，一直护送我到门外铺着不规则形的石块的小路上。

第二天早上，我去报名，一个穿和服的毛发蓬松的男子出来接应。后来我知道他就是音乐教师林先生。林先生教的洋琴[钢琴（piano）]、提琴（violin）与大提琴（cello）三科，学费相当的贵，每人每月六元，每星期受课三次。他先问我有否学过音乐。知道我已有些基本练习经验，然后许我入学。我选习的是提琴科，而且指定要学提琴的小曲。他教我买一册《Light Opera Melodies（轻歌剧旋律）》，就从这一天教起，每日下午三四点钟来学。这一天下午，我带了新书和提琴到课，所见的情形与昨日相同。这时候我才知道：扶梯室内的许多罗汉像，都是坐着等候顺次受教的学生，而林先生这个塾中，除了他一人以外，是没有家族、仆人或办事员的。于是我也依来到的先后，挨次坐着静候轮番。教室就在隔壁，先生在教室中按叫人铃，我们中就有一人进去受教。这人课毕退出，即下楼归家。第二次叫人铃响时，第二人继续进去受教。每人的教授时间久暂不一，平均每人要一刻钟。

但我坐着等候轮番，并不觉得十分心焦。因为琴声可以分明地听见，而学生大概都有相当程度，所教奏的乐曲不是浅近枯燥的基本练习，都是富有趣味的名曲。若是提琴或大提琴，林先生必用美丽的洋琴伴奏来帮助他学习。这在我们旁听者，不但有兴味，又有借镜、观摩的利益。因这原故，扶梯上等待室中的人，大家像罗汉像一般的正襟危坐，绝无喧扰。有些人，课毕后还不肯返家，依旧坐在等待室中，专为旁听。

林先生的教法，严格而有趣味。对于没有弹熟旧课的人，绝对不教新课，只是给他一番勉励和几点指示，然后教他把已经弹熟的乐曲演奏一遍，自己用伴奏附和，圆满地奏毕一曲，然后放他回去。学习者为求进步，自会用功起来，每次把旧课练得烂熟，然后去受课。于是林先生兴味蓬勃，伴奏时手舞足蹈；同时那毛发蓬松的颜面又随了曲趣而装出种种的表情来，以助长音乐的气势。故虽曰教授，所演奏的音乐都很圆熟，有如音乐会中的所闻，无怪学习者都愿意逗留在等待室旁听了。先生的技术非常纯熟：自己一面弹着复杂的伴奏，一面还要周详地顾到学习者，时时用嘴巴、眼色或态度来当作记号，预先通知学习者难关的来到、缺陷的校正和演奏上种种注意点。所以学习者的课业即使练得未曾十分纯熟，得了林先生的帮助自会顺水推船；倘然已经练得十分纯熟，得了先生的伴奏而演习便有浓厚的兴味。我还记得：当年在东京时最大的乐事，是练熟了乐曲而去请林先生伴奏。

有一次，为了要听同学某君的受课，我课毕不还家，逗留在等待室中。直到全体退出，我方动身。不期林先生开门出来，见我早已受课而最后退出，惊奇地问："你为什么到现在才回家？"我直告所以，并且说爱听先生的伴奏。他留住我，和我闲谈起来。讲了许多音乐上的话之后，又问我中国的情形和我个人的情形。他不断地吸纸烟，不断地想出话题来问我。我知道他现在是结束了一天的教授工作，正在要求一个人同他闲谈，以资休息而解沉闷。我也问起他个人的情形，他很愿意告诉我。由此我知道他是一个孤寂的独身者，曾经在本国音乐学校毕业，又到德国研究。回国后就在这条东京的小弄里开设个人教授，十年于兹。每天自上午九时至下午五时，不绝地教人或伴人奏乐，生活很是呆板而辛苦。他自己说："我是以音乐为生活的。"说着，伸出两只手给我看。手指尖上的皮厚得可怕，好似粘着十张螺钿。我曾经听同学的人说，这位先生生活很古怪，除音乐外，别无嗜好。平日足不出户，也无朋友来访。日出而作，日入而息；除了以教授糊口之外，无求于世，世亦无求于他。这时候我从他手指尖上的十张螺钿看到他那细长的手，筋肉强硬的臂，由于长年的提琴担负而左高右低了的肩，以及他那不事修饰的衣服，毛发蓬松的颜面，几乎不能相信教课时那种美丽的音乐，是这个身体所作出来的。我便想象，他的身体好比一架巧妙的音乐演奏的机器，表面虽因年代长久而污旧，里面的发条、齿轮、螺旋等机件都很齐全、坚强而灵便，是世间上无论何种真的机器所不及的。又想：人间制作音乐艺术，原是为了心灵的陶冶、趣味的增加、生活的装饰。这位先生却屏除了一切世俗的荣乐，而把全生涯供献于这种艺术。一年四季，一天到晚，伏在这条小弄里的小楼中为这种艺术做苦工，为别人的生活造幸福。若非有特殊的精神生活，安能乐此不倦？于是我觉得这个毛发蓬松的人可敬，这双粘着螺钿的手可爱。看他的年纪已进五十，推想他这种生活的延长，至多也不过数十年罢了。我私自扼腕：可惜这种特殊的精神，这种纯熟的技术，托根在不久行将衰朽的肉体上，不能长存于世间。因此便问："先生自编的伴奏谱，可曾出版行世？"他说："不愿意出版。但你喜欢时可借去抄。"这一天告别时我就借得了数曲，拿回去抄在一册暗黄色硬面的乐谱练习簿上。

此后我为欲借乐谱和质疑，屡屡最后退出。而林先生心照不宣，课毕时把门推开，探头出来望望看。见我留着，照例笑着点点头，拿着一支点着的香烟，出来和我闲谈。这种机会积多起来，使我相信林先生确是一个孤独而古怪的人。我从五时一直坐到天黑，从未看见有人来访，也从未听说他自己要出门。只有隔壁的一个老太婆，是他的房东兼短工，难得来供给一壶开水，或是替他买一包香烟。稔熟之后，他有时引我走进他的卧室——他家一共只有三间房间，扶梯顶上是等待室，隔壁是教室，再隔壁是他的卧室——我看见室内除了几架音乐书谱及一小桌、数蒲团以外，只有壁间挂着两幅壁饰：直的一幅是乐圣贝多芬（Beethoven）像；横的一幅是用毛笔写的三行英诗，就是前面所揭的三句，笔致是篆文的，而字是英文的。诗的文句很神秘，当时我便记在心头，归家后把它们写在乐谱的底封面里。我觉得这三句诗与林先生的生活很调和。以后每逢去上音乐课，每逢见了林先生，每逢见了这册书，甚至每逢经过春日町，心里必暗诵起这三句诗来。直到我辞别林先生，离开东京为止，这三句诗常在我的心头响着。

我归国后即疏远音乐技术，十六七年长把这册乐谱填塞在旧书篓底。这诗句的观念与林先生的印象，也在这十六七年中渐渐淡薄，几乎褪尽。这回因整理旧书而重寻旧事，好比把一张退色的照片用线条来重描一遍。虽然失却了照相原来的写实风，却另得了一种画意与诗趣。

廿五年（1936）二月十一日作，曾载《宇宙风》

我的苦学经验 [1]

我于一九一九年，二十二岁的时候，毕业于杭州的浙江省立第一师范学校。这学校是初级师范。我在故乡的高等小学毕业，考入这学校，在那里肄业五年而毕业。故这学校的程度，相当于现在的中学校，不过是以养成小学教师为目的的。

但我于暑假时在这初级师范毕业后，既不做小学教师，也不升学，却就在同年的秋季，来上海创办专门学校，而做专门科的教师了。这种事情，现在我自己回想想也觉得可笑。但当时自有种种的因缘，使我走到这条路上。因缘者何？因为我是偶然入师范学校的，并不是抱了做小学教师的目的而入师范学校的（关于我的偶然入师范，现在属于题外，不便详述。异日拟另写一文，以供青年们投考的参考）。故我在校中只是埋头攻学，并不注意于教育。在四年级的时候，我的兴味忽然集中在图画上了。甚至抛弃其他一切课业而专习图画，或托

① 本篇曾载 1931 年 1 月 1 日《中学生》第 11 号"出了中学校以后"专栏。

事请假而到西湖上去作风景写生。所以我在校的前几年，学期考试的成绩屡列第一名，而毕业时已降至第二十名。因此毕业之后，当然无意于做小学教师，而希望发挥自己所热衷的图画。但我的家境不许我升学而专修绘画。正在踌躇之际，恰好有同校的高等师范图画手工专修科毕业的吴梦非君，和新从日本研究音乐而归国的旧同学刘质平君，计议在上海创办一个养成图画音乐手工教员的学校，名曰专科师范学校。他们正在招求同人。刘君知道我热衷于图画又无法升学，就来拉我去帮办。我也不自量力，贸然地答允了他。于是我就做了专科师范的创办人之一，而在这学校之中教授西洋画等课了。这当然是很勉强的事。我所有关于绘画的学识，不过在初级师范时偷闲画了几幅木炭石膏模型写生，又在晚上请校内的先生教些日本文，自己向师范学校的藏书楼中借得一部日本明治年间出版的《正则洋画讲义》，从其中窥得一些陈腐的绘画知识而已。我犹记得，这时候我因为自己只有一点对于石膏模型写生的兴味，故竭力主张"忠实写生"的画法，以为绘画以忠实模写自然为第一要义。又向学生演说，谓中国画的不忠于写实，为其最大的缺点；自然中含有无穷的美，唯能忠实于自然模写者，方能发现其美。就拿自己在师范学校时放弃了晚间的自修课而私下在图画教室中费了十七小时而描成的 Venus（维纳斯）头像的木炭画揭示学生，以鼓励他们的忠实写生。当一九二〇年的时代，而我在上海的绘画专门学校中厉行这样的画风，现在回想起来，真是闭门造车。然而当时的环境，颇能容纳我这种教法。因为当时中国宣传西洋画的机关绝少，上海只有一所美术专门学校，专科师范是第二个兴起者。当时社会上人士，大半尚未知道西洋画为何物，或以为美女月份牌就是西洋画的代表，或以为香烟牌子就是西洋画的代表。所以在世界上看来我虽然是闭门造车，但在中国之内，我这种教法大可

浙江省立第一师范学校毕业证书

卖野人头[①]呢。但野人头终于不能常卖，后来我渐渐觉得自己的教法陈腐而有破绽了，因为上海宣传西洋画的机关日渐多起来，从东西洋留学归国的西洋画家也时有所闻了。我又在上海的日本书店内购得了几册美术杂志，从中窥知了一些最近西洋画界的消息，以及日本美术界的盛况，觉得从前在《正则洋画讲义》中所得的西洋画知识，实在太陈腐而狭小了。虽然别的绘画学校并不见有比我更新的教法，归国的美术家也并没有什么发表，但我对于自己的信用已渐渐丧失，不敢再在教室中扬眉瞬目而卖野人头了。我懊悔自己冒昧地当了这教师。我在布置静物写生标本的时候，曾为了一只青皮橘子而起自伤之念，以为我自己犹似一只半生半熟的橘子，现在带着青皮卖掉，给人家当作习画标本了。我想窥见西洋画的全豹，我也想到东西洋去留学，做

---

① 卖野人头，源出20世纪初上海租界一些犹太人以西洋人体模型的头冒充野人头，骗取观众钱财，后用作欺骗人、使人上当之意。

了美术家而归国。但是我的境遇不许我留学。况且我这时候已经有了妻子。做教师所得的钱，赡养家庭尚且不够，哪里来留学的钱呢？经过了许久烦恼的日月，终于决定非赴日本不可。我在专科师范中当了一年半的教师，在一九二一年的早春，向我的姐夫周印池君借了四百块钱（这笔钱我才于二三年前还他。我很感谢他第一个惠我的同情），就抛弃了家庭，独自冒险地到东京去了。得去且去，以后的问题以后再说。至少，我用完了这四百块钱而回国，总得看一看东京美术界的状况了。

但到了东京之后，就有许多关切的亲戚朋友，设法接济我的经济。我的岳父给我约了一个一千元的会，按期寄洋钱给我，专科师范的同人吴刘二君，亦各以金钱相遗赠，结果我一共得了约二千块钱，在东京维持了足足十个月的用度，到了同年的冬季，金尽而返国。这一去称为留学嫌太短，称为旅行嫌太长，成了三不像的东西。同时我的生活也是三不像的。我在这十个月内，前五个月是上午到洋画研究会中去习画，下午读日本文。后五个月废止了日本文，而每日下午到音乐研究会中去学提琴，晚上又去学英文。然而各科都常常请假，拿请假的时间来参观展览会，听音乐会，访图书馆，看 opera（歌剧）以及游玩名胜，钻旧书店，跑夜摊（yomise）。因为这时候我已觉悟了各种学问的深广，我只有区区十个月的求学时间，决不济事。不如走马看花，吸呼一些东京艺术界的空气而回国吧。幸而我对于日本文，在国内时已约略懂得一点，会话也早已学得了几声。到东京后，旅舍中唤茶、商店中买物等事，勉强能够对付。我初到东京的时候，随了众同国人入东亚预备学校学习日语，嫌其程度太低，教法太慢，读了几个礼拜就辍学。自己异想天开，为了学习日本语的目的，向一个英语学校的初级班报名，每日去听讲两小时。他们是从 A boy, A dog（一个男孩，一只狗）教起的，所用的英文教本与开明第一英文读本程度相同。对于英文我已完全懂得，我的目的是要听这位日本先生怎样地用日本语来解说我所已懂得的英文，便在这时候偷取日本语会话的诀窍，这异想天开的办法果然成功了。我在那英语学校里听了一个月讲，果然于日语会话及听讲上获得了很多的进步。同时看书的能力也进步起来。本来我只能看《正则洋画讲义》一类的刻板的叙述体文字，现在连《不如归》和《金色夜叉》（日本旧时很著名的两部小说）都会读了。我的对于文学的兴味，是从这时候开始的。以后我就为了学习英语的目的而另入一英语学校。我报名入最高的一班，他们教我读伊尔文的 Sketch Book①。这时候我方才知道英文中有这许多难记的生字（我在师范学校毕业时只读到《天方夜谭》）。兴味一浓，我便嫌先生教得太慢。后来在旧书店里找到了一册 Sketch Book 讲义录，内有详细的注解和日译文，我确信这可以自修，便辍了学，每晚伏在东京的旅舍中自修 Sketch Book。我自己限定于几个礼拜之内把此书中所有一切生字抄写在一张图画纸上，把每字剪成一块块的纸牌，放在一只匣子中。每天晚上，像摸数算命一般的向匣子中探摸纸牌，温习生字。不久生字都记诵，Sketch Book 全部都会读，而读起别的英语小说来也很自由了。路上遇见英语学校的同学，询知道他们只教了全书的几分之一，我心中觉得非常得意。从此我对于学问相信用机械的方法而下苦功。知识这样东西，要其能够于应用，分量原是有限的。我们要获得一种知识，可以先定一个范围，立一个预算，每日学习若干，则若干日可以学毕，然后每日切实地实行，非大故不准间断，如同吃饭一样。照我当时的求学的勇气预算起来，要得各种学问都不难：东西洋知名的几册文学大作品，我可以克日读完；德文法文等，

---

① 指美国作家华盛顿·欧文（Washington Irving，1783—1859）的《见闻杂记》。伊尔文是旧译，现在一般译为欧文。

我都可以依赖各种自修书而在最短时期内学得读书的能力；提琴教则本《Homahnn》（《霍曼》）五册，我能每日练习四小时而在一年之内学毕；除了绘画不能硬要进步以外，其余的学问，在我都可以用机械的用功方法来探求其门径。然而这都是梦想，我的正式求学的时间只有十个月，能学得几许的学问呢？我回国之后，回想在东京所得的，只是描了十个月的木炭画，拉完了三本《Homahnn》，此外又带了一些读日本文和读英文的能力而回国。回国之后，我为了生活和还债，非操职业不可。没有别的职业可操，只得仍旧做教师，一直做到了今年的秋季。十年来我不断地在各处的学校中做图画音乐或艺术理论的教师。一场重大的伤寒病令我停止了教师的生活。现在蛰居在嘉兴的穷巷老屋中，伴着了药炉茶灶而写这篇稿子。

故我出了中学以后，正式求学的时期只有可怜的十个月。此后都是非正式的求学，即在教课的余暇读几册书而已。但我的绘画音乐的技术，从此日渐荒废了。因为技术不比的学问，需要种种的设备，又需要每日不断的练习时间。研究绘画须有画室，研究音乐须有乐器，设备不周就无从用功。停止了几天，笔法就生疏，手指就僵硬。做教师的人，居处无定，时间又无定，教课准备又忙碌，虽有利用课余以研究艺术的梦想，但每每不能实行。日久荒废更甚。我的油画箱和提琴，久已高搁在书橱的最高层，其上积着寸多厚的灰尘。手痒的时候，拿毛笔在废纸上涂抹，偶然成了那种漫画。口痒的时候，在口琴上吹奏简单的旋律，令家里的孩子们和着了唱歌，聊以慰藉我对于音乐的嗜好。世间与我境遇相似而酷嗜艺术的青年们，听了我的自述，恐要寒心吧！

但我幸而还有一种可以自慰的事，这便是读书。我的正式求学的十个月，给了我一些阅读外国文的能力。读书不像研究绘画音乐地需要设备，也不像研究绘画音乐地需要每日不断的练习。只要有钱买书，空的时候便可阅读。我因此得在十年的非正式求学期中读了几册关于绘画、音乐艺术等的书籍，知道了世间的一些些事。我在教课的时候，常把自己所读过的书译述出来，给学生们做讲义。后来有朋友开书店，我乘机把这些讲义稿子交他刊印为书籍。不期地走到了译著的一条路上。现在我还是以读书和译著为生活。回顾我的正式求学时代，初级师范的五年只给我一个学业的基础，东京的十个月间的绘画音乐的技术练习已付诸东流。独有非正式求学时代的读书，十年来一直随伴着我，慰藉我的寂寥，扶持我的生活。这真是以前所梦想不到的偶然的结果。我的一生都是偶然的，偶然入师范学校，偶然欢喜绘画音乐，偶然读书，偶然译著，此后正不知还要逢到何种偶然的机缘呢。

　　读我这篇自述的青年诸君！你们也许以为我的读书生活是幸运而快乐的；其实不然，我的读书是很苦的。你们都是正式求学，正式求学可以堂堂皇皇地读书，这才是幸运而快乐的。但我是非正式求学，我只能伺候教课的余暇而偷偷隐隐地读书。做教师的人，上课的时候当然不能读书，开议会的时候不能读书，监督自修的时候也不能读书，学生课外来问难的时候又不能读书，要预备明天的教授的时候又不能读书。担任了它一小时的功课，便是这学校的先生，便有参加议会、监督自修、解答问难、预备教授的义务；不复为自由的身体，不能随了读书的兴味而读书了。我们读书常被教务所打断，常被教务所分心，决不能像正式求学的诸君的专一。所以我的读书，不得不用机械的方法而下苦功，我的用功都是硬做的。

　　我在学校中，每每看见用功的青年们，闲坐在校园里的青草地上，或桃花树下，伴着了蜂蜂蝶蝶、燕燕莺莺，手执一卷而用功。我羡慕他们，真像潇洒的林下之士！又有用功的青年们，拥着棉被高枕而卧在寝室里的眠床中，手执一卷而用功。我也羡慕他们，真像耽书的大学问家！有时我走近他们去，借问他们所读为何书，原来是英文数学或史地理化，他们是在预备明天的考试。这使我更加要羡慕煞了。他们能用这样轻快闲适的态度而研究这类知识科学的书，岂真有所谓"过目不忘"的神力么？要是我读这种书，我非吃苦不可。我须得埋头在案上，行种种机械的方法而用笨功，以硬求记诵。诸君倘要听我的笨话，我愿把我的笨法子一一说给你们听。

在我，只有诗歌、小说、文艺，可以闲坐在草上花下或偃卧在眠床中阅读。要我读外国语或知识学科的书，我必须用笨功。请就这两种分述之。

第一，我以为要通一国的国语，须学得三种要素，即构成其国语的材料、方法以及其语言的腔调。材料就是"单语"，方法就是"文法"，腔调就是"会话"。我要学得这三种要素，都非行机械的方法而用笨功不可。

"单语"是一国语的根底。任凭你有何等的聪明力，不记单语决不能读外国文的书，学生们对于学科要求伴着趣味，但谙记生字极少有趣味可伴，只得劳你费点心了。我的笨法子即如前所述，要读sketch book，先把 sketch book 中所有的生字写成纸牌，放在匣中，每天摸出来记诵一遍。记牢了的纸牌放在一边，记不牢的纸牌放在另一边，以便明天再记。每天温习已经记牢的字，勿使忘记。等到全部记诵了，然后读书，那时候便觉得痛快流畅，其趣味颇足以抵偿摸纸牌的辛苦。我想熟读英文字典，曾统计字典上的字数，预算每天记诵二十个字，若干时日可以记完。但终于未曾实行。倘能假我数年正式求学的日月，我一定已经实行这计划了。因为我曾仔细考虑过，要自由阅读一切的英语书籍，只有熟读字典是最根本的善法。后来我向日本购买一册《和英①根底一万语》，假如其中一半是我所已知的，则

---

① 在日文中，日本国又称"大和"，故"和英"即"日英"之意。

每天记二十个字，不到一年就可记完，但这计划实行之后，终于半途而废。阻碍我的实行的，都是教课。记诵《和英根底一万语》的计划，现在我还保留在心中，等候实行的机会呢。我的学习日本语，也是用机械的硬记法。在师范学校时，就在晚上请校中的先生教日语。后来我买了一厚册的《日语完璧》，把后面所附的分类单语，用前述的方法一一记诵。当时只是硬记，不能应用，且发音也不正确；后来我到了日本，从日本人的口中听到我以前所硬记的单语，实证之后，我脑际的印象便特别鲜明，不易忘记。这时候的愉快也很可以抵偿我在国内硬记时的辛苦。这种愉快使我甘心消受硬记的辛苦，又使我始终确信硬记单语是学外国语的最根本的善法。

关于学习"文法"，我也用机械的笨法子。我不读文法教科书。我的机械的方法是"对读"。例如拿一册英文圣书和一册中文圣书并到在案头，一句一句地对读。积起经验来，便可实际理解英语的构造和各种词句的腔调。圣书之外，他种英文名著和名译，我亦常拿来对读。日本有种种英和对译丛书，左页是英文，右页是日译，下方附以注解。我曾从这种丛书得到不少的便利。文法原是本于论理的，只要论理的观念明白，便不学文法，不分 noun（名词）与 verb（动词）亦可以读通英文。但对读的态度当然是要非常认真。须要一句一字地对勘，不解的地方不可轻轻通过，必须明白了全句的组织，然后前进。我相信认真地对读几部名作，其功效足可抵得学校中数年英文教科——这也可说是无福享受正式求学的人的自慰的话；能入学校中受先生教导，当然比自修更为幸福。我也知道入学是幸福的，但我真犯贱，嫌它过于幸福了。自己不费钻研而袖手听讲，由先生拖长了时日而慢慢地教去。幸福固然幸福了，但求学心切的人怎能耐烦呢？求学的兴味怎能不被打断呢？学一种外国语要拖长许久的时日，我们的人生有几回可供拖长呢？语言文字，不过是求学问的一种工具，不是学问的本身。学些工具都要拖长许久的时日，此生还来得及研究几许学问呢？拖长了时日而学外国语，真是俗语所谓。"拉得被头直，天亮了！"我固然无福消受入校正式求学的幸福；但因了这个理由，我也不愿消受这种幸福，而宁愿独自来用笨功。

关于"会话"，即关于言语的腔调的学习，我又喜用笨法子。学外国语必须通会话。与外国人对晤当然须通会话，但自己读书也非通会话不可。因为不通会话，不能体会语言的腔调；腔调是语言的神情所寄托的地方，不能体会腔调，便不能彻底理解诗歌、小说、戏剧等文学作品的精神。故学外国语必须通会话。能与外国人共处，当然最便于学会话。但我不幸而没有这种机会，我未曾到过西洋，我又是未到东京时先在国内自习会话的。我的学习会话，也用笨法子，其法就是"熟读"。我选定了一册良好而完全的会话书，每日熟读一课，克期读完。熟读的方法更笨，说来也许要惹人笑。我每天自己上一课新书，规定读十遍。计算遍数，用选举开票的方法，每读一遍，用铅笔在书的下端划一笔，便凑成一个字。不过所凑成的不是选举开票用的"正"字，而是一个"讀"字。例如第一天读第一课，读十遍，每读一遍画一笔，便在第一课下面画了一个"言"字旁和一个"士"字头。第二天读第二课，亦读十遍，亦在第二课下面画一个"言"字和一个"士"字，继续又把昨天所读的第一课温习五遍，即在第一课的下面加了一个"四"字。第三天在第三课下画一"言"字和"士"字，继续温习昨日的第二课，在第二课下面加一"四"字，又继续温习前日的第一课，在第一课下面再加了一个"目"字。第四天在第四课下面画一"言"字和一"士"字，继续在第三课下加一"四"字，第二课下加一"目"字，第一课下加一"八"字，到了第四天而第一课下面的"讀"字方始完成。这样下去，每课下面的"讀"字，逐一完成。"讀"字共有二十二笔，故每课共读二十二遍，即生书读十遍，第二天温五遍，第三天又温五遍，第四天再温二遍。故我的旧书中，都有铅笔画成的"讀"字，每课下面有了一个完全的"讀"字，即表示已经熟读了。这办法有些好处：分四天温习，屡次反复，容易读熟。我完全信托这机械的方法，每天像和尚念经一般的笨读。但如法读下去，前面的各课自会逐渐地从我的唇间背诵出来，这在我又感得一种愉快，这愉快也足可抵偿笨读的辛苦，使我始终好笨而不迁。会话熟读的效果，我于英语尚未得到实证的机会，但于日本语我已经实证了。我在国内时只是笨读，虽然发音和语调都不正确，但会话的资料已经完备了。故一听了日本人的说话，就不难就自己所已有的资料而改正其发音和语调，比较到了日本而从头学起来的，进步快速得多。不但会话，我又常从对读的名著中选择几篇自己所最爱读的短文，把它分为数段，而用前述的笨法子按日熟读。例如 Stevenson（斯蒂文生）和夏目漱石的作品，是我所最喜熟读的材料。我的对于外国语的理解和对于文学作品的理解，都因了这熟读的方法而增进一些。这益使我始终好笨而不迁了——以上是我对于外国语的学习法。

第二，对于知识学科的书的读法，我也有一种见地：知识学科的书，其目的主要在于事实的报告；我们读史地理化等书，亦无非欲知道事实。凡一种事实，必有一个系统。分门别类，源源本本，然后成为一册知识学科的书。读这种书的第一要点，是把握其事实的系统。即读者也须源源本本地暗记其事实的系统，却不可从局部着手。例如研究地理，必须源源本本地探求世界共分几大洲，每大洲有几国，每国有何种山川形胜等。则读毕之后，你的头脑中就摄取了地理的全部学问的梗概，虽然未曾详知各国各地的细情，但地理是什么样一种学问，我们已经知道了。反之，若不从大处着眼，而孜孜从事于局部的记忆，即使你能背诵喜马拉雅山高几尺，尼罗河长几里，也只算一种零星的知识，却不是研究地理。故把握系统，是读知识学科的书籍的第一要点。头脑清楚而记忆力强大的人，凡读一书，能处处注意其系统，而在自己的头脑中分门类别，作成井然的条理；虽未看到书中详叙细事的地方，亦能知道这详叙位在全系统中哪一门哪一类哪一条之下，及其在全部中重要程度如何。这仿佛在读者的头脑中画出全书的一览表，我认为这是知识书籍的最良的读法。

但我的头脑没有这样清楚，我的记忆力没有这样强大。我的头脑中地位狭窄，画不起一览表来。倘教我闲坐在草上花下或偃卧在眠床中而读知识学科的书，我读到后面便忘记前面。终于弄得条理不分，心烦意乱，而读书的趣味完全灭杀了。所以我又不得不用笨法子。我可用一本 notebook（笔记本）来代替我的头脑，在 notebook 中画出全书的一览表。所以我读书非常吃苦，我必须准备了 notebook 和笔，埋头在案上阅读。读到纲领的地方，就在 notebook 上列表，读到重要的地方，就在 notebook 上摘要。读到后面，又须时时翻阅前面的摘记，以明此章此节在全体中的位置。读完之后，我便抛开书籍，把 notebook 上的一览表温习数次。再从这一览表中摘要，而在自己的头脑中画出一个极简单的一览表。于是这部书总算读过了。我凡读知识学科的书，必须用 notebook 摘录其内容的一览表。所以十年以来，积了许多的 notebook，经过了几次迁居损失之后，现在的废书架上还留剩着半尺多高的一堆 notebook 呢。

我没有正式求学的福分，我所知道于世间的一些些事，都是从自己读书而得来的；而我的读书，都须用上述的机械的笨法子。所以看见闲坐在青草地上、桃花树下，伴着了蜂蜂蝶蝶、燕燕莺莺而读英文数学教科书的青年学生，或拥着棉被高枕而卧在眠床中读史地理化教科书的青年学生，我羡慕得真要怀疑！

一九三〇，十一，十三，嘉兴

抗战时的奔波

还我缘缘堂

二月九日天阴，居萍乡暇鸭塘萧祠已经二十多天了，这里四面是田，田外是山，人迹少到，静寂如太古。加之二十多天以来，天天阴雨，房间里四壁空虚，行物萧条，与儿相对枯坐，不啻囚徒。次女林先性最爱美，关心衣饰，闲坐时举起破碎的棉衣袖来给我看，说道："爸爸，我的棉袍破得这么样了！我想换一件骆驼绒袍子。可是它在东战场的家里——缘缘堂楼上的朝外橱里——不知什么时候可以去拿得来。我们真苦，每人只有身上的一套衣裳！可恶的日本鬼子！"我被她引起很深的同情，心中一番惆怅，继之以一番愤懑。她昨夜睡在我对面的床上，梦中笑了醒来。我问她有什么欢喜。她说她梦中回缘缘堂，看见堂中一切如旧，小皮箱里的明星照片一张也不少，欢喜之余，不觉笑了醒来，今天晨间我代她作了一首感伤的小诗：

儿家住近古钱塘，也有朱栏映粉墙。
三五良宵团聚乐，春秋佳日嬉游忙。

清平未识流离苦，生小偏遭破国殃。

　　昨夜客窗春梦好，不知身在水萍乡。

　　平生不曾作过诗，而且近来心中只有愤懑而没有感伤。这首诗是偶被环境逼出来的。我嫌恶此调，但来了也听其自然。

　　邻家的洪恩要我写对。借了一枝破大笔来。拿着笔，我便想起我家里的一抽斗湖笔和写对专用的桌子。写好对，我本能伸手向后面的茶几上去取大印子，岂知后面并无茶几，更无印子，但见萧家祠堂前的许多木主，蒙着灰尘站立在神祠里，我心中又起一阵愤懑。

　　晚快章桂从萍乡城里拿邮信回来，递给我一张明片，严肃地说："新房子烧掉了！"我看那明片是二月四日上海裘梦痕①寄发的。信片上有一段说："一月初上海新闻报载石门湾缘缘堂已全部焚毁，不知尊处已得悉否？"下面又说："近来报纸上常有误载，故此消息是否确凿不得而知。"此信传到，全家十人和三个同逃难来的亲戚，齐集在一个房间里聚讼起来，有的可惜橱里的许多衣服，有的可惜堂上新置的桌凳。一个女孩子说：大风琴和打字机最舍不得。一个男孩子说：秋千架和新买的金鸡牌脚踏车最肉痛。我妻独挂念她房中的一箱垫②锡器和一箱垫瓷器。她说：早知如此，悔不预先在秋千架旁的空地上掘一个地洞埋藏了，将来还可以发掘。正在惋惜，丙潮从旁劝慰道："信片上写着'是否确凿不得而知'，那么不见得一定烧掉的。"大约他看见我默默不语，猜度我正在伤心，所以这两句照着我说。我听了却在心中苦笑。他的好意我是感谢的。但他的猜度却完全错误了。我离家后一日在途中闻知石门湾失守，早把缘缘堂置之度外，随后陆

---

①　裘梦痕，系作者在立达学园执教时的同事（音乐教师）。

②　箱垫，即搁箱子的柜子。

约 1934 年，在缘缘堂楼下西书房

续听到这地方四得四失，便想象它已变成一片焦土，正怀念着许多亲戚朋友的安危存亡，更无余暇去怜惜自己的房屋了。况且，沿途看报某处阵亡数千人，某处被敌虐杀数百人，像我们全家逃出战区，比较起他们来已是万幸，身外之物又何足惜！我虽老弱，但只要不转乎沟壑，还可凭五寸不烂之笔来对抗暴敌，我的前途尚有希望，我决不为房屋被焚而伤心，不但如此，房屋被焚了，在我反觉轻快，此犹破釜沉舟，断绝后路，才能一心向前，勇猛精进。丙潮以空言相慰，我感谢之余，略觉嫌恶。

然而黄昏酒醒，灯孤人静，我躺在床上时，也不免想起石门湾的缘缘堂来。此堂成于中华民国二十二年，距今尚未满六岁。形式朴素，不事雕斫而高大轩敞。正南向三开间，中央铺大砖，供养弘一法师所书《大智度论·十喻赞》，西室铺地板为书房，陈列书籍数千卷。东室为饮食间，内通平屋三间为厨房、贮藏室及工友的居室。前楼正寝为我与两儿女的卧室，亦有书数千卷，西间为佛堂，四壁皆经书，东间及后楼皆家人卧室。五年以来，我已同这房屋十分稔熟。现在只要一闭眼睛，便又历历地看见各个房间中的陈设，连某书架中第几层第几本是什么书都看得见，连某抽斗（儿女们曾统计过，我家共有一百二十五只抽斗）中藏着什么东西都记得清楚。现在这所房屋已经付之一炬，从此与我永诀了！

我曾和我的父亲永诀，曾和我的母亲永诀，也曾和我的姐弟及亲戚朋友们永诀，今和房子永诀，实在值不得感伤悲哀。故当晚我躺在床里所想的不是和房子永诀的悲哀，却是毁屋的火的来源。吾乡于中华民国二十六年十一月六日，吃敌人炸弹十二枚，当场死三十二人，毁房屋数间。我家幸未死人，我屋幸未被毁。后于十一月二十三日失守，失而复得，得而复失，失而复得，得而复失……以至四进四出，那么焚毁我屋的火的来源不定；是暴敌侵略的炮火呢，还是我军抗战的炮火呢？现在我不得而知，但也不外乎这两个来源。

于是我的思想达到了一个结论：缘缘堂已被毁了。倘是我军抗战的炮火所毁，我很甘心！堂倘有知，一定也很甘心，料想它被毁时必然毫无恐怖之色和凄惨之声，应是蓦地参天，蓦地成空，让我神圣的抗战军安然通过，向前反攻的。倘是暴敌侵略的炮火所毁，那我很不甘心，堂倘有知，一定更不甘心。料想它被焚时，一定发出喑呜叱咤之声："我这里是圣迹所在，麟凤所居。尔等狗彘豺狼胆敢肆行焚毁！亵渎之罪，不容于诛！应着尔等赶速重建，还我旧观，再来伏法！"

无论是我军抗战的炮火所毁，或是暴敌侵略的炮火所毁，在最后胜利之日，我定要日本还我缘缘堂来！东战场、西战场、北战场，无数同胞因暴敌侵略所受的损失，大家先估计一下，将来我们一起同他算账！

一九三八年

桐庐负暄^①

——避难五记之二

中华民国二十六年（1937）十一月下旬。当此际，沪杭铁路一带，千百年来素称为繁华富庶、文雅风流的江南佳丽之地，充满了硫磺气、炸药气、厉气和杀气，书卷气与艺术香早已隐去。我们缺乏精神的空气，不能再在这里生存了。我家有老幼十口，又随伴乡亲四人，一旦被迫而脱离故居，茫茫人世，不知投奔哪里是好。曾经打主意：回老家去。我们的老家，是浙江汤溪。地在金华相近，离石门湾约三四百里。明末清初，我们这一支从汤溪迁居石门湾。三百余年之后，几乎忘记了自己的源流。直到二十年前，我在东京遇见汤溪丰惠恩族兄，相与考查族谱，方才确知我们的老家是汤溪。据说在汤溪有丰姓的数百家，自成一村，皆业农。惠恩是其特例。我初闻此消息，即想象这汤溪丰村是桃花源一样的去处。其中定有良田美池、桑竹之属和黄发垂髫怡然自乐的情景。而窃怪惠恩逃出仙源，又轻轻为外人道，将引

---

① 本篇曾载 1940 年《文学集林》第 4 辑（译文特辑）。

诱渔人去问津了。我一向没有机会去问津。到了石门湾不可复留的时候，心中便起了出尘之念，想率妻子邑人投奔此绝境，不复出焉。但终于不敢遂行。因为我只认得惠恩，并未到过老家。惠恩常居上海。战起前数月我曾在闸北青云路他的寓中和他会晤。闸北糜烂以后，消息沉沉，不知他逃避何处。今我全无介绍，贸然投奔丰村，得不为父老所疑？即使不被疑，而那里果然是我所想象的桃花源，也恐怕我们这班四体不勤、五谷不分的人一时不能参加他们的生活。这一大群不速之客终难久居。因此回老家的主意终归打消。正在走投无路而炮火逼近我身的时候，忽然接到马湛翁[①]先生的信。内言先生已由杭迁桐庐，住迎薰坊十三号，并询石门湾近况如何，可否安居。外附油印近作五古《将避兵桐庐留别杭州诸友》一首（见"第一记"[②]）。这封信和这首诗带来了一种芬芳之气，散布在将死的石门湾市空，把硫磺气、炸药气、厉气、杀气都消解了。数月来不得呼吸精神的空气而窒息待毙的我，至此方得抽一口大气。我决定向空气新鲜的地方走。于是决定先赴杭州，再走桐庐。这时候，离石门湾失守只有三十余小时，一路死气沉沉，难关重重。我们一群老弱，险些儿转乎沟壑。幸得安抵桐庐，又得亲近善知识，负暄谈义，可谓不幸中之大幸。其经过不可以不记录。

　　十一月二十一日下午一时，我们全家十人和族弟平玉、店友章桂，共十二人，乘了丙潮放来的船，离去石门湾，向十里外的悦鸿村（即丙潮家）进发。这是一只半新旧的乡下航船，并非第一记中所述的玻璃窗红栏杆的客船。我们平时从来不坐这种船。但在这时候，这只船犹如救世宝筏，能超渡我们登彼岸去。其价值比客船高贵无算了。因

---

① 马湛翁，即马一浮。
② "第一记"，即"避难五记"之一《辞缘缘堂》。

为四乡的船只都被军队统制。丙潮这只船不被封去，是万一的挂漏。上午他押送空船从悦鸿村开来，路上曾经捏两把汗。幸而没有意外。道经五河泾，我从船窗里望见河岸上的小茶店门口，老同学吴胜林与沈元（最近他已病死在失地里了！）二人正在相对品茗，脸上没有半点笑容。吴是本地人，沈是我的邻居，石门湾被炸后迁避在这乡下的。我颇想招呼他们，向他们告别。并且，假如可能的话，我又颇想拉他们下船，和他们一同脱离这苦海。然而事实上我并不招呼他们。因为他们都有父母，还有妻子；他们的生活都托根在本地，即使我的船载得下他们两家的人，他们必不肯跟了我去飘泊。所以我不向他们招呼、告别，免却了一番无用的惆怅。石门湾镇上的人，像他们这

1962 年，在杭州
西湖船中

样生活托根在本地的占大多数。像我这样糊口四方的占最少数。所以逃出的很少，硬着头皮留着的很多。"听天由命！""逃不动，只得不逃！""逃出去，也是饿死！"这是他们的理由或信念。我每次设身处地地想象炮火迫近时的他们的情境，必定打几个寒噤。我有十万斛的同情寄与沦落在战地里的人！

船到悦鸿村，已是傍晚，更兼细雨。石埠子发滑，丙潮一一扶我们上岸。预备在他家吃了夜饭，略事休息，于半夜里开向杭州。丙潮的继母，是我的叔母的妹妹。虽存这瓜葛，我一向没有到过他家。今日突然全家登门，形势颇为唐突。但也顾不得了。丙潮的父亲是修行的，正在庙里诵经，大约是祈祷平安。丙潮的母亲，我叫她五娘姨的，捧着水烟筒出来迎接。连忙督率媳妇去为我们备夜饭。我们走进他们的房间里去休息，看见他们也有明窗净几，窗外也有高高的粉墙。我虽同他家索少来往，但一见就可推知这是村中的小康之家。想象他们在太平时代，饱食暖衣，养生丧死无憾，又有"月明松下房栊静，日出云中鸡犬喧"的清趣，真可令人羡煞。但是现在，村上也早已闻到风声鹤唳。常有邻人愁容满面，两眼带着贼相，偷偷地走进来，对屋里的人轻轻地讲几句话。屋里的人也就愁容满面，两眼带了贼相。炮火的逼迫，已使得全村的房屋田地都动摇起来。我似乎看见，这主人家的那一副三眼大灶头，根柢已经松动，在那里浮荡起来了。主人有两房儿媳，均已抱孙，丙潮是次房，有一子方三岁。全家一向融融泄泄地同居在这村屋中。现在主人将把次房儿孙交付给我，同到天涯去飘泊，是出于万不得已吧。他的意思是：大难将临，人命不测，而不孝有三，无后为大。故把两房儿孙分居两处，好比把一笔款子分存两个银行。即使有变，总不会两个银行同时坍倒。我初闻此言，略起异感；这异感立刻变成严肃与悲哀。这行为富有悲壮之美！为了保存种族，不惜自己留守危境，让儿孙退到安全地带去。这便是把一族当作一体看，便是牺牲个体以保存全体。能推广此心，及于国家、民族和人类，则世界大同也是容易实现的。我极愿替他带丙潮一房出去，同他们共安危。故乡的亲友中，比丙潮亲近而常来往的，不知凡几。今当远行，偏偏和这疏远而素不来往的丙潮在一起，全是天意！而丙潮爱好艺术，视画如命，原属我辈中人，又是天意！

半夜里，大家起身。丙潮夫人把钞票缝在孩子的棉衣领里、背心里和袖子里了，预备辞家。他们又办了两桌菜，给我们吃半夜饭。将欲下船，丙潮含了两眶眼泪，问我要不要到庙里去向他父亲告别，后半句呜咽不成声。我在理性上赞成他行这个礼，在感情上不赞成他演这种悲剧，踌躇不能对。后者终于战胜了前者，我劝他不必去了。于是大家匆匆下船。一行大小十五人。行李一共不过七八件。知道行路难，行李大家竭力简单。我们十人，行物已简单到无可再简的程度。每人裹在身上的一套冬衣而外，所谓行李者，只是被褥，日用品如牙刷、毛巾、热水壶等，和诸儿正在学习的几册英文书、数学书而已。我的书籍文具，一概不拿。因为一则拿不胜拿；二则我不知因何根据，确信石门湾不会糜烂，图书没有人要，决定抱易卜生主义："不完全则宁无。"故我离开故乡时，简直是"仅以身免"。不过身边附有表一只、香烟匣一只、香烟嘴一只和钱袋一只。钱袋内除钞票外，还有指南针一只、石章一方、边款刻着一篇细字《般若波罗密多心经》的牙章一方和鉴赏《心经》时用的小扩大镜一具。这些旧物至今还随附在我的身边。

船里睡的半夜，不知怎样过去了。天明，船已开过新市镇。天气大晴，而远处有隆隆之声。这显然不是雷，必是炮声或炸弹声。我摸出指南针来一量，知道隆隆之声自北方来。我疑心桐乡、濮院等处已在打过来了。但恐惊吓船里的老幼，就把这恐怖藏在心里独自受用。好在这也同绘画音乐的鉴赏一样：一幅画数十人共看，看到的并不少；

一人独看，看到的也并不多。一支曲数十人共听，听到的并不少；一人独听，听到的也并不多。现在把这恐怖归我一人独自受用，受用的也并不多。然而船里的人终于大家恐怖起来。因为他们疑心这是炸弹声，一定有一批敌机正在附近大肆轰炸。倘使飞过来，我们这船一定是轰炸的目标。因为石门湾被炸后第二天，我们避居在离镇五里的南沈浜时，曾经亲见敌机又来轰炸石门湾。那时镇上的人家早已搬空，只有两只逃难船正在运河里走，就被用机关枪扫射，死了两个背纤的，伤了船里许多人。为有这事实，我们这船不敢再在青天白日之下的运河里走。约上午八九时，我们在一株大树下停泊了。上岸去一看，附近有一所坍损的庙宇，额曰白云庵。我们就进去坐。这庵破得不成样子，显然久已断绝香火了。只有一个老太太正在灶间烧芋艿。我们没吃早饭，正在肚饥，看见地上堆着生芋艿，就向她买，并且托她代烧，再给她柴火钱。老太太答允了，便搬出几个条凳来让我们在廊下坐。屋向南，太阳暖洋洋地晒着，很是舒畅，令人暂时忘记自己是无家可归的流离者。吃饱了芋艿，女孩儿们穿着大衣，披着围巾，戴着手表，在水边树下往来嬉戏，全同在杭州西湖上游汪庄、郭庄一样。我心中戒严，就吩咐她们回船去把大衣围巾手表脱去了，并把两个较新的手提皮箱藏在船舱中。忽然，有四个穿黑衣服的中年男子来了。他们也到庵里来坐，注视我们，并互相耳语。平玉是老于江湖的人，就暗中通知我，教我当心。太阳正大，北方的隆隆声不息，庵门口有中国军源源不绝地开过。忽然飞机声近来了。大家吓得落胆，找地方躲避。幸而不是飞机，是一只小轮船开过。然而我们不敢开船，只得和那四个穿黑衣服的可疑的人在白云庵里默默相对。后来这四人出去了。我疑惧未释，过了一会，走到门外去窥探他们的行踪。但见他们并没去，却在离庵数十步的树旁交头接耳，徘徊顾视。其视线常向着庵内。时已下午二时半，船人催着要走，我们就下船。四个穿黑衣的人站在远处监视我们下船。平玉走到离开四人最近的地方，故意高声喊道："到新市镇去！"实则我们这船开向与新市镇反对方向的杭州。我想：四人倘继续监视，一定看破这一点。我深恐平玉弄巧成拙，下船后疑惧更增。若果他们乘了小船追上来，不必有手枪，也可取得我们身上的钞票。我们大有转乎沟壑的恐怖。况且时光尚早，太阳正大，敌机的机关枪扫射又另是一种恐怖！

　　船行将近塘栖，我们又尝到一种异味的恐怖：一只船与我们的船对面行来，船里满装着兵。一个兵士站在船头上。当两船交臂的时候，他向我们的船里探望了一下，没有什么。两船背驰之后，他忽回转头来，向坐在我们的船头上的章桂叫问："喂！矮鬼子在什么地方？"章桂一时听不懂他的话，讨一句添。那兵士重说一遍："矮鬼子在什么地方？"章桂还是听不懂，回答他一个"不晓得"。这时两船已经背驰得很远，这问答就结束了。我坐在章桂邻近的船棚下，分明听见这番问答。最初我也听不懂。因为我虽然从那隆隆的炮声而推测敌已犯桐乡、濮院，然主观不能承认，感情不肯确信；主观和感情之所以反对者，因为我的心中自有一个从某种灵感得来的信念：我决不会披发左衽。因此我确信自己决不会遇到敌人。因此我不预备别人问我们敌人的行踪，最初也不能理解那兵士的话。但是听了两遍，终于听出了。我告诉了章桂，大家回想，又证之以环境的种种现状，就确信矮鬼子已经逼近我们，这一船兵士是去抵抗的！我探望船外，看见运河之水，既广且深。矮鬼子倘用汽船溯运河而来，我这只人力船定被追及！到那时候要免披发左衽，唯有全家卜居于运河之底，长眠于河床之中。我催船人摇快一点，但没有说明理由。船人不解其意，虚应了一声。忽然那边有人喊我们停船。我探首一望，喊停船的是另一只兵船，他们一面大喊我们停船，一面拼命地凑近我们来。船上人说："要拉船了。"拼命地逃，不理睬他们。他们的喊声更严厉了。我再探首一望，看见兵士已举枪向我们瞄准，连忙命船人停手。可是风很大，水很急，一时停不得，船就在中流打圈子。打了七八个圈子，兵船已凑得上来，两个兵士拉住了我们的船棚木，两只船就一同在运河的中流打圈子。我以为要逐我们这一群老幼上岸了。幸而不然。只是要借一个船夫。那兵士指着我们的来处说："前方很紧急，我们要赶快运东西去。你借给我一个人，摇三十里路就放他回来。"说着就拉住我们船上把大橹的丫头①（三十余岁的男工），拼命地拉到他们的船里去。丫头拼命地挣扎，并且叫喊。另一个兵士就拿枪柄来打丫头的屁股。其间我曾经向他们讲些道理，但都不被理睬。到这时候，我大声叫喊了。我劝丫头不要挣扎，我们一定在塘栖等他。谁知我们从此断送了一个丫头。因为我们开到塘栖，看见两岸的商店房屋，统统变成兵营。且有许多兵窥探我们的船，都有想拉的样子。我们势不能在塘栖等丫头的回来！只得管自开了。于是我们在船里作种种检讨：有人说，"摇三十里放回来"是说说的。即使我们真个在塘栖等候，也是徒然。有人说，在这局面之下，我们对丫头爱莫能助了，也没有什么对他不起。唯丙潮有一点不放心：丫头原是丙潮村上的人，由丙潮雇请来为我们摇逃难船的。丙潮知道他身上不曾带钱。假如兵士没有送他工钱，他走回家去，路上要挨饿！为了塘栖等候的失信，我对丫头也万分抱歉。然而没有法子报谢。唯有叮嘱丙潮，船到杭州后，托船人带加倍的工资去送丫头。

　　半夜里，船摇到了拱宸桥，就在桥外停泊了。大家肚饥。船里有饭而没菜。幸而丙娘娘拿出一个枕头来。枕头里装的是熏豆。于是拆开枕头，大家用熏豆下饭。有的人嫌它太干，下不得咽。又幸而船上

---

① 在作者家乡一带，从前惯于称独子、宠儿为"丫头""小狗"等，参看《爱子之心》一文。

168

有酱油。于是用酱油淘饭。吃过了饭，另一只船也开到了，停泊在我们的旁边。章桂等出去探望，认得船里的人是张班长，便同他攀谈起来。所谓张班长，是曾在石门湾当过公差的人。为欲探问消息，我也走出船来和他谈话。他的船很小，没有棚，船上用一张芦扉障风御寒。时值严冬，况已夜半，船里不能过夜。他正在拿些衣物，想上岸去求宿；满口咒骂叹息，分明是不胜其悲愤者。我同平玉、章桂、丙潮四人跟着他上岸，一边问他消息。据说，他是从桐乡来的。他的家眷住在桐乡。他今天去接，不料桐乡正在杀人放火，他险些儿送了命，幸而坐了这小船逃脱。讲到这里，其人长叹一声："唉！我家里的人不知怎么样了！"午夜的寒风把他的余音吹得发抖，变成一种哭声。惊惧之极，我反有余暇来鉴赏他的哭声。我想起颜渊所闻的桓山之鸟的悲鸣声，大约有类于此。我等默默跟着他走，走进一间房子。这房子里面荒凉而广大，好似某种作坊。内有一个伛偻的老头子伴着一盏菜油灯。张班长同他好像本来相熟的，并没有讲什么借宿的话，就把肩上一只行囊除下来放在一堆砻糠旁边的一堆烂木头上。我们再问前方的情形。他在摇头、叹息和颤抖中间断断续续地讲了几句话："啊哟，杀人！""啊哟，放火！""啊哟，强奸！"就把身子钻进砻糠堆里去睡觉了。我们见此情形，面面相觑，大家觉得惊奇，而又发笑。然而这时候没有心情讨论砻糠里如何睡觉的问题，大家默默退去，再去找那伛偻的老头子谈话。我问他："杭州到桐庐还有公共汽车吗？"那老头子向我发出鄙视的笑声，说道："还想汽车？船也没有了！还是前几天，他们雇桐庐船，出到一百六十元！现在是一千六百元也雇不到了！"我们默默地退出。将下船，我叮嘱三人一句话："不要把张班长所说杀人放火等话告诉船里的人。"

回船，我但言情形紧张，船只难得，我们恐非步行不可。就劝大家把行李挑选，求其极简。把可以不带的托船户载回悦鸿村去，免得抛弃道旁。我妻和丙潮夫人皆有难色，但我们力劝，她们终于打开包裹箱子来，复选了一次。我也打开皮箱来，把孩子们正在诵读的三册笨重的英文原本 Stevenson：*New Arabian Nights*（斯蒂文生：《新天方夜谭》）统统拿出；又把英文字典拿出；又把我的一册 English Japanese Dictionary（《英日辞典》）拿出；简之又简，结果只剩几册几何演草等买不到的东西而已。于是索性把这些东西塞在包裹里，把其余的东西连皮箱交给船户，请他退回悦鸿村去。时候已过夜半，船里的人互相枕藉地就睡了。我睡不着。我想起了包裹里还有一本《日本帝国主义侵略中国史》和月前在缘缘堂时根据了此书而作《漫画日本侵华史》的草稿。我觉得这东西有危险性。万一明天早晨敌人追上了我，搜出这东西，船里的人都没命。我自己一死是应得的，其他的老幼十余人何辜？想到这里，睡梦中仿佛看见了魔鬼群的姿态和修罗场的状况，突然惊醒，暗中伸手向包裹中摸索，把那书和那画稿拉出来，用电筒验明正身，向船舷外抛出。"东"的一声，似乎一拳打在我的心上，疼痛不已。我从来没有抛弃过自己的画稿。这曾经我几番的考证，几番的构图，几番的推敲，不知堆积着多少心血，如今尽付东流了！但愿它顺流而东，流到我的故乡，生根在缘缘堂畔的木场桥边，一部分化作无数鱼雷，驱逐一切妖魔；一部分开作无数自由花，重新妆点江南的佳丽。我坐着朦胧就睡，但听见船舱里的孩子们叫喊。有的说胸部压痛了，有的说腿扯不出了，有的哭着说没处睡觉。他们也是坐着，互相枕藉而就睡的，这时吃不消而叫喊了。满哥[①]被他们喊醒，略为安排，同时如泣如诉地叫道："这群孩子生得命苦！"其声调极有类于曼殊大师受戒时赞礼僧所发的"悲紧"之音，在后半夜的荒寂的水面上散布了无限的阴气。我又不能入睡了。

---

① 满哥，即作者之三姐丰满。

五点钟，天还没亮，大家起身（其实无所谓起不起，大家坐着睡觉的）。带了初选复选后的精选的行李上岸。虽经精选，连棉被等毕竟也有两三担。但是岸上无人，挑夫无处寻觅。只有几个兵在那里站岗。他们都一脸横肉，杀气腾腾，用电筒探照我们，发见是一群难民，脸上的横肉弛懈而去。我们向附近各处找挑夫，结果找到二人。行李作两担太重。于是轻的东西由各人自己拿了。船里还有两个被包，再也带不动。我不谋于家人，擅自放弃在船里，交船户带回去了。这一件事虽小，却引起了长期的后悔。因为这两个包裹里是两条最上的丝绵被和几件较新的衣服。我们经过江西、湖南，以至广西，一路都没有丝绵。每逢冬天，大家必然回忆起这两个包裹来，而埋怨我的孟浪。因为当时第三个挑夫并非绝对雇不到的。况且后来得到失地里传出来的消息，丙潮家于地方失陷后即遭盗劫，我们所寄存的东西一概被抢。所以当天交船户带回去的东西，等于抛弃路旁！"早知如此，拱宸桥上岸的时候无论如何也背了它走！"直到两年后的现在，我家已由广西深入贵州，家人还常讲这样的话。我最初常在心中窃怪：缘缘堂中无数的衣服、器具、书籍尽付一炬，何以反不及拱宸桥抛弃的一些东西的受人怜惜？后来一想，这里边大有道理：缘缘堂所损失的虽多，其代价是神圣抗战以求最后胜利，是大家所甘心的。拱宸桥所损失的虽小，但由于慌张与无计划，因此足以引起长期的后悔。我更加怀疑世间注重物质的人了。人根本是唯心的动物。义之所在，视死可以如归，何况区区身外之物？情所不甘，一毛也不肯拔，何况拱宸桥船里崭新的丝绵被与衣服呢？

行李已有人挑。言定每人工资三元，挑到六和塔下。但是人的进行还有问题：从拱宸桥至六和塔，三十六华里，十五个人中有十三个能走。只有丙潮家三岁的传农和我家七十岁老太太走不动。丙潮背负了传农，老太太却无办法。摇船的都是丙潮的同村人。我托丙潮商借一人，请其背负老太太。言明送到桐庐，奉送相当的报酬。结果一个长身的壮年人，名叫阿芳的，来应我的聘。就请阿芳背了老太太。一行十六人，行李两担，于晨光熹微中迤逦向六和塔进发。杭州可说是我的第二故乡。小时候在这里当过五年寄宿生，最近又在这里做了多年的寓公。城中田家园三号我的寓屋，朋友们戏称为我的"行宫"的，到最近两个月之前方才撤消。所以我们一家人对杭州都很熟悉。但这时候，大家都不认识它了。因为它的相貌已经大变。从前繁盛的街道，现在冷落无人。马路两旁的店铺都关上门，使人误认为阴历正月初。但又没有正月初所特有的穿新衣裳拜年的人和酒旗戏鼓之类，只是难得有几个本地人战战兢兢地走过，用一双好奇的眼光向我们注视；或者一队兵士匆匆忙忙地开过，用一排严肃的眼光向我们扫射而已。行了一程，老太太发生了问题；她的胸部贴在阿芳的背脊上，一抛一抛地走，上压力大得很。走不到十里路，气喘得说不出话来，决不能再走了。扶了她走呢，一步不过五寸，一分钟可走十步，明天才走得到六和塔。幸而平玉有门路，出重价访到了一顶轿子。这才如鱼得水，悠然而逝了。我们行了一程，西湖忽然在望。保俶塔的姿态依然玲珑，亭亭玉立于青山之上，投一个清晰的倒影在下面的大镜子中。这分明就是往日星期六我同儿女们从功德林散出时所见的西湖，也就是陪着良朋登山临水时所见的西湖，也就是背着画箱探幽览胜时所见的西湖。如今在仓皇出奔中再见它，在颠沛流离中和它告别，我觉得非常惭愧，不敢仰起头来正面看它。我摸出一块手帕来遮住了脸，偷偷地滴下许多热泪来。辞家以来，从没有流过泪。今天遇于一哀而出涕，窃怪涕之无从。我们平日的自然观照，大都感情移入于自然之中，故我喜，自然亦喜；我愁，自然亦愁。但我当时的自然观照，心理并不如此。我当时把西湖这自然美景当作一个天真烂漫的婴儿看。他不理解环境的变迁，不识得人事的沧桑，向人常作笑颜，使人常觉可爱。在这风雨满城、浩劫将至的时候，他的姿态越是可爱，令人越是伤心。我的涕泪即由此而来。平玉走在我近旁，还以我是为了抛弃故乡的财产，身受流离之苦痛而哭。用不入耳之言，来相劝慰。唉！他如何能理解我的心情！

走到南山路，空袭警报来了。我们一群人，因为走得快慢不同，都失散了。只得各人管自逃命。我逃进一个树林中，看见里面有屋子，屋子里都是兵士。他们都不介意，我也放心了些。过了一会，飞机声响了，炸弹爆发了。声音很远，兵士说是炸钱江大桥。我想，我们正是向着这地方前进，走得快的，逼近目标，一定比我吃惊更多。但也无法顾及他们了。幸而大家无恙，于下午二时许会集于六和塔下的一所小茶馆内。坐在这小茶馆内的三小时的生活，我将永远不能忘却。在这里我尝到了平生从未尝过的恐怖、焦灼、狼狈、屈辱的滋味。现在安居在后方补记此事，提起笔来还觉寒心。我们一到六和塔下，大家又疲又饥。道旁的店铺都关门，只此一家还开着。这就成了我们的唯一的休息所。店门口还有一个卖油沸粽子的，更是难得。我们泡了几碗茶，吃些油沸粽子，就开始找船。先问茶店老板。谁知这老板有意趁火打劫，想拿我们作牺牲，他最初笑我们一大群人，到此刻还想走桐庐。他把前几天难民雇船的困难一一告诉我们，其结论是今天无论如何也雇不到了。他告诉我们这钱江大桥的脚上，早已埋藏炸药。早晚可以炸断。昨天敌人已经打到了临平（是骗我们），今天这桥要炸断也说不定。我信以为真，说些好话，请他帮忙。他得意地笑道："法子倒有一个：走路，凉亭里宿夜。"他说时用手指点我家的七十岁的老太太，又用手指点门外细雨蒙蒙中的泥泞的路。时候已是下午三时，茶店老板的帮助已经绝望。我只有委托平玉章桂二人负责觅船，意在必得。二人受嘱，深入江之上游，百计搜求。四时许，一女子自外来，谓现有一船，赴桐庐至少七八十元，如肯出，即可同去下船。

我们嫌贵。那女子怫然而去，走入店之内房。我记得曾经在茶店内房门隙中看见过这女子，料定她必是老板娘。于是恍悟老板的奸计。我的胆子忽然大起来，不理睬他们，管自坐着吃茶。过了一会，老板来下逐客令了："喂，你们这一大批人究竟怎样？坐了大半天还不走！座位都被你们占杀了！"我遏住心头的无明业火，婉言答道："我们没办法，只得再坐一下。你再泡几碗茶来，我奉送加倍的茶钱是了！"老板冷笑道："我们要关门了！有船你们不要坐，老坐在我这店里算什么呢？"他指着我们对旁人说道："你们看，这店好像是他们开的了！"又对我说："我们要关门了！你们马路旁边坐吧！"我正在无地容身的时候，平玉和章桂来了。他们带了一个船户来，要我同到某处去讲价。我绝处逢生，对于那不仁老板的愤怒，忽然消解了一大半。我叮嘱大家忍气吞声，再坐一下，便起身而去。出门时犹闻老板的咕噜之声，但只作不闻，绝不理睬。我们跟着船户走到一处地方，一个警察模样的人正在等候我们。他对我说："这船原是我们机关里封着的。但我们一时无用，可以让给你。开到桐庐，你付他二十五元，不可再少。"我一口答应，并且表示感谢。我们拿出两块钱来送他。强而后受。既得船，我连忙回到茶店去通知家人上船。半路里遇见一部分人正在走来。他们因为受不了老板的白眼，宁愿彷徨于歧途了。他们得知这消息，如久旱之逢甘雨，连忙下船。我回到茶店，救出了其余诸人，便付茶钱。老板脸上凶相已经不见。只见非常颓唐的颜色，大约他失败之后，对于刚才的不仁已经后悔了；他来收茶钱的时候，我瞥见他的棉袄非常褴褛，大约他的不仁，是贫困所强迫而成的。人世一大苦海！我在这里不见诸恶，只见众苦！

下午五时，正欲开船逃出这可怕的杭州，忽然又来一种阻力，使我们几乎走不成。阿芳正欲下船，忽被兵士拉去挑担了！我再三说情，兵士说"一下子就放他回来"，便押着他远去了。我们昨天损失了一个丫头，不能救回，抱歉满胸。今离乡已远，时局又紧，这阿芳必须救他回来一同逃难。姑且相信兵士的话，把船停在江边等候。然而警察模样的人来劝告了。他说："你们应该赶快开！被他们看见了，一定请你们上岸，把船拉去。"我们把左右为难的情形告诉他。大家搔头摸脚了一会。忽然一个军人跳上船头来，说"借一借！"就收起船缆，一脚把船撑开，大家吃了一惊，后来才知道这军人住在一只大轮船内，大轮船靠不得岸，停在江心。他要借我们的船摆一个渡，去大轮船上取物，于是大家放心。反从这军人得到了好消息。他站在船头上报告我们："平望我军大胜，敌人死伤无算。他们无论如何打不到杭州。"平望在湖州境内，离我乡不远。如果我军大胜，我乡不会沦陷。讲到这里，大家拍手喝采。等到兵士取物完毕，把船撑回岸边归还我们的时候，阿芳已蒙兵士放回，在岸边等我们了！大家又是拍手喝采。连忙开船。等到船离一二里，遥望江干，六和塔可以入画的时候，我心里好似放下了一块大石头。我这时候已能用完全"无关心"的眼睛来鉴赏江干的风景了。自然永远调和、圆满而美丽。唯人生常有不调和、缺陷与丑恶的表演。然而人生的丑，终不能影响大自然之美。你看：人间有暴徒正在从事屠杀，钱江的胜景不但依旧，又正像西施得了嫫母的对照，愈加显示其美丽。我过去曾把自己的悲欢的感情移入于自然之中，而视自然为我忧亦忧、我喜亦喜的东西，未免亵渎了大自然！

我在不仁老板的店门口买了些油沸粽子下船，这时拿出来分送给船里的十余个饿人，就当作夜饭了。我名下派到一只。这一只油沸粽子非常味美，为我以前所未曾尝到。我一粒一粒地吃，唯恐其速完。我欣赏一粒一粒的米，由此发见了人类社会的祸苗：这美味，分明不在粽子上，而在我的舌上。可知味的美恶无绝对价值，全视舌的感觉而定。大饥大荒，则树皮草根味美于粱肉；穷奢极欲，则粱肉味同糟粕，而必另求山珍海味。得十求百，得百求千，得千求万……这人欲的深渊没有底止。人类社会中一切祸乱，都是这种人欲横流而成！在这类的遐想中，我昏沉欲睡。满船的人都劳倦，不久全船静悄悄的。唯有船老大在暗中撑着这一船劳倦的难民，向钱江上游迈进。你以为这船老大是超渡众生的大慈大悲救苦救难观世音菩萨吗？不，他是魔鬼。半夜里，他就显出原形来。

我睡梦中听见人语，还以为是缘缘堂中早起浇花的儿女们的笑语声；惊醒细听，方知身在逃难船中，这是船老大与平玉的对话声。船已经停泊。船老大正在诘问平玉："到桐庐你给我多少钱？"平玉回答："不是讲好二十五块钱吗？已经付你十五块，到桐庐再付你十块！"对话就这样继续下去：

"哪个同我讲到？二十五块钱怎么到桐庐？"

"那位警察同你讲到。我们在六和塔下当场付你十五块钱！"

"那钱是你们给他的，我没有用得！"

"啊哟……"

"你们要到桐庐，究竟出多少钱？"

"二十五块！已经付了你十五块！"

"二十五块？现在什么时候？我不去了！"说着他就上岸去。

我从船栅缝里望望岸上，最初一团漆黑，渐渐看见一片荒地，岸边站着几株小树和一个船老大的可怕的黑影。我此时愤懑填胸，关不住了，就发泄出来。我厉声向那人说：

"喂，我们明明讲好的，你怎么没信用！你想敲竹杠，欺侮我们逃难的人！你这……"平玉连忙阻住了我，低声下气地对那人说：

"喂，船老大，有话好讲！现在的确不比平常时候，你要多少，总可商量。不过我们家里已被鬼子打掉，现在只剩这几条命了。你要多少，我们到了桐庐一定向亲戚朋友借来送你。不过你既然载了我们，请你一定送到，总算救救我们的命！"

我佩服平玉的机警，自惭太老实，几乎闯祸，于是也压住了一肚子气，把语气从强硬转到哀婉，说了些好话。船老大风凉地说道：

"我撑不动了。锅子里有饭，你们吃吃饱吧！"

这话有一股阴气笼罩了满船的人。我立刻想起了《水浒传》中某一回来。平玉穿了套鞋上岸了。我看见他手扶着一株小树，同船老大低声谈判。过了好一会，谈判完成，最后的结论是到桐庐送他四十五块钱，六和塔下付的十五块钱作废。平玉满口好话，伴了船老大一同下船。船又开了。船里人都醒了，然而静悄悄的，没有一句话。只有平玉向我耳语："我已用草柴在岸边的小树上打了一个圈。万一有事，我们可向这记号的地方去追究。他的伙伴一定在这里头。"我佩服他，究竟是老江湖。在我，做梦也不会想到这种策略。船已经依旧向前迈进。想来今晚不会再有事了。然而我辗转反侧，不能入睡。我觉得这船老大很可怜。他是一个魔鬼，但是魔鬼中的有道君子。他不敢用武力威胁，正是阿Q所谓"君子动口不动手"。他敲诈不求现交，信用我们的话，愿意到桐庐收款，足见"盗亦有道"。为爱惜维护这一线"信义"，我颇想履行条约，到桐庐时付他四十五元。但平玉胸有成竹，定要惩诫他，我也不便干涉了。

船到富阳，是次日的清晨。我们肚子饿得很，大家上岸去找食物。我同了两个孩子，到一所小店里去吃素面。约有两天不得吃热食了，这碗面热辣辣的，味美无比。正在想吃第二碗，章桂来催我们下船了。说是兵要拉船，须赶快开走为妥。于是买了些干粮匆匆下船。有的人买了肉馒头带到船里，慢慢地吃。我看见他们的馒头里裹着一块大肉，半块露出在外面，我素来不知肉味的人，看了也可推想其广告力之大。我没有到过富阳，这时匆匆一踏其地，所得的印象，只是热辣辣的素面与广告性的肉馒头而已。

这一日天气晴朗，冬日可爱。我们把船棚推开，坐在船头上欣赏江景，算是苦中作乐。我们在江里常常遇着别的逃难船。并舷的时候，彼此交谈一会，互述来路及去处。有好几个人问我们："你们到了桐庐想再走吗？"我们回答说："不定。"其人大都摇摇头，表示非再走不可。我望见岸上有黄包车，载了人和铺盖在走长途。又有一种极简单的轿子：两根竹杠上挂下两块板来，高的一块坐人，低的一块踏脚。我们看惯藤轿官轿的，最初以为这是专为逃难而造的轿子。后来深入内地，才知道山乡走长路的轿子都是这样简单的。

船到桐庐，已是晚上十点半。我们在船里远远望见一座高楼，玻璃窗内灯烛辉煌，大家很高兴，预想这一定是我们的休息慰安之所了。停泊后，我同平玉、丙潮上去找旅馆。一连问了好几家，都没有空房。占住着的全是兵士，连走廊里都有人躺着。只有一家旅馆，有一间大厅，厅的一旁已经有兵士睡着，另一旁可以租给我们住。我们十六个人中，只有五个是男子，其余的都是女人或小孩。教他们同兵士杂处在一间屋子里，他们一定不肯，我也一定不做。计无所出，只得先去访问了马先生再说。迎薰坊不远。一敲门，开门出来的是张立民君。他的一双眉毛和一脸糙胡子，大类日本人画的达摩祖师所有的，本来富有严肃之气。见我半夜三更敲进马先生的门来，大约已知情形不妙，脸色愈加严肃了。他住在楼下的厢房内，就延我们三人到厢房内坐。我说明了来意，他就上楼去通知马先生。我想阻止他。因为时已十一点钟，马先生一定已经就寝，我不该惊扰他。然而这回我竟惊扰了他。炮火的暴力使我越礼于我所尊敬的人，过后思之常抱遗憾。往日在杭州，我的寓所常在他家的近邻。然而我不常去访，去访时大都选择阴雨的天气。因恐晴天去访，打断他的诗兴或游兴。我每次从马氏门中回出来，似乎吸了一次新鲜空气，可以继续数天的清醒与健康。数天之后，又为环境中的恶浊空气所困，萎靡不振起来。

"八一三"前我离开杭州后，不曾再吸过这种新鲜空气。这一天半夜里，我带了满身的火药气与血腥气而重上君子之堂，自觉得非常唐突。我在灯光下再见马先生。我的忧愁、疑惑与恐惧，不久就被他的慈祥、安定而严肃的精神所克服。我又觉得半夜惊扰的唐突还可乞恕，这副忧愁、疑惑、恐惧的态度真是最可鄙的。然而马先生并不鄙视我，反而邀我这一船难民立刻上岸，到他家投宿。在无可奈何之下，我也不及辞让，就派平玉和丙潮去迎取船里的老幼上岸。难民像侵略军一样，突然占据了他的一楼及一厢。占据了还不够，平玉和船老大又在堂上演了一幕丑剧！

平玉昨晚向船老大哀求乞怜之后，今天坐在船头上，脸上常常现出愤愤不平之色。我曾戏称他为"不平玉"。他皱一皱眉头说："我有办法，到桐庐发表。"大家笑他，又戏称为"桐庐发表"了。原来我们都是平玉所谓"好人"。我们昨夜没有吃刀子、绳子或冷水馄饨，心中就感谢皇天好生之德以及船老大不杀之恩，无暇顾及报复或惩戒了。所以怪他不平，笑他有什么办法，以为他是说说罢了。谁知人和行李全部上岸之后，船老大站在马氏堂前等候付价的时候，平玉忽然满脸溅朱，一把抓住了船老大胸脯，雷鸣一般的骂道："你这忘八，半夜里敲诈良民，我拉你公安局去！"说着，拖了船老大就走。船老大的一件短小破棉袄，被他使劲一拉，半件缩了上来，挤在胸前，下面露出裤腰和肉体来。我们大家上前劝解，平玉放了手，回转头来向着马先生，一五一十地诉述这船老大的可恶。抵掌而谈，几乎把唾沫溅在马先生的脸上。船老大如同遭了雷殛一般，咕噜地说了些话，便在庭中双膝跪下，对天立誓了。他用近似于杭州白的一种口音哀号地说："我某某倘然有心敲诈，天诛地灭，百世不得超生！"又跪着哭诉了许多话，对马先生表白他的无罪。他一定是认马先生为皇天，觉得"到此难瞒"了。不然，昨夜那么凶狠的一个魔鬼，世间哪个人能够使他变成如此驯良的一个人，而跪着忏悔呢？这决不是平玉的武力所能致。我回想昨夜的情形，而观照此刻的现象，觉得这是"最后的审判"中的一幕。Michelangelo（米开朗琪罗）在 Sistine（西斯廷，礼拜堂）壁上所绘的画中，决定找不出这样动人的一幕。

这一幕丑剧的最后，经我们劝解，平玉收回了赴公安局的成命，照六和塔下原约付了他十块钱，然后闭幕。这晚我睡在马先生家的厢屋中的小铁床上，身体很舒服，而心甚不安。人间以飘泊为苦，比之于蓬絮。我带着一大群眷族，这飘泊又非蓬絮可比。我们从这时候起，渐感觉一家好比覆巢之鸟，今晚幸得栖息于这高枝上，但终非久长之计。我总得另营一个新巢。三天之后果在离桐庐二十里的河头上找到了我们的新巢。

这时候马氏门人在桐庐的，除前述的张立民以外，还有王星贤。从我门外汉看来，马先生如果是孔子，则王、张就好比是颜、曾。记得投奔马氏的第二天，我早晨起来，听见孩子们在那里说："昨夜睡时无垫被，冷得很！"在平时，例如旅行中携带不周，或家居时天气骤寒，被褥在箱橱中未及拿出，他们偶尔也有这样的诉说。今天他们也只如平时地诉说，并不作啼饥号寒的语调。然而这声音传入我的耳中，异常凄楚。因为现在我们更无箱橱，这是真正的号寒！我家虽贫贱，这群孩子从来未曾受过真正的冻馁。今日寇相追，使我家的孩子们身受冻馁之苦，我岂能坐视？我立刻赴市上买了垫被回来给他们。我脸上的悲愤之色，终日不消。大约这已被张君所注意了。他有一次同我在路上走，诚意地对我说："你要远行，路上倘不便的话，你家的老太太可以住在这里，我替你看顾。"我曾经对他说过："我想到汉口，而任重道远，难于实行。"现在他用这样的话来慰藉我，我当时的感激，真难于言宣。我在这戎马仓皇中扶老携幼而逃难，若非有这种朋友的慰藉，其结果不堪设想。但他不是本地人，况且时局变化正未可知。我决不可以此相累；然而他的慰藉使我觉得人间还有"爱"的存在，我还有生的意味。勇气一增加，悲愤就消失。我想，张君一定能"老吾老"，故能"以及人之老"。王君为学不厌。后来我曾和他同住过数月，见他终日伏案读圣贤书，而且鼻子里哼出一种音调来。足见其中大有乐趣。古人有"此肘三十年不离案"者，我想就是这种人。他又诲人不倦。我曾和他同在一个学校里当教师。见他从来不请假，恪守教师的一切任务。听说他以前在别处教课，也是从来不缺课，病假一定照补的。这可谓教不倦。他的生活非常俭约。他的衣服很朴素，一裘恐不止穿三十年。他的帽子古色苍然，一冠恐不止着十年。他的两个肩膀微微扛起（而且微有高低），无论何时都像准备鞠躬的样子。他说话时，对无论何人都和颜悦色，低声下气；在无论何时都从容不迫，侃侃而谈。我决不能想象此人怒骂的样子。我和他在一个师范学校里同事的时候，膳厅里的饭比箪食瓢饮更苦，同事都不堪其忧，只有此人不改其乐；每天欣然地上饭厅，欣然地上教室，从来不曾在房间里扇一个风炉。我猜想他已经找到了"孔颜乐处"了。我的新巢，即因王星贤的辗转介绍而得来。

王星贤有一个学生，姓童名鑫森的，以前不知什么时候曾经因不知什么人的介绍而向我要过一幅画。这时童君来马府访老师，知道我逃难到此，就来相见，并且邀我到一家菜馆里去吃饭。这时候马先生已决定迁居离城二十里的阳山坂的汤庄，我为欲追随马先生，正想在阳山坂附近找房子。恰好这位童君有朋友姓盛名梅亭的，在阳山坂附近的河头上的小学当校长，而且是本地人。他就在席上写一张介绍片给我，托他在河头上找房子。我河头上的新巢因此找到。这一饭之恩实在不止一饭而已。我持片到河头上去找盛梅亭校长，居然承他转请他的叔父（是乡长），把三间楼屋借给我们住，不肯说租金，但说："我要感谢日本鬼。不是他们作乱，如何请得到你们来住。"我找到房子，在马府已扰了四天。我心非常不安。马先生却对我说："你们不来住，兵士也要来住的。"其实那时的桐庐，兵士不一定强占民房。马先生这话是安慰我们这一批难民的。

十一月二十八日，我们辞别马先生，先行入乡。借乘马先生运书的船。请汤庄的工人志元同他的儿子凤传二人摇船。桐江山明水秀，一路风景极佳；但我情愿欣赏船头上的白布旗。旗上"桐庐县政府封"六字，是马先生的亲笔（盖当时民间难得雇船，这运书船是由县政府代雇来的）。我珍爱马先生的字，而尤其珍爱他随便挥写的字，换言之，可说是"速写"的字。并非说他用心写出的字不及随便写出的字的好，乃根据我的一种艺术欣赏论。我以为造形美术中的个性、生气、灵感的表现，工笔不及速写的明显。工笔的艺术品中，个性生气灵感隐藏在里面，一时不易看出。速写的艺术品中，个性生气灵感赤裸裸地显出，一见就觉得生趣洋溢。所以我不欢喜油漆工作似的西洋画，而欢喜拨墨挥毫的中国画；不欢喜十年五年的大作，而欢喜茶余酒后的即兴；不欢喜精工，而欢喜急就。推而广之，不欢喜钢笔而欢喜毛笔，不欢喜盆景而欢喜野花，不欢喜洋房而欢喜中国式房子。我的尤其珍爱马先生随便挥写的字，便是为此。我曾经拿他寄我的信的信壳上的字照相缩小，制版刊印名片。这时我很想偷了这面白布旗去珍藏起来，但终于没有这股艺术的勇气。

船到河头上，已是下午。留守汤庄的金先生已为我们买了鸡肉蔬菜，准备进屋请神之用。平玉就卷起衣袖去当厨司。盛乡长的房子三楼三底，很是宽大、坚固，而且新。分明建造得不久，梁上的红纸儿全没褪色。红纸上的字，为我所未曾见过：右边一个"有"字，左边一个倒写的"好"字。我们看了都不解其意。研究了一下，才知是"有到头，好到底"之意。我们草草安排了房室，就往屋外察看。这里毗邻的不过三四份人家，都是盛氏本家。四周处处有竹林掩护。竹林之

轰炸（嘉兴所见）

外，是一片平畴。平畴尽处，是波澜起伏的群山。山形特别美丽的一方面，离我们不到一里之处，有一大竹林，遥望形似三潭印月。竹林中隐藏着精舍，便是汤庄，马先生即日要来卜居的。我颇想在我所租的房屋的梁上加贴一张红纸，红纸上倒写一个"住"字，但愿在这里"住到底"。谁知这一住不过二十三天，又被炮火逼走了！

　　这一住虽只二十三天，却结了不少的人缘。至今回想起来，还觉得有一根很长的线，一端缚住在桐庐的河头上，迤逦经过江西、湖南、广西，而入贵州，另一端缚住在我们的心头上。第一是几家邻居：右邻是盛氏的长房，主人名盛宝函的，是一个五六十岁的

loudspeaker[①]，读书而躬耕，可称忠厚长者。他最先与我相过从，他的儿子，一个毛二十岁的文弱青年，曾经想进音乐学校的，便与我格外亲近。讲起他的内兄，姓袁的，开明书店编辑部里的职员，"八一三"时逃回家来的，和我总算是同事。于是我们更加要好。盛大先生教儿子捧了一甏家酿的陈酒来送我。过几天又办一桌酒馔，请我去吃。我们的前邻是盛氏的二房，便是替我租屋的小学校长盛梅亭君之家。梅亭之父即宝函之弟，已经逝世。梅亭是一个干练青年，把小学办得很好。他的儿子七八岁，天生是聋哑，然而特别聪明。我为诸邻人作画，他站在旁边看。看到高兴的时候，发出一声长啸，如哭如笑，如歌如号。回家去就能背摹我的画。他常常送酒和食物来给我。有一次他拿了一把炭屑来送我。我最初不解其意，看了他的手势，才知道是给我作画起稿用的。试一试看，果然选得粒粒都好，可以代木炭用。这聋哑孩子倘得常处在美术的环境中，将来一定是大美术家。他的感官的能力集中在视觉上，安得不为大美术家呢？我们的后邻是盛氏的四房，四先生也是耕读的，常和我来往，也送我一甏酒，又办了菜请我去吃饭。只有三先生，即我的房东，身任乡长，不住在这里，相见较少，特地办了酒请我到乡公所去吃。乡公所就在学校里。学校里的美术先生姓黄名宾鸿的，是本乡人，其家在二十五里外的一个高山——名船形岭——的顶上。有一次他特地邀我到他家去玩。他的父亲和祖父都是善良忠厚的山民，竭诚地招待我，留我在山顶上住了一晚，次日才回来。凡此种种人缘，教我今日思之，犹有余恋。使我永远不能忘记，而为我这桐庐避难进行曲的 climax（高潮）的，是汤庄的负暄。

"逃难"把重门深院统统打开，使深居简出的人统统出门。这好比是一个盛大的展览会。平日不易见到的杰作，这时候都出品。有时

---

① loudspeaker，意即扬声器，这里是指大喉咙。

这些杰作竟会同你自己的拙作并列在一块。我在桐庐避难，而得常亲马先生的教益，便是一个适例。我们下乡后一二天，马先生也就迁居到汤庄来。王星贤君及其家族一同迁来，他们和我相距不过一里。时局不定，为了互通消息及慰问，我的常访汤庄，似乎不是惊扰而反是尽礼，不是权利而反是义务了。我很欢喜，至多隔一二天，必定去访问一次。马先生平时对于像我这样诚敬地拜访的人，都亲切地接见，谆谆地赐教。山中朋友稀少，我的获教就比平时更多。这时候正是隆冬，而风和日暖。我上午去访问，马先生就要我和星贤同去负暄。僮仆搬了几只椅子，捧了一把茶壶，去安放在篱门口的竹林旁边。这把茶壶我见惯了：圆而矮的紫砂茶壶，搁在方形的铜炭炉上，壶里的普洱茶常常在滚。茶壶旁有一筒香烟，是请客的；马先生自己捧着水烟筒，和我们谈天，有时放下水烟筒，也拿支香烟来吸。有时香烟吸毕，又拿起旱烟筒来吸"元奇"。弥高弥坚、忽前忽后而亦庄亦谐的谈论，就在水烟换香烟、香烟换旱烟之间源源地吐出来。我是每小时平均要吸三四支香烟的人，但在马先生面前吸得很少。并非客气，只因为我的心被引入高远之境，吸烟这种低级欲望自然不会起来了。有时正在负暄闲谈，另有客人来参加了。于是马先生另换一套新的话兴来继续闲谈，而话题也完全翻新。无论什么问题，关于世间或出世间的，马先生都有最高远最源本的见解。他引证古人的话，无论什么书，都背诵出原文来。记得青年时，弘一法师做我的图画音乐先生，常带我去见马先生，这时马先生年只三十余岁。弘一法师有天对我说："马先生是生而知之的。假定有一个人，生出来就读书；而且每天读两本（他用食指和拇指略示书之厚薄），而且读了就会背诵，读到马先生的年纪，所读的还不及马先生之多。"当时我想象不到这境地，视为神话；后来渐渐明白；近来更相信弘一法师的话决非夸张。古人所谓"过目成诵"，是确有其事的。记得有一次，有人寄一张报纸来，内有关于时局的消息。马先生和我们共看。他很快地读下去，使我无论如何也赶不上。我跳了几行赶上了，不久就落伍；再跳几行赶上去，不久又是落伍。这时我想，古人所谓"一目十行"，也是确有其事的。马先生所能背的书，有的我连书名都没有听见过！所以我在桐庐负暄中听了不少的高论。但不能又不敢在这里赞一词。只是有一天，他对我谈艺术。我听了之后，似乎看见托尔斯泰、卢那卡尔斯基等一齐退避三舍。王星贤记录着马先生每次的谈话。我向他借来抄一段在这里：

十二月七日丰君子恺来谒，先生语之曰：辜鸿铭译礼为 arts（艺术），用字颇好。arts 所包者广。忆足下论艺术之文，有所谓多样的统一者。善会此义，可以悟得礼乐。譬如吾人此时坐对山色，观其层峦叠嶂，宜若紊乱，而相看不厌者，以其自然有序，自然调和，即所谓多样的统一是也。又如乐曲必各五音六律，抑扬往复而后成。然合之有序，自然音节谐和，铿锵悦耳。序和同时，无先后也。礼乐不可斯须去身。平时如此，急难中亦复如此。困不失亨，而不失其亨之道在于贞。致命是贞，遂志即是亨。见得此义理端的，此心自然不乱，便是礼。不忧不惧，便是乐。纵使造次颠沛，槁饿以死，仍不失其为乐也。颜子不改其乐，固是乐。乐必该礼。而其所以能如是者，则以其心三月不违仁。故仁是全德，礼乐是合德。以其于体上已自会得。故夫子于其问为邦，乃就用上告以四代之礼乐，会不得者，告之亦无用。即如此时，前方炮火震天，冲锋肉搏，可谓极乱。而吾与二三子犹能于此负暄谈义，亦可谓极治。即此一念，便见虽当极乱之时，活机固未息灭。扩而充之，未必不为将来拨乱反正之因端也。非是漠然淡然，不关痛痒。吉凶与民同患，自然关怀。

但虽在忧患，此义自不容忘。亦非故作安定人心之语。克实而言，理本如此。所谓真语者，实语者，如语者，不妄语者也。礼乐之兴，必待其人。苟非其人，道不虚行。吾今与子言此，所谓千钧之弩不为鼷鼠发机。善会此义而用之于艺术，亦便是最高艺术……

我希望春永远不来，使我长得负暄之乐。春果然不来，而炮火逼近来了。敌兵在吾乡石门湾与中央军相遇，打了四进四出。其间我们正在桐庐负暄。后来中央军终于放弃吾乡，说是"改变战略"，敌兵就向杭州进犯。有一天我们正在负暄谈义，听见远处有人造的雷声，知道炮火迫近来了。我们想走，天天在讨论"远行"或"避深山"的问题。我主张远行，并且力劝马先生也走。马先生虽只孑然一身，但有亲戚学生僮仆相从，患难中他决计不愿独善其身，一行十余人，行路困难，未能容允我的劝请。其实我也任重道远。老幼十五人，盘费只剩三百元，如何走得动！于是在附近找桃源。我想起二十五里外的船形岭顶上的黄家，以前我曾经到过一次的，觉得地利人和均合意。有一天我便雇了四顶轿子，请黄宾鸿引导，邀马先生和星贤一同上山观看。路上的人看见我们一连四乘轿子向深山去，大都惊惶，拦住轿子探问消息。足见时局已很紧张了。到了山上，黄氏父祖闻知马先生来，倒裳出迎，办起丰盛的酒食来款待；知道我们来觅万一的退步，便应允将新造的屋让出来给马先生住，还有老屋可以馆待我们。我们盘桓至下午二三点钟，方始下山。我还记得轿子在路亭旁休息的时候，我们入亭小坐，看见壁上用木炭题着一首诗，大约是出于农夫工人的手笔的："山上有好水，平地有好花。好花年年有，同栈不在乎。"马先生考辨了好久，说同栈恐是铜钱之误，于是对于作者的胸襟不凡大加赞叹。赞叹之不足，又讨论之；讨论之不足，又删改之。马先生改作云："山上有好水，平地有好花。好花年年有，铜钱何足夸。"王星贤别有所见，另为改作一首："山上有好水，平地有好花。好花年年有，到处可为家。"当此之时，风鹤虫沙，已满山中；我等为寻桃源而来，得在长亭中品评欣赏农夫野老的诗歌，正是一段佳话，不可以不记。而这作者在长亭中弄斧，恰被鲁班路过看见，加以斧正，又是一段奇迹，更不可以不记。

邻人盛宝函请马先生晚酌，我也奉陪。黄昏席散，僮仆提灯来迎马先生返汤庄。我也送去。路上马先生对我说："近又作了一诗，比前（见第一记）□□得多，明天写出来给你看。开头是'天下虽干戈，吾心仍礼乐'，大意你或者可以想象了。"上文两个方框，我记不清是什么字，大体是和平中正之意，未便乱加，且付阙如。第二天我到汤庄，到手了一张横幅。上面写着：

避乱郊居述怀兼答诸友见问

天下虽干戈，吾心仍礼乐。避地将焉归？藏身亦已绰。
求仁即首阳，齐物等南郭。秉此一理贯，未释群生缚。
琐尾岂不伤，三界同漂泊。人灵眩都野，壹趣唯沟壑。
鱼烂旋致亡，虎视犹相搏。纳陛曰予智，俪规矜改错。
胜暴当以仁，安在强与弱！野旷知霜寒，林幽见日薄。
尚闻战伐悲，宁敢餍藜藿。蠢彼蜂蚁伦，岂识天地博！
平怀频沧溟，寂观尽寥廓。物难会终解，病幻应与药。
定乱由人兴，森然具冲漠。麟凤在胸中，豺虎宜远却。
风来晴雪异，时亨鱼鸟若。亲交不我遗，持用慰离索。

十二月十七八中，传闻将有大军来桐庐，欲利用山地作战场，以期歼灭日寇。傍晚果然开到了一批军队，敲我们的门，说要借宿一宵，明晨开赴杭州作战。兵队纪律很好。其长官晚上和我闲谈，说他是从吾乡石门湾退出来的，亲见石门湾变成焦土。又忠告我们，说：这地方不可再住，须得迁往远处或大山中。说不定这地方要放弃。早晨，兵队果然把地扫得精干净而开拔了。我忽然感觉得这里不可再留，连忙去汤庄，再劝马先生作远行之计。然马先生首阳之志已决，对于诸种环境的变迁，坦然不慌。我不能动他。于是返家收拾萧条的行物，与姐妻子女计议，故园既已成为焦土，我们留在这里受惊毫无意义，决定流徙于远方。岳老太太年已七十，不胜奔走之苦。我破晓起来同我妻商量，拟把老太太寄托与船形岭黄宾鸿家。因为他家也有七八十岁的老人，当不致因我家老太太而受累。我妻向老太太商请，得其同意。于是我们二人同赴学校请托黄君，黄君慨然允诺。当日雇了一乘轿子，由黄君领导，章桂护送，抬老太太上山。临别，许多人偷偷地弹泪，说不出话来。我心中除了离别之苦以外，又另有一种难过：我不能救庇一位应该供养的老人，临难把她委弃在异乡的深山中，这是何等惭愧的事！

我们的难民队中最干练的平玉已于前日冒险赴上海。阿芳也已回去。平玉有一朋友姓车的，住在我们附近的江边。我去托他找船，知道他也有远行之意。为了途中互助之计，我就约他同行，请他在门口的江边物色一只小船，定于明晨载我们到二十里外的桐庐城中，再找远行的船。布置已定，即走汤庄去辞别马先生，路上我想好了许多话，预备再苦劝他一番，务请他离开这飘摇的桐庐。但等到一走进门，望见了他的颜色，却一句话也说不出来。但觉得这里有一股强大的力。一切战争、炮火、颠沛、流离等事当着了它都辟易。我含糊地说道："我也许要走，但没有定。"回到家里，写了一张纸送去，书面告别。邻人都依依不舍，彼此往返、辞送、馈赠，忙了一天。古语云："悲莫悲于生别离。"这种日子连过十天，包你断肠而死！事后我揽镜自照，发现鬓边平添了不少的白发。

　　我在桐庐的最后一天，十二月廿一日的早晨，我们黎明即起，打点下船。一行十四人除去了老太太，得十三人。想起了西洋人的习惯，我一时对于这个数目觉得讨嫌。幸而车氏父子三人加入了，得十六人，便不介意。王星贤和马先生前外甥丁安期、管汤庄的金先生，搭我的便船赴城，欲用原船把马先生留存在城中的书载回乡下。王星贤看见我们十余人只有两担行李，表示惊讶。被他一提醒，我自觉得一寒至此，不胜飘零之感。幸而船到桐庐，不久找到了一只较大的船，言定二十八元送到兰溪，即于下午二时离开桐庐。一帆风顺，溯江而上。我抽了一口气，环顾家人，发见大家神情惆怅，如有所失，而吾妻尤甚。一个孩子首先说破："外婆悔不同了来！"言下各处响应，我在桐庐时看见公共汽车还通。便下个决心，喊船夫停船，派章桂上岸步行回船形岭，迎老太太下山，搭公共汽车到兰溪相聚。这时候杭州快要失守，富阳桐庐一带交通秩序混乱。我深恐此事难得圆满。谁知章桂果能完成其使命：带了一位七十岁的老太太，搭了最后一班的公共汽车，与我们差不多同时到达兰溪。好像是天教我们一家始终团聚，不致离散似的！

　　第二记完。

一九三九年十二月三日夜于都匀

决　心

——避寇日记之一

十二月二十三上午，我们的船到了兰溪。一停泊，我妻和长女陈宝即刻登岸，奔向汽车站去。约一小时，两人回来，站在岸上向船里欢呼："外婆失而复得！"船里也起一阵欢呼。

为的是我们避地桐庐时，寇犯杭州。我决心西行赴长沙。有一班无知的乡人说，杭州一破，浙江马上失守。衢州、江山非常紧张，到江西、湖南的路交通断绝。要去只有徒步。我们这团体中，都能徒步，只有最小的和最老的走不动。最小的是亲戚家的三岁孩子，他的父母预备背了逃。最老的是我妻的七十岁的母亲，但没有人能背了她逃。我们计虑：与其半途尴尬，不如寄在桐庐山中，免得飘泊。于是就用轿子将老太太抬上桐庐的深山中，寄托在一位画友黄宾鸿君的家里。黄君与我原不相识。萍水相逢，同道相谋，一见如故，竟把家族托付他。好在他家也有老人，可以相伴。且在深山中，可以放心。但我们开船后，发见行路并不困难，船舶无阻，汽车照常，乡人的话全是谣言。同时我妻忽忽若有所失，茶饭无心。诸儿闻炮声即纪念外婆。连同行的亲戚也为之流泪。于是我下个决心，托章桂（亲戚）半途上岸，回到桐庐山中，陪老太太乘汽车南行，预约在兰溪相会。所以我们的船一到兰溪，我妻首先到汽车站等候她的母亲。奇巧得很！相差仅半小时，先后来到。我们的团体缺而复完，大家欢喜，小孩们欢呼："外婆失而复得！"

然我在途中曾一度懊悔。因为我的船停泊在建德附近的三河镇时，上岸遇一操上海白的女人。她皱着眉头告诉我，她有亲戚在江西，想去投奔。可是人告诉她，江山、玉山之路不通，江西到不得。于是她失望了，流落在这小镇上。我听了这话惊心，回想桐庐乡人之言到

战场之春

192

底不是无据。但事已至此，非努力向前不可。我又下个决心：我定要带了完全无缺的团体到湖南！

但这决心又几乎打消。为的是我在兰溪临江旅馆一宿，遇见老同学曹聚仁兄。他浑身军装，担任各报战地记者，正在握笔从戎。我一见他如获至宝，立刻探问他前途的情况。他断然地告诉我："你们要到长沙、汉口，不能！我们单身军人，可搭军用车的，尚且不容易去，何况你带了老幼十余人！你去了一定半途折回。我为你计，还是到浙江的永康或仙居。那里路近，生活程度又低。设或有警，我会通知你。"他说话向来毅然决然。穿了军装说话更加力强。我确信他，且感谢他。立刻打消了西行的决心。

是晚，他说是地主，请我全家在聚丰园会餐。我辞谢不得，就同家姐带了四个小孩赴约。席上聚仁兄把前线的模样描写给我们听，有声有色，使我们如同身历其境。"大时代到了！"这句话他反复了数次。随后他注视我说："你胡不也做点事？"我摸摸我的胡须说："我是老弱者，哪能跟你一样做事呢？在这大时代有甚事好做呢？不过，我其实只有四十岁。西洋人有一句谚语说：Life begins at forty（生活开始在四十岁），照西洋人说，我现在正是生活开始的时候。现在我的牺牲虽然很大，但今后可以重新来过。灰心我是决不会的。"（近见《少年先锋》第二期聚仁兄的杂感中，也记录着我和他兰溪相会事。内有数处错误：他说我对他自称以前"昏聩"，又说"以后要改变做人的态度"，皆非我说的话，恐是他军事繁忙，记不清这些小事之故，或另有他故。还有，他说我从桐乡逃来，非也。我是崇德人，乃从崇德逃来。又说我四十一岁，亦非也。我当时四十岁。又说我的儿子瞻瞻是高中生，亦非也。他十四岁，是初中二年级生。此等事在他虽甚小，但在我却有关系：例如外人看了他的文，以为我是桐乡人而冒充崇德籍，或者以为我的儿子以初中二年级生冒充高中学生，岂不冤枉。

故须在此附笔声明）

　　是晚我同他住在同一旅馆。他明天要到乡下去。我原约在旅馆等他，一同把家眷送到仙居去，投奔我们的老同学黄隐秋兄。但他去后，我同家姐商量一会，觉得非西行不可，同行的一位朋友也主张西行。于是我的决心死而复活："我决定要到长沙！否则半路转入沟壑！但决不愿居浙江！仙居也许比长沙好，但我决定要到长沙！"吾心既决，就留一张条子在旅馆老板处，托他转交聚仁兄，谢他招待的厚意，并道失约之歉。遂另雇一舟，载了老幼十余人和两担行物，开向衢州去了。

　　我们离兰溪后，一路顺风地到衢州，经常山、上饶、南昌、萍乡，终于平安地到达长沙。现在我个人且已到了汉口。沿途非但毫无阻碍，并且到处蒙当地老百姓的同情，受兵士的帮忙（事实将见另文）。我觉得比太平时行路更容易。因为敌忾同仇，军民一家，同胞互相爱护，不如太平时代的分你我了。但我相信聚仁兄的话决不是骗我，一定是当时时局紧张，交通情形骤变莫测之故。现在幸赖将士捍卫之劳，仙居和长沙均无恙。我感佩聚仁兄的眼光和诚意，同时又庆幸自己的决心的成功。就补写这篇日记。

一九三八年

桂林初面

汽车驶过了黄沙，山水渐渐美丽起来。有的地方一泓碧水、几树灌木，背后衬着青灰色的远山，令人错认为杭州。只是不见垂柳。行近桂林，山形忽然奇特。远望似犬齿，又如盆景中的假山石。我疑心这些山是桂林人用人工砌造起来的。不然，造物者当初一定在这地方闲玩过。他把石头一块块堆积起来，堆成了这奇丽的一圈。后人就在这圈子内建设起桂林城来。

进北门，只见宽广而萧条的市街和穿灰色布制服的行人。我以为这是市梢，这些是壮丁。谁知直到市中心的中南街，老是宽广萧条的市街和灰色布制服的行人，才知道桂林市街并不繁华，桂林服装一概朴素。穿灰色布制服的，大都是公务人员。后来听人说：这种制服每套不过桂币八元，即法币四元。自省主席以下，桂林公务人员一律穿这种制服。我身上穿的也是灰色衣服，不过是质料较细的中山装。这套中山装是在长沙时由朋友介绍到一所熟识的服装店去定制的。最初老板很客气，拿出一种衣料来，说每套法币四十元，等于桂林制服十套。我不要，说只要十来块钱的。老板的脸孔立刻变色，连我的朋友都弄得没趣。结果定了现在这一套，计法币九元，等于桂林制服二又四分之一套。然而我穿着并不发见二又四分之一倍的功用，反而感觉惭愧：我一个人消耗了二又四分之一个人的衣服！

舍馆未定，先住旅馆。一问价，极普通单铺房间每天三元，普通客饭每客六角。我最初心中吓了一跳。这么高的生活程度，来日如何过去？后来才知道这是桂币的数目，法币又合半数。即房间每天一元五角，还有八折，即一元二角。客饭则每客三角。初到桂林这一天，为了桂币与法币的折算，我们受了许多麻烦，且闹了不少笑话。因为买物打对折习惯了，后来对于别的数目字也打起对折来。有人问旅馆茶房，这里到良丰多少路？茶房回答说四十里。那人便道："那末只有二十里了！"有人问一杭州人，到桂林多少时日了。杭州人答说三个月。那人便道："那末你来了一个半月了！"后来大家故意说笑，看见日历上写着六月廿四，故意说道："那么照我们算，今天是三月十二，总理逝世纪念！"租定了三间平屋，租金每月五十八元，照我们算就是二十九元。这租价比杭州贵，比上海廉。但是家徒四壁，毫无一件家具，倒是一大问题。我想租用。早来桂林的朋友忠告我，这里没有家具出租，只有买竹器，倒是价廉物美。我就跟他到竹器店。店甚陋，并无家具样子给你看，但见几个工人在那里忙着削竹。一问，床、桌、椅、凳、书架、大菜台……都会做。我们定制了十二人的用具，竹床、竹桌、竹椅、竹凳，应有尽有，共费法币三十余元。在上海，这一笔钱只能买一只沙发，而且不是顶上的。在这里我又替养尊处优的人惭愧。他们一人用的坐具就耗了十二人用的全套家具，他们一人用的全套家具应抵一百二十人的所费。他们对于人类社会的贡献，是否一百二十倍于常人呢？我家具未毁时，家具本来粗陋，此种惭愧较少。现在用竹器，也觉得很满足。为了急用，我们分好几处竹器店定制。交涉中，我惊骇于广西民风的朴节。他们为了约期不误，情愿回掉生意，不愿欺骗搪塞。三天以后，我们十二人的用具已送到。三间平屋里到处是竹，我们仿佛是"竹器时代"的人了。

我初进旅馆时，凭在楼窗栏上闲眺，看见楼下有一个青年走过，他穿着一件白布短衫，背脊上画一个黑色的大圈。又有两个人走过，也穿着白衣服，背脊上画着许多黑点，好似米派的山水画。"这是什么呢？"我心中很奇怪。问了早来桂林的朋友，才知道这两个是违犯防空禁令的人。桂林空袭，抗战以来共只三五次。以前不曾投弹。最近六月十五日的一次，敌人在城外数里的飞机场旁投下数弹，死七人，伤数人。此后桂林防空甚严，六月廿一日起，每日上午六时至下午五

仓皇

时半，路上行人不准穿白色或红色的衣服。违犯者由警察用墨水笔在其人背上画一圆圈，或乱点一下，据人说有时画两个乌龟。我到桂林这一天是六月廿四，命令才下了三天，市民尚未习惯，我所见的两人，便是违犯了这禁令而被处罚的。在这禽兽逼人的时代，防空与其过宽，孰若过严。但桂林的白衣禁令，真是过严了。因为桂林的空防已经办得很周到，为任何别的都市所不及。他们城外四周是奇形的石山，山下有广大的洞——天然防空壕。桂林当局办得很周密。他们估计各山洞的容量，调查各街巷住民人口数，依照路程远近，指定空袭时某街巷的住民避入某山洞。画了地图，到处张贴，使住民各自认明自己所属的山洞，空袭时可有藏身之地。假使人人遵行的话，敌机来时，桂林的全体市民都安居在山洞中。无论他们丢了几百个重磅炸弹，也只能破坏我们几间旧房子，不得毁伤中国人的一根汗毛。我所住的地方，指定的避难所为老人洞。我来桂林已六天，天气炎热，人事烦忙，敌机不来，还没有游玩山洞的机会。下次敌机来时，我可到老人洞去游玩一下。

廿七年（1938）六月卅日于桂林

桂林的山

　　"桂林山水甲天下"，我没有到桂林时，早已听见这句话。我预先问问到过的人："究竟有怎样的好？"到过的人回答我，大都说是："奇妙之极，天下少有。"这正是武汉疏散人口，我从汉口返长沙，准备携眷逃桂林的时候。抗战节节失利，我们逃难的人席不暇暖，好容易逃到汉口，又要逃桂林去。对于山水，实在无心欣赏，只是偶然带便问问而已。然而百忙之中，必有一闲。我在这一闲的时间想象桂林的山水，假定它比杭州还优秀。不然，何以可称为"甲天下"呢？

　　我们一家十人，加了张梓生先生家四五人，合包一辆大汽车，从长沙出发到桂林，车资是二百七十元。经过了衡阳、零陵、邵阳，入广西境。闻名已久的桂林山水，果然在二十七年（1938）六月二十四日下午展开在我的眼前。初见时，印象很新鲜。那些山都拔地而起，好像西湖的庄子内的石笋，不过形状庞大，这令人想起古画中的远峰，又令人想起"天外三峰削不成"的诗句。至于水，漓江的绿波，比西湖的水更绿，果然可爱。我初到桂林，心满意足，以为流离中能

1938 年 5 月，在汉口

得这样山明水秀的一个地方来托庇，也是不幸中之大幸。开明书店的陆联棠经理，替我租定了马皇背（街名）的三间平房，又替我买些竹器。竹椅、竹凳、竹床，十人所用，一共花了五十八块桂币。桂币的价值比法币低一半，两块桂币换一块法币。五十八块桂币就是二十九块法币。我们到广西，弄不清楚，曾经几次误将法币当作桂币用。后来留心，买物付钱必打对折。打惯了对折，看见任何数目字都想打对折。我们是六月二十四日到桂林的。后来别人问我哪天到的，我回答"六月二十四"之后，几乎想补充一句："就是三月十二日呀！"

汉口沦陷，广州失守之后，桂林也成了敌人空袭的目标，我们常常逃警报。防空洞是天然的，到处皆有，就在那拔地而起的山的脚下。因了逃警报，我对桂林的山愈加亲近了。桂林的山的性格，我愈加认识清楚了。我渐渐觉得这些不是山，而是大石笋。因为不但拔地而起，与地面成九十度角，而且都是青灰色的童山，毫无一点树木或花草。久而久之，我觉得桂林竟是一片平原，并无有山，只是四围种着许多大石笋，比西湖的庄子里的更大更多而已。我对于这些大石笋，渐渐地看厌了。庭院中布置石笋，数目不多，可以点缀风景；但我们的"桂林"这个大庭院，布置的石笋太多，触目皆是，岂不令人生厌。我有时遥望群峰，想象它们是一只大动物的牙齿，有时望见一带尖峰，又想起小时候在寺庙里的十殿阎王的壁画中所见的尖刀山。假若天空中掉下一个巨人来，掉在这些尖峰上，一定会穿胸破肚，鲜血淋漓，同十殿阎王中所绘的一样。这种想象，使我渐渐厌恶桂林的山。这些时候听到"桂林山水甲天下"这句盛誉，我的感想与前大异：我觉得桂林的特色是"奇"，却不能称"甲"，因为"甲"有十全十美的意思，是总平均分数。桂林的山在天下的风景中，决不是十全十美。其总平均分数决不是"甲"。世人往往把"美"与"奇"两字混在一起，搅不清楚，其实奇是罕有少见，不一定美。美是具足圆满，不一定需要奇。三头六臂的人，可谓奇矣，但是谈不到美。天真烂漫的小孩，可为美矣，但是并不稀奇。桂林的山，奇而不美，正同三头六臂的人一样。我是爱画的人。我到桂林，人都说"得其所哉"，意思是桂林山水甲天下，可以入我的画。这使我想起了许多可笑的事：有一次有人报告我："你的好画材来了，那边有一个人，身长不满三尺，而须长有三四寸。"我跑去一看，原来是做戏法的人带来的一个侏儒。这男子身体不过同桌子面高，而头部是个老人。对这残废者，我只觉得惊骇与怜悯，哪有心情欣赏他的"奇"，更谈不到美与画了。又有一次到野外写生，遇见一个相识的人，他自言熟悉当地风物，好意引导我去探寻美景，他说："最美的风景在那边，你跟我来！"我跟了他跋山涉水，走得十分疲劳，好容易走到了他的目的地。原来有一株老树，不知遭了什么劫，本身横卧在地，而枝叶依旧欣欣向上。我率直地说："这难看死了！我不要画。"其人大为扫兴，我倒觉得可惜。可惜的是他引导我来此时，一路上有不少平凡而美丽的风景，我不曾写得。而他所谓美，其实是奇。美其所美，非吾所谓美也。这样的事，我所经历的不少。桂林的山，便是其中之一。

篆文的山字，是三个近乎三角形的东西。古人造象形字煞费苦心，以最简单的笔划，表出最重要的特点。像女字、手字、木字、草字、鸟字、马字、山字、水字等，每一个字是一幅速写画。而山因为望去形似平面，故造出的象形字的模样，尤为简明。从这字上，可知模范的山，是近于三角形的，不是石笋形的；可知桂林的山，不是模范的山，只是山之一种——奇特的山。古语说"仁者乐山，智者乐水"，则又可知周围山水对于人的性格很有影响。桂林的奇特的山，给广西人一种奇特的性格，勇往直前，百折不挠，而且短刀直入，率直痛快。广西省政治办得好，有模范省之称，正是环境的影响；广西产武人，多名将，也是拔地而起的山的影响。但是讲到风景的美，则广西还是不参加为是。

"桂林山水甲天下"，本来没有说"美甲天下"。不过讲到山水，最容易注目其美。因此使桂林受不了这句盛赞。若改为"桂林山水天下奇"则庶几近情了。

卅六年（1947）三月七日于杭州

宜山遇炸记

宜山第一次被炸时，约在二十七（1938）年秋，我还在桂林。听说那一次以浙江大学为目标，投了无数炸弹。浙大宿舍在标营，该地多沟，学生多防空知识，尽卧沟中，侥幸一无死伤。却有一个患神经病的学生，疯头疯脑地不肯逃警报，在屋内被炸弹吓了一顿，其病霍然若失，以后就恢复健康，照常上课。浙大的人常引为美谈。

我所遇到的是第二次被炸，时在二十八（1939）年夏。这回可不是"美谈"了！汽车站旁边，死了不少人，伤了不少人，吓坏了不少人。我是被吓坏的人之一。自从这次被吓之后，听见铁锅盖的碰声，听见茶熟的沸声，都要变色，甚至听见邻家的老妇喊他的幼子"金保"，以为是喊"警报"，想立起身来逃了！日本军阀的可恶，今日痛定思痛，犹有余愤。幸而我们的最后胜利终于实现了，日本投降了，军阀正在诛灭了！而我依然无恙。现在闲谈往事，反可发泄余愤，添助欢庆呢！

我们初到宜山的一天，就碰一个大钉子：浙江大学的校车载了我一家十人及另外几个搭客及行李十余件，进东门的时候，突被警察二人拦阻，说是紧急警报中，不得入城。原来如此！怪不得城门口不见人影。司机连忙把车头掉转，向后开回数公里，在荒路边一株大树下停车。大家下车坐在泉石之间休息。时已过午，大家饥肠辘辘。幸有粽子一篮，聊可充饥。记得这时候正是清明时节。我们虽是路上行人，也照故乡习惯，裹"清明粽子"带着走。这时候老幼十人，连司机及几位搭客，都吃着粽子，坐着闲谈。日丽风和，天朗气晴。倘能忘记了在宜山"逃警报"，而当作在西湖上 picnic（野餐）看，我们这下午真是幸福！从两岁的到七十岁的，全家动员，出门游春，还邀了几位朋友参加。真是何等的豪爽之举，风雅之事！唉，人生此世，有时原只得作如是观。

粽子吃完，太阳斜斜地，似乎告诉我们可以入城了。于是大家上车，重新入城，居然进了东门。刚才下车，忽见许多人狂奔而来。惊问何事，原来又是警报！我们初到，不辨地势，只得各自分飞，跟了众人逃命。我家老弱走不动的，都就近逃出东门，往树木茂盛的地方钻。我跟人逃过了江，躲进了一个山洞内。直到天色将黑，警报方才解除。回到停车的地方，幸而行李仍在车上，没有损失，人也陆续回来，没有缺少。于是找住处，找饭店，直到更深才得安歇。据说，这一天共发三次警报。我们遇到的是第二、第三两次。又据说，东门外树木茂盛处正是车站及军事机关。如果来炸，这是大目标。我家的人都在大目标内躲警报！

我们与宜山有"警报缘"：起先在警报中初相见，后来在警报中别离；中间几乎天天逃警报，而且遇到一次轰炸。

我们起初住在城内开明书店的楼上。后来警报太多，不胜奔走之劳，就在城外里许处租到了三间小屋，家眷都迁去，我和一个小儿仍在开明楼上。有一天，正是赶集的日子，我在楼窗上闲眺路旁的地摊。

看见一个纱布摊忽然收拾起来，隔壁的地摊不问情由，模仿着他，也把货收拾起来。一传二，二传三，全街的地摊尽在收拾，说是"警报来了！"大家仓皇逃命。我被弄得莫名其妙，带着小儿下楼来想逃。刚出得门，看见街上的人都笑着。原来并无警报，只是庸人自扰而已。调查谣传的起因，原来那纱布摊因为另有缘故，中途收拾。动作急遽了些，隔壁的地摊就误认为有警报，更快地收拾，一传二，二传三，就演出这三人成虎的笑剧。但在这笑剧的后面，显然可以看出当时人民对于警报的害怕。我在这风声鹤唳、草木皆兵的空气中，觉得坐立不安，便带了小儿也回乡下的小屋里去。

这小屋小得可怜：只是每间一方丈的三间草屋。我们一家十口，买了两架双层床，方才可住。床铺兼凳椅用，食桌兼书桌用，也还便当。若不当作屋看，而当作船看，这船倒很宽敞。况且屋外还有风景：亭、台、岩石、小山、竹林。这原是一个花园，叫作龙岗园。我住的屋原是给园丁住的。岩石崎岖突兀，中有许多裂缝。裂缝便是躲警报的地方。起初，发警报时大家不走。等到发紧急警报，才走到石缝里。但每次敌机总是不来，我们每次安然地回进小屋。后来，正是南宁失守前数日，邻县都被炸了。宜山危惧起来。我们也觉得石缝的不可靠，想找更安全的避难所。但因循下去，终于没有去找。

有一天，我正想出门去找洞。天忽晴忽雨，阴阳怪气。大家说今天大约不会有警报。我也懒得去找洞了。忽然，警报钟响了。门前逃过的人形色特别仓皇。钟声也似乎特别凄凉。而且接着就发紧急警报。我拉住一个熟人问，才知道据可靠消息，今天敌机特别多，宜山有被炸的可能。我家里的人，依警报来分，可分为两派：一派是胆大的，即我的太太、岳老太太以及几个十六岁以上的青年。另一派是胆小的，即我的姐姐和两个女孩。我呢，可说无党无派，介乎其中。也可说骑墙、蝙蝠，两派都有我。因为我在酒后属于胆大派，酒前属于胆

轰炸（广州所见）

小派。这一天胆大派的仍旧躲到近旁的石缝里。我没有饮酒，就跟了胆小派走远去。

走远去并无更安全的目的地，只是和烧香拜佛者"出钱是功德"同样的信念，以为多走点路，总好一点。恰好碰到一批熟人，他们毅然地向田野间走，并且招呼我们，说石洞不远。我们得了向导，便一脚水一脚泥地前奔。奔到一处地方，果然见岩石屹立，连忙找洞。这岩石形似一个 V 字横卧在地上，可以由叉口走进尖角，但上面没有遮蔽，其实并不是洞！但时至此刻，无法他迁，死也只得死在这里了。

许多男女钻进了 V 字里。我伏在 V 字的口上。举目探望环境，我心里叫一声"啊呀"！原来这地点离大目标的车站和运动场不过数十丈，倒反不如龙岗园石缝的安全！心中正在着急，忽然听到隆隆之声，V 字里有人说："敌机来了！"于是男女老幼大家蹲下去拿石上生出来的羊齿植物遮蔽身体。我站在外口，毫无遮蔽，怎么办呢？忽见 V 字外边的石脚上，微微凹进，上面遍生羊齿植物。情急智生，我就把身体横卧在石凹之内，羊齿植物之下。

我通过羊齿植物的叶，静观天空。但见远远一群敌机正在向我飞来，隆隆之声渐渐增大。我心中想：今天不外三种结果，一是爬起来安然回家；二是炸伤了抬进医院里；三是被炸死在这石凹里。无论哪一种，我唯有准备接受。我仿佛看见一个签筒，内有三张签。其一标上 1 字，其二标上 2 字，其三标上 3 字，乱放在签筒内。而我正伸手去抽一张……

正在如此想，敌机三架已经飞到我的头顶。忽然，在空中停住了。接着，一颗黑的东西从机上降下，正当我的头顶。我不忍看了，用手掩面，听它来炸。初闻空中"嘶"的声音，既而砰然一响，地壳和岩石都震动，把我的身体微微地抛起。我觉得身体无伤。张眼偷看，但见烟气弥漫，三架敌机盘旋其上。又一颗黑的东西从一架敌机上落下，

"嘶"，又一颗从另一架上落下。两颗都在我的头顶，我用两手掩面，但听到四面都是"砰砰"之声。

一颗炸弹正好落在 V 字的中心，"砰"的一声，我们这一群男女老幼在一刹那间化为微尘——假如这样，我觉得干干脆脆的倒也痛快。但它并不如此，却用更猛烈的震动来威吓我们。这便证明炸弹愈投愈近，我们的危险性愈大。忽然我听见 V 字里面一个女声叫喊起来。继续是呜咽之声。我茫然了。幸而这时光敌机已渐渐飞远去，隆隆之声渐渐弱起来。大家抽一口气。我站起来，满身是灰尘。匍伏到 V 字口上去探看。他们看见我都惊奇，因为他们不知我躲在哪里，是否安全。我见人人无恙，便问叫声何来。原来这 V 字里面有胡蜂作窠。有一女郎碰了蜂窠，被胡蜂螫了一口，所以叫喊呜咽。

敌机投了十几个炸弹，杀人欲似已满足，便远去了。过了好久，解除警报的钟声响出，我们相率离开 V 字，眼前还是烟尘弥漫，不辨远景。蜂螫的女郎用手捧着红肿的脸，也向烟尘中回家去了。

我饱受了一顿虚惊，回到小屋里，心中的恐怖已经消逝，却充满

不知有无警报

了委屈之情。我觉得这样不行！我的生死之权决不愿被敌人操持！但有何办法呢？正在踌躇，儿女们回来报告：车站旁、运动场上、江边、公园内投了无数炸弹，死了若干人，伤了若干人。有一个女子死在树下，头已炸烂，身体还是坐着不倒。许多受伤的人呻吟叫喊，被抬赴医院去……我听了这些报道，觉得我们真是侥幸！原来敌人的炸弹不投在闹市，而故意投在郊外。他们料知这时候人民都走出闹市而躲在郊外的。那么我们的 V 字，正是他们的好目标！我们这一群人不知有何功德，而幸免于难。现在想来，这 V 字也许就是三十四（1945）年八月十日之夜出现的 V 字，最后胜利的象征。

这一晚，我不胜委屈之情。我觉得"空袭"这一种杀人办法，太无人道。"盗亦有道"，则"杀亦有道"。大家在平地上，你杀过来，我逃。我逃不脱，被你杀死。这样的杀，在杀的世界中还有道理可说，死也死得情愿。如今从上面杀来，在下面逃命，杀得稳占优势，逃得稳是吃亏。死的事体还在其次，这种人道上的不平和感情上的委屈，实在非人所能忍受！我一定要想个办法，使空中杀人者对我无可奈何，使我不再受此种委屈。

次日，我有办法了。吃过早饭，约了家里几个同志，携带着书物及点心，自动入山，走到四里外的九龙岩，坐在那大岩洞口读书。

逍遥一天，傍晚回家。我根本不知道有无警报了。这样的生活，继续月余，我果然不再受那种委屈。城里亦不再轰炸。但在不久之后，传来南宁失守的消息。我又只得带了委屈之情，而走上逃难之路。

卅五年（1946）五月十六日于沙坪 [①]

[①]　应为：廿八（1939）年七月二十一日于宜山。作者于 1946 年再度发表此文时误署。

狂欢之夜

　　处处响着爆竹声。我挤向一家卖炮竹的铺子，好容易挤到了铺子门口。我摸出钞票来，预备买两串爆竹。那铺子里的四川老板正在手忙脚乱地关店门，几乎把我推出门外。我连喊"买鞭炮，买鞭炮"，把手中的钞票高举送上。老板娘急忙收了钞票，也不点数，就从架上随便取了两包爆竹递给我，他们的门就关上了。我恍然想到：前几天报上登着，美国人预料胜利将至，狂欢之夜，店铺难免损失，所以酒巴、咖啡店等，已在及早防备。我们这四川老板急忙关门，便是要避免这种"欢喜的损失"。那老板娘嘴里咕噜咕噜，表示他们已经为这最后胜利的庆祝会尽过义务了。

　　挤得倦了，欢呼得声嘶力竭了，我拿着炮竹，转入小弄，带着兴奋，缓步回家。路上遇到许多邻人，他们也是欢乐得疲倦了，这才离开这疯狂的群众的。"丰先生，我们来讨酒吃了！"后面有几个人向我喊。这都是我们的邻人，他们与我，平日相见时非常客气。我们的交情的深度，距离"讨酒吃"还很远，若在平时，他们向我说这句话，实在唐突。但在这晚上，"唐突"两字已从中国词典里删去，无所谓唐突，只觉得亲热了。我热诚地招呼他们来吃酒。我回到家里到主母房里搜寻一下，发见两瓶茅台酒。这是贵州的来客带送我的，据说是真茅台酒，不易多得的，我藏久矣，今日不吃，更待何时？我把酒拿到院子里，许多邻人早已坐着笑谈；许多小孩正在燃放爆竹。不知谁买来的一大包蛋糕，就算是酒肴。不待主人劝酒大家自斟自饮。平日不吃酒的人，也豪爽地举杯。一个青年端着一杯酒，去敬坐在篱角里小凳上吃烟的老姜。这本地产的男工，素来难得开口，脸上从无笑容。这晚上他照旧默默地坐在篱角里的小凳上吃他的烟，"胜利"这件事在他似乎木知木觉。那个青年，不知是谁，我竟记不起了，他大约是闹得不够味，或者是怪那工人不参加狂欢，也许是敬慕他的宠辱不惊的修养功夫，恭敬地站在他面前，替他奉觞上寿。口里说："老姜，恭喜恭喜！"那工人被他弄得莫名其妙，站起身来，从来不曾笑过的脸上，居然露出笑容来。他接了酒杯，一口饮尽。大家拍手欢呼。老姜瞠目四顾表示狼狈，口里说："啥子吗？"照这样子看来，他的确是不知"胜利"的！他对于街上的狂欢、眼前的热闹，大约看作四川各地新年闹龙灯一样，每年照例一次，不足为奇，他也向不参加。他全不知道这是千载一遇的盛会！他全不知道这种欢乐与光荣在他是有份的！当时大家笑他，我却敬佩他的"不动心"，有"至人"风。到现在，胜利后一年多，我回想起他，觉得更可敬佩；他也许是个无名的大预言家，早知胜利以后民生非但不得幸福，反而要比战时更苦。所以他认为不值得参加这晚上的狂欢。他瞠目四顾，冷静地说："啥子吗？"恐怕其意思就是说："你们高兴啥子？胜利就是糟糕！苦痛就在后面！"幸而当晚他肯赏光，居然笑嘻嘻地接受了我们这青年所敬他的一杯茅台酒，总算维持了我们这一夜狂欢的场面。

　　酒醉之后，被街上的狂欢声所诱，我又跟了青年们去看热闹。带了满身欢乐的疲劳而返家的时候，已是后半夜两点钟了。就寝之后，我思如潮涌，不能成眠。我想起了复员东归的事，想起了八年前被毁的缘缘堂，想起了八年前仓皇出走的情景，想起了八年来生离死别的亲友，想起了一群汉奸的下场，想起了惨败的日本的命运，想起了奇迹地胜利了的中国的前途……无端地悲从中来。这大约就是古人所谓"欢乐极兮哀情多"，或许就是心理学家所谓"胜利的悲哀"。不知不觉之间，东方已经泛白。我差不多没有睡觉，一早起来，欢迎千古未有的光明的白日。

卅五年（1946）复员途中作

谢谢重庆

胜利前一年，民国三十三（1944）年的中秋，我住在重庆沙坪坝的"抗建式"小屋内。当夜月明如昼，我家十人团聚。我庆喜之余，饮酒大醉，没有赏月就酣睡了。次晨醒来，在枕上填一曲打油词。其词曰：

贺新凉

七载飘零久。喜中秋巴山客里，全家聚首。去日孩童皆长大，添得娇儿一口。都会得奉觞进酒。今夜月明人尽望，但团圆骨肉几家有？天于我，相当厚。

故园焦土蹂躏后。幸联军痛饮黄龙，快到时候。来日盟机千万架，扫荡中原暴寇。便还我河山依旧。漫卷诗书归去也，问群儿恋此山城否？言未毕，齐摇手。

重庆凯旋路

我向不填词，这首打油词，全是偶然游戏，况且后半夸口狂言，火气十足，也不过是"抗战八股"之一种而已，本来不值得提及。岂知第二年的中秋，我国果然胜利。我这夸口狂言竟成了预言。我高兴得很，三十四年八月十日后数天内，用宣纸写这首词，写了不少张，分送亲友，为胜利助喜。自己留下一张，贴在室内壁上，天天观赏。

起初看看壁上的词，读读后面一段，觉得心情痛快。后来越读越不快了。过了几个月，我把这张字条撕去，不要再看了！为什么原故呢？因为最后几句，与事实渐渐发生冲突，使我读了觉得难以为情。

最后几句是："漫卷诗书归去也，问群儿恋此山城否？言未毕，齐摇手。"岂知胜利后数月内，那些"劫收"的丑恶、物价的飞涨、交通的困难以及内战的消息，把胜利的欢喜消除殆尽。我不卷诗书，无法归去，而群儿都说："还是重庆好。"在这情况之下，我重读那几句词句，觉得无以为颜。我只得苦笑着说，我填错了词，应该说："言未毕，齐点首。"

做人倘全为实利打算，我是最应该不复员而长做重庆人的。因为一者，我的故乡石门湾，二十六年（1937）冬天就被敌人的炮火改成一片焦土。我的缘缘堂以及其他几间老屋和市房，全部不存，我已无家可归。而在重庆的沙坪坝，倒有自建的几间"抗建式"小屋，可蔽风雨。二者，我因为身体不好，没有担任公教职员，多年来闲居在重庆沙坪坝的小屋里卖画为生，没有职业的牵累，全无急急复员的必要。我在重庆，在上海，一样地是一个闲人。何必钻进忙人里去赶热闹呢？三者，我的子女当时已有三个人成长，都在重庆当公教人员。他们没有家室，又不要担负父母的生活，所得报酬，尽可买书买物，从容自给。况且四川当局曾有布告，欢迎下江教师留渝，报酬特别优厚。为他们计，也何必辛苦地回到"人浮于事"的下江去另找饭碗呢？——从上述这三点打算，我家是最不应该复员而最应该长做重庆人的。

不知道一种什么力，终于使我厌弃重庆，而心向杭州。不知道一种什么心理，使我决然地舍弃了沙坪坝的衽席之安，而走上东归的崎岖之路。明知道今后衣食住行，要受一切的困苦，明知道此次复员，等于再逃一次难；然而大家情愿受苦，情愿逃难，拼命要回杭州。这是什么原故？自己也不知道。想来想去，大约是"做人不能全为实利打算"的原故吧。全为实利打算，换言之，就是只要便宜。充其极端，做人全无感情，全无意气，全无趣味，而人就变成枯燥、死板、冷酷、无情的一种动物。这就不是"生活"，而仅是一种"生存"了。古人有警句云："不为无益之事，何以遣有涯之生？"（清项忆云语）这句话看似翻案好奇，却含有人生的至理。无益之事，就是不为利害打算的事，就是由感情、意气、趣味的要求而做的事。我的去重庆而返杭州，正是感情、意气、趣味的要求，正是所谓"无益之事"。我幸有这一类的事，才能排遣我这"有涯之生"。

"漫卷诗书归去也，问群儿恋此山城否？言未毕，齐摇手。"其实并非厌恶这山城，只是感情、意气、趣味所发生的豪语而已。凡人都爱故乡。外国语有 nostalgia 一语，译曰"怀乡病"。中国古代诗文中，此病尤为流行。"去国怀乡"，自古叹为不幸。今后世界交通便捷，人的生活流动，"乡"的一个观念势必逐渐淡薄，而终至于消灭，到处为家，根本无所谓"故乡"。然而我们的血管里，还保留着不少"怀乡病"的细菌。故客居他乡，往往要发牢骚，无病呻吟。尤其是像我这样，被敌人的炮火所逼，放逐到重庆来的人，发点牢骚，正是有病呻吟。岂料呻吟之后，病居然好了，十年不得归去的故乡，居然有一天可以让我归去了！因此上，不管故园已成焦土，不管交通如何困难，不管下江生活如何昂贵，我一定要辞别重庆，遣返江南。

重庆的临去秋波，非常可爱！那正是清和的四月，我卖脱了沙坪坝的小屋，迁居到城里凯旋路来等候归舟。凯旋路这名词已够好了，何况这房子站在山坡上，开窗俯瞰嘉陵江，对岸遥望海棠溪。水光山色，悦目赏心。晴朗的重庆，不复有警报的哭声，但闻"炒米糖开水""盐茶鸡蛋"的节奏的叫唱。这真是一个可留恋的地方。可惜如马一浮先生赠诗所说："清和四月巴山路，定有行人忆六桥。"我苦忆六桥，不得不离开这清和四月的巴山而回到杭州去。临别满怀感谢之情！数年来全靠这山城的庇护，使我免于披发左衽。谢谢重庆！

一九四七年元旦脱稿

胜利还乡记

避寇西窜，流亡十年，终于有一天，我的脚重新踏到了上海的土地。我从京沪火车上跨到月台上的时候，第一脚特别踏得重些，好比同它握手。北站除了电车轨道照旧之外，其余的都已不可复识了。

我率眷投奔朋友家。预先函洽的一个楼面，空着等我们去息足。息了几天，我们就搭沪杭火车，在长安站下车，坐小舟到石门湾去探望故里。

我的故乡石门湾，位在运河旁边。运河北通嘉兴，南达杭州，在这里打一个弯，因此地名石门湾。石门湾属于石门县（即崇德县），其繁盛却在县城之上。抗战前，这地方船舶麋集，商贾辐辏。每日上午，你如果想通过最热闹的寺弄，必须与人摩肩接踵，又难免被人踏脱鞋子。因此石门湾有一句专用的俗语，形容拥挤，叫作"同寺弄里一样"。

当我的小舟停泊到石门湾南皋桥塭的埠头上的时候，我举头一望，疑心是弄错了地方。因为这全非石门湾，竟是另一地方。只除运河的湾没有变直，其他一切都改样了。这是我呱呱坠地的地方。但我十年归来，第一脚踏上故乡的土地的时候，感觉并不比上海亲切。因为十年以来，它不断地装着旧时的姿态而入我的客梦；而如今我所踏到的，并不是客梦中所惯见的故乡！

　　我沿着运河走向寺弄。沿路都是草棚、废墟以及许多不相识的人。他们都用惊奇的眼光对我看，我觉得自己好像伊尔文 Sketch Book 中的 Rip Van Winkle①。我感情兴奋，旁若无人地与家人谈话："这里就是杨家米店。""这里大约是殷家弄了！""喏喏喏，那石埠头还存在！"旁边不相识的人，看见我们这一群陌生客操着道地的石门湾土白谈话，更显得惊奇起来。其中有几位父老，向我们注视了一会，和旁人切切私语，于是注目我们的更多，我从耳朵背后隐约听见低低的话声："丰子恺。""丰子恺回来了。"但我走到了寺弄口，竟无一个认识的人。因为这些人在十年前大都是孩子或少年，现在都已变成成人，代替了他们的父亲。我若要认识他们，只有问他的父亲叫什么了。"儿童相见不相识，笑问客从何处来"，这两句诗从前是读读而已，想不到自己会做诗中的主角！

　　"石门湾的南京路"②的寺弄，也尽是草棚。"石门湾的市中心"的接待寺，已经全部不见。只凭寺前的几块石板，可以追忆昔日的繁荣。在寺前，忽然有人招呼我。一看，一位白须老翁，我认识是张兰墀。他是当地一大米店的老主人，在我的缘缘堂建筑之先，他也造一所房子。如今米店早已化为乌有，房子侥幸没有被烧掉。他老人家抗战至今，十年来并未离开故乡，只是在附近东躲西避，苟全性命。石

---

① 《Rip Van Winkle》（《瑞普·凡·温克尔》）是美国作家华盛顿·欧文的《见闻杂记》中的篇名，亦即该篇中的主人公名。
② 南京路是上海最热闹的一条路，这里是借喻。

1975年，丰子恺与家乡石门镇乡亲合影

门湾是游击区，房屋十分之八九变成焦土，住民大半流离死亡。像这老人，能保留一所劫余的房屋和一掬健康的白胡须，而与我重相见面，实在难得之至，这可说是战后的石门湾的骄子了。这石门湾的骄子定要拉我去吃夜饭，我尚未凭吊缘缘堂废墟，约他次日再见。

从寺弄转进下西弄，也尽是茅屋或废墟，但凭方向与距离，走到了我家染纺店旁的木场桥。这原来是石桥。我生长在桥边，每块石板的形状和色彩我都熟悉。但如今已变成平平的木桥，上有木栏，好像公路上的小桥。桥堍一片荒草地，染坊店与缘缘堂不知去向了。根据河边石岸上一块突出的石头，我确定了染坊店墙界。这石岸上原来筑着晒布用的很高的木架子。染坊司务站在这块突出的石头上，用长竹竿把蓝布挑到架上去晒的。我做儿童时，这块石头被我们儿童视为危险地带。只有隔壁豆腐店里的王囡囡，身体好，胆量大，敢站到这石头上，而且做个"金鸡独立"。我是不敢站上去的。有一次我央另一个人拉住了手，上去站了一会，下临河水，胆战心惊。终被店里的人看见，叫我回来，并且告诉母亲，母亲警戒我以后不准再站。如今百事皆非，而这块石头依然如故。这一带地方的盛衰沧桑、染坊店、缘缘堂的兴废，以及我童年时的事，这块石头一一亲眼看到，详细知道。我很想请它讲一点给我听。但它默默不语，管自突出在石岸上。只有一排墙脚石，肯指示我缘缘堂所在之处。我由墙脚石按距离推测，在荒草地上约略认定了我的书斋的地址。一株野生树木，立在我的书桌的地方，比我的身体高到一倍。许多荆棘，生在书斋的窗的地方。这里曾有十扇长窗、四十块玻璃。石门湾沦陷前几日，日本兵在金山卫登陆，用两架飞机来炸十八里外的石门县，这十扇玻璃窗都震怒，发出愤怒的叫声。接着就来炸石门湾，一个炸弹落在书斋窗外五丈的地方，这些窗曾大声咆哮。我躲在窗内，幸免于难。这些回忆，在这时候一一浮出脑际。我再请墙脚石引导，探寻我们的灶间的地址。约略找到了，但见一片荒地，草长过膝。抗战后一年，民国二十七年（1938），我在桂林得到我的老姑母的信，说缘缘堂虽毁，烟囱还是屹立，这是"烟火不断"之象。老人对后辈的慰藉与祝福，使我诚心感动。如今烟囱已不知去向，而我家的烟火的确不断。我带了六个孩子（二男四女）逃出去，带回来时变了六个成人，又添了一个八岁的抗战儿子。倘使缘缘堂存在，它当日放出六个小的，今朝收进六个大的，又加一个小的作利息，这笔生意着实不错！它应该大开正门，欢迎我们这一群人的归来。可惜它和老姑母一样作古，如今只剩一片蔓草荒烟，只能招待我们站立片时而已！大儿华瞻，想找一点缘缘堂的遗物，带到北平去作纪念。寻来寻去，只有蔓草荒烟，遗物了不可得。后来用器物发掘草地，在尺来深的地方，掘得了一块焦木头。依地点推测，大约是门槛或堂窗的遗骸。他髫龄的时候，曾同它们共数晨夕。如今他收拾它们的残骸，藏在火柴匣里，带它们到北平去，也算是不忘旧交，对得起故人了。这一晚我们到一个同族人家去投宿。他们买了无量的酒来慰劳我，我痛饮数十钟，酣然入睡，梦也不做一个。次日就离开这销魂的地方，到杭州去觅我的新巢了。

一九四七年五月十日于杭州作

寓居杭州时

作父亲

楼窗下的弄里远地传来一片声音："咿哟，咿哟……"渐近渐响起来。

一个孩子从算草簿中抬起头来，张大眼睛倾听一会，"小鸡！小鸡！"叫了起来。四个孩子同时放弃手中的笔，飞奔下楼，好像路上的一群麻雀听见了行人的脚步声而飞去一般。

我刚才扶起他们所带倒的凳子，拾起桌子上滚下去的铅笔，听见大门口一片呐喊："买小鸡！买小鸡！"其中又混着哭声。连忙下楼一看，原来元草因为落伍而狂奔，在庭中跌了一跤，跌痛了膝盖骨不能再跑，恐怕小鸡被哥哥、姐姐们买完了轮不着他，所以激烈地哭着。我扶了他走出大门口，看见一群孩子正向一个挑着一担"咿哟，咿哟"的人招呼，欢迎他走近来。元草立刻离开我，上前去加入团体，且跳且喊："买小鸡！买小鸡！"泪珠跟了他的一跳一跳而从脸上滴到地上。

孩子们见我出来，大家回转身来包围了我。"买小鸡！买小鸡！"

224

的喊声由命令的语气变成了请愿的语气，喊得比前更响了。他们仿佛想把这些音蓄入我的身体中，希望它们由我的口上开出来。独有元草直接拉住了担子的绳而狂喊。

我全无养小鸡的兴趣；而且想起了以后的种种麻烦，觉得可怕。但乡居寂寥，绝对屏除外来的诱惑而强迫一群孩子在看惯的几间屋子里隐居这一个星期日，似也有些残忍。且让这个"咿哟，咿哟"来打破门庭的岑寂，当作长闲的春昼的一种点缀吧。我就招呼挑担的，叫他把小鸡给我们看看。

他停下担子，揭开前面的一笼。"咿哟，咿哟"的声音忽然放大。但见一个细网的下面，蠕动着无数可爱的小鸡，好像许多活的雪球。五六个孩子蹲集在笼子的四周，一齐倾情地叫着"好来！好来！"一瞬间我的心也屏绝了思虑而没入在这些小动物的姿态的美中，体会了孩子们对小鸡的热爱的心情。许多小手伸入笼中，竞指一只纯白的小鸡，有的几乎要隔网捉住它。挑担的忙把盖子无情地冒上，许多"咿哟，咿哟"的雪球和一群"好来，好来"的孩子就变成了咫尺天涯。孩子们怅望笼子的盖，依附在我的身边，有的伸手摸我的袋。我就向挑担的人说话：

"小鸡卖几钱一只？"

"一块洋钱四只。"

"这样小的，要卖二角半钱一只？可以便宜些否？"

"便宜勿得，二角半钱最少了。"

他说过，挑起担子就走。大的孩子脉脉含情地目送他，小的孩子拉住了我的衣襟而连叫："要买！要买！"挑担的越走得快，他们喊得越响。我摇手止住孩子们的喊声，再向挑担的问：

"一角半钱一只卖不卖？给你六角钱买四只吧！"

"没有还价！"

兼母之父

他并不停步，但略微旋转头来说了这一句话，就赶紧向前面跑。"伊哟，咿哟"的声音渐渐地远起来了。

元草的喊声就变成哭声。大的孩子锁着眉头不绝地探望挑担者的背影，又注视我的脸色。我用手掩住了元草的口，再向挑担人远远地招呼：

"二角大洋一只，卖了吧！"

"没有还价！"

他说过便昂然地向前进行，悠长地叫出一声"卖——小——鸡——！"其背影便在弄口的转角上消失了。我这里只留着一个嚎啕大哭的孩子。

对门的大嫂子曾经从矮门上探头出来看过小鸡，这时候就拿着针线走出来，倚在门上，笑着劝慰哭的孩子，她说：

"不要哭！等一会儿还有担子挑来，我来叫你呢！"她又笑着向我说：

"这个卖小鸡的想做好生意。他看见小孩子哭着要买，越是不肯让价了。昨天坍墙圈里买的一角洋钱一只，比刚才的还大一半呢！"

我同她略谈了几句，硬拉了哭着的孩子回进门来。别的孩子也懒洋洋地跟了进来。我原想为长闲的春昼找些点缀而走出门口来的，不料讨个没趣，扶了一个哭着的孩子而回进来。庭中柳树正在骀荡的春光中摇曳柔条，堂前的燕子正在安稳的新巢上低徊软语。我们这个刁巧的挑担者和痛哭的孩子，在这一片和平美丽的春景中很不调和啊！

关上大门，我一面为元草揩拭眼泪，一面对孩子们说：

"你们大家说'好来，好来'，'要买，要买'，那人就不肯让价了！"

小的孩子听不懂我的话，继续抽噎着；大的孩子听了我的话若有所思。我继续抚慰他们：

"我们等一会再来买吧，隔壁大妈会喊我们的。但你们下次……"

我不说下去了。因为下面的话是"看见好的嘴上不可说好，想要的嘴上不可说要"。倘再进一步，就变成"看见好的嘴上应该说不好，想要的嘴上应该说不要"了。在这一片天真烂漫光明正大的春景中，向哪里容藏这样教导孩子的一个父亲呢？

廿二年（1933）五月二十日

儿　戏

　　楼下忽然起了一片孩子们暴动的声音。他们的娘高声喊着："两只雄鸡又在斗了，爸爸快来劝解！"我不及放下手中的报纸，连忙跑下楼来。

　　原来是两个男孩在打架：六岁的元草要夺九岁的华瞻的木片头，华瞻不给，元草哭着用手打他的胸；华瞻也哭着，双手擎起木片头，用脚踢元草的腿。

　　我放下报纸，把身体插入两孩子的中间，用两臂分别抱住了两孩子，对他们说："不许打！为的啥事体？大家讲！"元草竭力想摆脱我的臂而向对方进攻，一面带哭带嚷地说道："他不肯给我木片头！他不肯给我木片头！"似乎这就是他打人的正当的理由。华瞻究竟比他大了三岁，最初静伏在我的臂弯里，表示不抵抗而听我调解，后来吃着口声辩："这些木片头原是我的！他要夺，我不给，他就打我！"元草用哭声接着说："他踢我！"华瞻改用直接交涉，对着他说："你先打！"在旁作壁上观的宝姐姐发表意见："轻句还重句，先打吭道

229

理！”背后另一人又发表一种舆论："君子开口，小人动手！"我未及下评判，元草已猛力退出我的手臂，突然向对方袭击。他们的娘看我排解无效，赶过来将元草擒去，抱在怀里，用甘言骗住他。我也把华瞻抱在怀里，用话抚慰他。两孩子分别占据了两亲的怀里，暴动方始告终。这时候"五香……豆腐干"的叫声在后门外亲切地响着，把脸上挂着眼泪的两孩子一齐从我们的怀里叫了出去。我拿了报纸重回楼上去的时候，已听到他们复交后的笑谈声了。

但我到了楼上，并不继续看报。因为我看刚才的事件，觉得比看报上的国际纷争直截明了得多。我想：世间人与人的对待，小的是个人对个人，大的是团体对团体。个人对待中最小的是小孩对小孩，团体对待中最大的是国家对国家。在文明的世间，除了最小的和最大的两极端而外，人对人的交涉，总是用口的说话来讲理，而不用身体的武力来相打的。例如要掠夺，也必用巧妙的手段；要侵占，也必立巧妙的名义：所谓"攻击"也只是辩论，所谓"打倒"也只是叫喊。故人对人虽怀怨害之心，相见还是点头握手，敷衍应酬。虽然也有用武力的人，但"君子开口，小人动手"，开化的世间是不通行用武力的。其中唯有最小的和最大的两极端不然：小孩对小孩的交涉，可以不讲理，而通行用武力来相打；国家对国家的交涉，也可以不讲理，而通行用武力来战争。战争就是大规模的相打。可知凡物相反对的两极端相通似，或相等。国际的事如儿戏，或等于儿戏。

一九三二年①

---

① 　本文篇末原未署日期。这里所署的日期是建国后作者自编的《缘缘堂随笔》（人民文学出版社 1957 年 11 月初版）中篇末所署。但在编者保存的《随笔二十篇》一书中，此文的末尾作者自己用毛笔填上的写作时间为廿二年（1933）。

花生米不满足

子愷

花生米不满足

旧地①重游

    旧地重游，以前所惯识的各种景物争把过去的事情告诉我，使我耳目不暇应接，心情不胜感慨。我素不喜重游旧居之地，便是为此。但到了不得已的时候，也只得硬着头皮，带着赴难似的心情去重游。前天又为了不得已之故，重到旧地。诗人在这当儿一定可以吟几句。我也想学学看，但觉心绪缭乱，气结不能言，遑论做诗？只是那迎人的柳树使我忆起了从前在不知什么书上读过的一首古人诗："此地曾居住，今年宛如归。可怜汾上柳，相见也依依。"

    这二十个字在我心中通过，心绪似被整理，气也通畅得多了。

    次日上午，朋友领我到了旧时所惯到的茶楼上，坐在旧时所惯坐的藤椅里，便有旧时惯见的茶伙计的红肿似的手臂，拿了旧时所惯用的茶具来，给我们倒茶。这里是楼上的内室。室中只设五桌座位，他们称之为"雅座"。茶钱比他处贵，外室和楼上每壶十一个铜元，这

---

① 旧地，指嘉兴。

里要十六个铜元。因这原故，雅座常很清静。外室和楼下充满了紫铜色的脸、翡翠色的脸和愤恨不平的话声时，你只要走上扶梯，钻进一个环门，就有闲静的明窗净几。有时空无一人，专等你来享用；有时窗下墙角疏朗朗地点缀着几个小白脸、金牙齿或仁丹须，静静地在那里咬瓜子或者摆腿。这好比超过了红尘而登入仙境。五个铜板的法力大矣哉。以前我住在此地的时候，每次到这茶楼，未尝不这样赞叹。这回久别重到，适值外室和楼下极闹而雅座为我们独占，便见脸盆大的五个铜板出现在我的眼前了。我们替茶店打算，这里虽然茶钱贵了五个铜板，但是比较起外面来，座位疏、设备贵、顾客少。照外面的密接的布置，这块地方有十桌可摆，这里只摆五桌。外面用圆凳，这里用藤椅子。外面座客常满，这里空的时候多。三路的损失决不止五个铜板。这雅座显然是蚀本生意。这样想来，我们和小白脸、金牙齿、仁丹须的清福，全是那紫铜色的脸、翡翠色的脸和愤恨不平的话声所惠赐的。

我注视桌面，温习那旧时所看熟的木纹的模样。那红肿似的手臂又提了茶罐出现在我的眼前。手臂上面有一张笑口正在对我说话。

"老先生，长久不到了。近来出门？"

"嘿嘿，长久不到了，我已经搬走，今天是来做客的。"

"啊，搬走了！怪不得老客人长久不到了。"

"这房间都是老客人吗？"

"嗳，总是这几位先生。难得有生客。"

"我看这里空的时候多，你们怎么开销？"

"嗳，生意是全靠外面的，不过长衫班的先生请过来，这里座位清爽些。哈哈！"

他一面笑，一面把雪白的热手巾分送给我们，并加说明：

"这毛巾都是新的，旧的都放在外面用。"

啊，他还记忆着我旧时的习惯。我以前不欢喜和别人共用毛巾。这习惯的由来，最初是一种特殊的癖，后来是怕染别人的病，又后来是因为自己患沙眼，怕把这"亡国之病"传给别人。所以出门的时候，严格地拒绝热手巾。这茶伙计的热手巾也曾被我拒绝过。我不到这茶楼已将两年了，他还记忆着我的习惯。在这点上他可说是我的知己。其实，近来我这习惯已经移改，因为我觉得严防传染病近于迷信，又觉得严防"亡国之病"未必可以保国，这特殊的癖就渐渐消除。况且我这知己用了这般殷勤体贴的态度而把雪白的热手巾送到我手里，却之不恭。我便欣然地接受而享用了。雪白、火热的一团花露水香气扑上我的面孔，颇觉快适。但回味他的说话，心中又起一种不快之感，

人散后，一钩新月天如水

这些清静的座位、雪白的毛巾，原来是茶店老板特备给当地的绅士先生们享用的。像我，一个过路的旅客，不过穿件长衫，今天也来掠夺他们的特权，而使外面的人们用我所用旧的毛巾，实在不应该；同时我也不愿意。但这茶伙计已经知道我是过路的客人。他只为了过去的旧谊而浪费这种殷勤，我对于他这点纯洁的人情是应该恭敬地领谢的。

我送还他毛巾的时候说了一声"谢谢你"，但这三个字在这环境之下用得很不适当。那人惊异地向我一看，然后提了茶罐和毛巾走出栅门去。他的背影的姿态突然使我回复了两年前的心情。似觉这两年间的生活是做一个梦，并未过去。

归家的火车十二点钟开。我在十一点半辞别了我的朋友而先下茶楼。走过通达我的旧寓的小路口，望见里面几株杨柳正在向我点头，似乎在告诉我："一架图书和一群孩子在这柳阴深处的老屋里等你归去呢！"我的脚几乎顺顺地跨进了小路，终于踏上马路向车站这方面去了。

廿二年（1933）五月七日 [1]

---

[1] 在建国后作者自编的《缘缘堂随笔》（人民文学出版社 1957 年 11 月初版）中，将本篇写作时间误署为：1934 年春。

送阿宝出黄金时代

阿宝，我和你在世间相聚，至今已十四年了，在这五千多天内，我们差不多天天在一处，难得有分别的日子。我看着你呱呱堕地，嘤嘤学语，看你由吃奶改为吃饭，由匍匐学成跨步。你的变态微微地逐渐地展进，没有痕迹，使我全然不知不觉，以为你始终是我家的一个孩子，始终是我们这家庭里的一种点缀，始终可做我和你母亲的生活的慰安者。然而近年来，你态度行为的变化，渐渐证明其不然。你已在我们的不知不觉之间长成了一个少女，快将变为成人了。古人谓："父母之年不可不知也，一则以喜，一则以惧。"我现在反行了古人的话，在送你出黄金时代的时候，也觉得悲喜交集。

所喜者，近年来你的态度行为的变化，都是你将由孩子变成成人的表示。我的辛苦和你母亲的劬劳似乎有了成绩，私心庆慰。所悲者，你的黄金时代快要度尽，现实渐渐暴露，你将停止你的美丽的梦，而开始生活的奋斗了，我们仿佛丧失了一个从小依傍在身边的孩子，而另得了一个新交的知友。"乐莫乐于新相知"；然而旧日天真烂漫的

初步

阿宝，从此永远不得再见了！

　　记得去春有一天，我拉了你的手在路上走。落花的风把一阵柳絮吹在你的头发上、脸孔上和嘴唇上，使你好像冒了雪，生了白胡须。我笑着搂住了你的肩，用手帕为你拂拭。你也笑着，仰起了头依在我的身旁。这在我们原是极寻常的事：以前每天你吃过饭，是我同你洗脸的。然而路上的人向我们注视，对我们窃笑，其意思仿佛在说："这样大的姑娘儿，还在路上教父亲搂住了拭脸孔！"我忽然看见你的身体似乎高大了，完全发育了，已由中性似的孩子变成十足的女性了。我忽然觉得，我与你之间似乎筑起一堵很高、很坚、很厚的无影的墙。你在我的怀抱中长起来，在我的提携中大起来；但从今以后，我和你将永远分居于两个世界了。一刹那间我心中感到深痛的悲哀。我怪怨你何不永远做一个孩子而定要长大起来，我怪怨人类中何必有男女之分。然而怪怨之后立刻破悲为笑。恍悟这不是当然的事、可喜的事么？

　　记得有一天，我从上海回来。你们兄弟姊妹照例拥在我身旁，等候我从提箱中取出"好东西"来分。我欣然地取出一束巧格力来，分给你们每人一包。你的弟妹们到手了这五色金银的巧格力，照例欢喜得大闹一场，雀跃地拿去尝新了。你受持了这赠品也表示欢喜，跟着弟妹们去了。然而过了几天，我偶然在楼窗中望下来，看见花台旁边，你拿着一包新开的巧格力，正在分给弟妹三人。他们各自争多嫌少，你忙着为他们均分。在一块缺角的巧格力上添了一张五色金银的包纸派给小妹妹了，方才三面公平。他们欢喜地吃糖了，你也欢喜地看他们吃。这使我觉得惊奇。吃巧格力，向来是我家儿童们的一大乐事。因为乡村里只有箬叶包的糖塌饼、草纸包的状元糕，没有这种五色金银的糖果；只有甜煞的粽子糖，咸煞的盐青果，没有这种异香异味的糖果。所以我每次到上海，一定要买些回来分给儿童，借添家庭的乐趣。儿童们切望我回家的目的，大半就在这"好东西"上。你向来也是这

"好东西"的切望者之一人。你曾经和弟妹们赌赛谁是最后吃完；你曾经把五色金银的锡纸积受起来制成华丽的手工品，使弟妹们艳羡。这回你怎么一想，肯把自己的一包藏起来，如数分给弟妹们吃呢？我看你为他们分均匀了之后表示非常的欢喜，同从前赌得了最后吃完时一样，不觉倚在楼上独笑起来。因为我忆起了你小时候的事：十来年之前，你是我家里的一个捣乱分子，每天为了要求的不满足而哭几场，挨母亲打几顿。你吃蛋只要吃蛋黄，不要吃蛋白，母亲偶然夹一筷蛋白在你的饭碗里，你便把饭粒和蛋白乱拨在桌子上，同时大喊："要黄！要黄！"你以为凡物较好者就叫作"黄"。所以有一次你要小椅子玩耍，母亲搬一个小凳子给你，你也大喊："要黄！要黄！"你要长竹竿玩，母亲拿一根"史的克"①给你，你也大喊："要黄！要黄！"你看不起那时候还只一二岁而不会活动的软软。吃东西时，把不好吃的东西留着给软软吃；讲故事时，把不幸的角色派给软软当。向母亲有所要求而不得允许的时候，你就高声地问："当错软软么？当错软软么？"你的意思以为：软软这个人要不得，其要求可以不允许；而阿宝是一个重要不过的人，其要求岂有不允许之理？今所以不允许者，大概是当错了软软的原故。所以每次高声地提醒你母亲，务要她证明阿宝正身，允许一切要求而后已。这个一味"要黄"而专门欺侮弱小的捣乱分子，今天在那里牺牲自己的幸福来增殖弟妹们的幸福，使我看了觉得可笑，又觉得可悲。你往日的一切雄心和梦想已经宣告失败，开始在遏制自己的要求，忍耐自己的欲望，而谋他人的幸福了；你已将走出唯我独尊的黄金时代，开始在尝人类之爱的辛味了。

记得去年有一天，我为了必要的事，将离家远行。在以前，每逢

---

① 史的克，英文 stick 的音译，意即手杖。

我出门了，你们一定不高兴，要阻住我，或者约我早归。在更早的以前，我出门须得瞒过你们。你弟弟后来寻我不着，须得哭几场。我回来了，倘预知时期，你们常到门口或半路上来迎候。我所描的那幅题曰《爸爸还不来》的画，便是以你和你的弟弟的等我归家为题材的。因为我在过去的十来年中，以你们为我的生活慰安者，天天晚上和你们谈故事、做游戏、吃东西，使你们都觉得家庭生活的温暖，少不来一个爸爸，所以不肯放我离家。去年这一天我要出门了，你的弟妹们照旧为我惜别，约我早归。我以为你也如此，正在约你何时回家和买些什么东西来，不意你却劝我早去，又劝我迟归，说你有种种玩意可以骗住弟妹们的阻止和盼待。原来你已在我和你母亲谈话中闻知了我此行有早去迟归的必要，决意为我分担生活的辛苦了。我此行感觉轻快，但又感觉悲哀。因为我家将少却了一个黄金时代的幸福儿。

以上原都是过去的事，但是常常切在我的心头，使我不能忘却。现在，你已做中学生，不久就要完全脱离黄金时代而走向成人的世间去了。我觉得你此行比出嫁更重大。古人送女儿出嫁诗云："幼为长所育，两别泣不休。对此结中肠，义往难复留。"你出黄金时代的"义往"，实比出嫁更"难复留"，我对此安得不"结中肠"？所以现在追述我的所感，写这篇文章来送你。你此后的去处，就是我这册画集里所描写的世间。我对于你此行很不放心。因为这好比把你从慈爱的父母身旁遣嫁到恶姑的家里去，正如前诗中说："自小闺内训，事姑贻我忧。"事姑取甚样的态度，我难于代你决定。但希望你努力自爱，勿贻我忧而已。

约十年前，我曾作一册描写你们的黄金时代的画集（《子恺画集》）。其序文（《给我的孩子们》）中曾经有这样的话："我的孩子们！我憧憬于你们的生活，每天不止一次！我想委曲地说出来，使你们自己晓得。可惜到你们懂得我的话的时候，你们将不复是可以使我憧憬的人了。这是何等可悲哀的事啊！""但是你们的黄金时代有限，现实终于要暴露的。这是我经验过来的情形，也是大人们谁也经验过来的情形。我眼看见儿时伴侣中的英雄、好汉，一个个退缩、顺从、妥协、屈服起来，到像绵羊的地步。我自己也是如此。'后之视今，亦犹今之视昔'，你们不久也要走这条路呢！"写这些话时的情景还历历在目，而现在你果然已经"懂得我的话"了！果然也要"走这条路"了！无常迅速，念此又安得不结中肠啊！

廿三年（1934）岁暮，选辑近作漫画，定名为《人间相》，付开明出版。选辑既竟，取十年前所刊《子恺画集》比较之，自觉画趣大异。读序文，不觉心情大异。遂写此篇，以为《人间相》辑后感。

钱江看潮记

阴历八月十八，我客居杭州。这一天恰好是星期日，寓中来了两位亲友和两个例假返寓的儿女。上午，天色阴而不雨，凉而不寒。有一个人说起今天是潮辰，大家兴致勃勃起来，提议到海宁看潮。但是我左足趾上患着湿毒，行步维艰还在其次；鞋根拔不起来，拖了鞋子出门，违背新生活运动，将受警察干涉。但为此使众人扫兴，我也不愿意。于是大家商议，修改办法：借了一只大鞋子给我左足穿了，又改变看潮的地点为钱塘江边，三廊庙。我们明知道钱塘江边潮水不及海宁的大，真是"没啥看头"的。但凡事轮到自己去做时，无论如何总要想出它一点好处来，一以鼓励勇气，一以安慰人心。就有人说："今年潮水比往年大，钱塘江潮也很可观。""今天的报上说，昨天江边车站的铁栏都被潮水冲去，二十几个人爬在铁栏上看潮，一时淹没，幸为房屋所阻，不致与波臣为伍，但有四人头破血流。"听了这样的话，大家觉得江干不亚于海宁，此行一定不虚。我就伴了我的两位亲友，带了我的女儿和一个小孩子，一行六人，就于上午十时动身赴江边。我两脚穿了一大一小的鞋子跟在他们后面。

我们乘公共汽车到三廊庙，还只十一点钟。我们乘义渡过江，去看看杭江路的车站，果有乱石板木狼藉于地，说是昨日的潮水所致的。钱江两岸两个码头实在太长，加起来恐有一里路。回来的时候，我的脚吃不消，就坐了人力车。坐在车中看自己的两脚，好像是两个人的。倘照样画起来，见者一定要说是画错的，但一路也无人注意，只是我自己心虚，偶然逢到有人看我的脚，我便疑心他在笑我，碰着认识的人，谈话之中还要自己先把鞋的特殊的原因告诉他。他原来没有注意我的脚，听我的话却知道了。善于为自己辩护的人，欲掩其短，往往反把短处暴露了。

我在江心的渡船中遥望北岸，看见码头近旁有一座楼，高而多窗，前无障碍。我选定这是看潮最好的地点。看它的模样，不是私人房屋，大约是茶馆酒店之类，可以容我们去坐的。为了脚痛，为了口渴，为了肚饥，又为了贪看潮的眼福，我遥望这座楼觉得异常玲珑，犹似仙境一般美丽。我们跳上码头，已是十二点光景。走尽了码头，果然看见这座楼上挂着茶楼的招牌，我们欣然登楼。走上扶梯，看见列着明窗净几，全部江景被收在窗中，果然一好去处。茶客寥寥，我们六人就占据了临窗的一排椅子。我回头喊堂倌："一红一绿！"堂倌却空手走过来，笑嘻嘻地对我说："先生，今天是买座位的，每位小洋四角。"我的亲友们听了这话都立起身来，表示要走。但儿女们不闻不问，只管凭窗眺望江景，指东话西，有说有笑，正是得其所哉。我也留恋这地方，但我的亲友们以为座价太贵，同堂倌讲价，结果三个小孩子"马马虎虎"，我们六个人一共出了一块钱①。先付了钱，方才大家放心坐下。托堂倌叫了六碗面，又买了些果子，权当午饭。大家

---

① 当时角币有大洋、小洋之分，一块钱相当于小洋十二角。

正肚饥，吃得很快。吃饱之后，看见窗外的江景比前更美丽了。

我们来得太早，潮水要三点钟才到呢。到了一点半钟，我们才看见别人陆续上楼来。有的嫌座价贵，回了下去。有的望望江景，迟疑一下，坐下了。到了两点半钟，楼上的座位已满，嘈杂异常，非复吃面时可比了。我们的座位幸而在窗口，背着嘈杂面江而坐，仿佛身在泾渭界上，另有一种感觉。三点钟快到，楼上已无立锥之地。后来者无座位，不吃茶，亦不出钱。我们的背后挤了许多人。回头一看，只见观者如堵。有男有女，有老有少，更有被抱着的孩子。有的坐在桌上，有的立在凳上，有的竟立在桌上。他们所看的，是照旧的一条钱塘江。久之，久之，眼睛看得酸了，腿站得痛了，潮水还是不来。大家倦起来，有的垂头，有的坐下。忽然人丛中一个尖锐的呼声："来了！来了！"大家立刻把脖子伸长，但钱塘江还是照旧。原来是一个母亲因为孩子挤得哭了，在那里哄他。

江水真是太无情了。大家越是引颈等候，它的架子越是十足。这仿佛有的火车站里的卖票人，又仿佛有的邮政局收挂号信的，窗栏外许多人等候他，他只管悠然地吸烟。

三点二十分光景，潮水真的来了！楼内的人万头攒动，像运动会中决胜点旁的观者。我也除去墨镜，向江口注视。但见一条同桌上的香烟一样粗细的白线，从江口慢慢向这方面延长来。延了好久，达到西兴方面，白线就模糊了。再过了好久，楼前的江水渐渐地涨起来。浸没了码头的脚。楼下的江岸上略起些波浪，有时打动了一块石头，有时淹没了一条沙堤。以后浪就平静起来，水也就渐渐退却。看潮就看好了。楼中的人，好像已经获得了什么，各自纷纷散去。我同我亲友也想带了孩子们下楼，但一个小孩子不肯走，惊异地责问我："还要看潮哩！"大家笑着告诉他："潮水已经看过了！"他不信，几乎哭了。多方劝慰，方才收泪下楼。

我实在十分同情于这小孩子的话。我当离座时，也有"还要看潮哩！"似的感觉。似觉今天的目的尚未达到。我从未为看潮而看潮。今天特地为看潮而来，不意所见的潮如此而已，真觉大失所望。但又疑心自己的感觉不对。若果潮不足观，何以茶楼之中，江岸之上，观者动万，归途阻塞呢？以问我的亲友，一人云："我们这些人不是为看潮来的，都是为潮神贺生辰来的呀！"这话有理，原来我们都是被"八月十八"这空名所召集的。怪不得潮水毫没看头。回想我在茶楼中所见，除旧有的一片江景外毫无可述的美景。只有一种光景不能忘却：当波浪淹没沙堤时，有一群人正站在沙堤上看潮。浪来时，大家仓皇奔回，半身浸入水中，举手大哭，幸而大人转身去救，未遭没顶。这光景大类一幅水灾图。看了这图，使人想起最近黄河长江流域各处的水灾，败兴而归。

　　　　　　　　廿三年（1934）中秋日作，曾载《宇宙风》①

---

① 查《宇宙风》，未见此文。

BROKEN HEART

Broken Heart（破碎的心）

西湖忆旧[1]

我少年时代是西湖上的学生，中年时代是西湖上的寓公，现在老年时代，是西湖上频来的游客。除了抗战期间阔别九年之外，西湖上差不多每年春秋都少不了我的足迹。西湖的山水给我的印象是优美；详言之，是秀丽；再详言之，是妩媚。辛稼轩说："我见青山多妩媚，料青山见我应如是。"我觉得第一句拿来描写西湖上的青山，最为恰当；不过第二句有些可笑。

这印象最初是由一个歌曲帮我造成的。我少年时代在西湖上当学生，我们的音乐教师李叔同先生——就是后来在虎跑寺出家为僧的弘一法师——教我们唱一个三部合唱的歌曲，叫作"西湖"。歌词是李先生自己作的，我至今还背得出：

① 本篇曾载于1956年10月20日《东海》杂志创刊号。

（高音部独唱）

看明湖一碧，六桥锁烟水。

塔影参差，有画船自来去。

垂杨柳两行，绿染长堤。

飑晴风，又笛韵悠扬起。

（中音部独唱）

看青山四围，高峰南北齐。

山色自空濛，有竹木媚幽姿。

探古洞烟霞，翠扑须眉。

雪暮雨，又钟声林外起。

（次中音部独唱）

看明湖一碧，六桥锁烟水。

塔影参差，有画船自来去。

垂杨柳两行，绿染长堤。

飑晴风，又笛韵悠扬起。

（三部合唱）

大好湖山如此，独擅天然美。

明湖碧，又青山绿作堆。

漾晴光潋滟，带雨色幽奇。

靓妆比西子，尽浓淡总相宜。

　　李先生是天津人，曾经在上海作寓公，在杭州当教师，最后在西
湖上出家。出家以前作这曲歌，还刻了个图章："襟上杭州旧酒痕。"
这位"艺僧"对杭州和西湖的好感，于此盖可想见。我少年时候常常
在星期天跟两三个同学到西湖上游玩，当然是步行。往往一边步行，
一边唱这曲歌。我年纪最小，嗓子最高，总是唱高音部；另外几个同

学唱中音部和次中音部。这比较在音乐教室里唱畅快得多。因为面对着实景，唱出来的个个字都不落空，都有印证；有时唱到"又钟声林外起"，正好远远地飘来一声晚钟。这样，艺术美和自然美互相衬托，互相掩映，就觉得这曲歌越唱越好听，这西湖越看越妩媚。现在回想，这时候我真是十足地欣赏了西湖的美。

然而这十足的欣赏到后来就打折扣。李先生出家后不久，我结束了学生时代，开始奔走衣食。那时候我游玩西湖，不再一边步行一边唱歌，大都是陪着三朋四友，乘车、坐船、品茗、饮酒。西湖的妩媚固然依旧，然而妩媚之中有一种人造的缺陷，常常侵扰我的观感，伤害我的心情，使西湖的美大为减色，使我的游兴大打折扣。这人造的缺陷就在于人事上：

游西湖最主要的交通工具是游船，即杭州人所谓"划子"。这种划子一向入诗、入词、入画，真是风雅不过的东西；红尘万丈的都市里来的人坐在这种划子里荡漾湖中，其有"春水船如天上坐"的胜概。于是划划子的人就奇货可居，即杭州人所谓"刨黄瓜儿"。你要坐划子游西湖，先得鼓起勇气来，同划划子的人们作一场斗争，然后怀着余怒坐到划子里去"欣赏"西湖景致。照例是在各名胜古迹地点停船：平湖秋月、中山公园、西泠印社、岳坟、三潭印月、雷峰夕照、刘庄、汪庄……这些名胜古迹的确是环肥燕瘦，各有其美；然而往往不能畅游，不能放心地欣赏。因为这些地方的管理者都特别"客气"，一看到游客，立刻端出茶盘来；倘使看到派头阔绰的游客，就端出果盒来。这种盛情，最初领受一二，也还可以；然而再而三，三而四，甚至而五、而六、而七……游客便受宠若惊，看见茶盘连忙逃走，不管后面传来奚落的、讥讽的叫声。若是陪着老年人游玩，处处要坐下来休息，而且逃不快，那就是他们所最欢迎的游客了。我在这些时候往往联想起上海西藏路一带夜间行人的遭遇，虽然这比拟不免唐突了些。

游西湖要会斗争，会逃走——这是我数十年来的宝贵经验。直到最近几年，解放后几年，这宝贵经验忽然失却效用。有一年我到杭州，突然觉得西湖有些异样：湖滨栏杆旁边那些馋涎欲滴的划子手忽然不见了，讨价还价的斗争也没有了，只看见秩序井然的卖票处和和颜悦色的舟子。名胜古迹中逐人的茶盘也不见了，到处明山秀水，任你逍遥盘桓。这时候我才重新看到少年时代所见的十足美丽的西湖；不，少年时代我还不是斗争的对象，还没有逃走的资格，看不到这种人造的缺陷，只觉得山水的妩媚，这是片面的观感，不足为凭。现在所看到的，才真是十足美丽的西湖了。

　　"西子蒙不洁，则人皆掩鼻而过之。"解放前数十年间，我每逢游湖，就想起这两句话，路过湖滨的船埠头，那种乌烟瘴气竟可使我"掩鼻"。解放之后，西子"斋戒沐浴"过了。"大好湖山如此"，不但"独擅天然美"，又独擅了"人事美"。现在唱起这歌曲来，真可感到十足的畅快了。李先生的灵骨，前年由我们安葬在虎跑寺后面山坡上的石塔下。往生西方的李先生如果有时也回到虎跑来，看到这"大好湖山"现在已经"如此"，一定欢喜赞叹！

　　　　　　　　　　　　　　一九五六年八月廿二日作于上海

250

西湖春游

　　我住在上海，离开杭州西湖很近，火车五六小时可到，每天火车有好几班。因此，我每年有游西湖的机会，而时间大都是春天。因为春天是西湖最美丽的季节。我很小的时候在家乡从乳母口中听到西湖的赞美歌："西湖景致六条桥，间株杨柳间株桃……"就觉得神往。长大后曾经在西湖旁边求学，在西湖上做客，经过数十寒暑，觉得西湖上的春天真正可爱，无怪远离西湖的穷乡僻壤的人都会唱西湖的赞美歌了。

　　然而西湖的最美丽的姿态，直到解放之后方才充分地表现出来。解放后每年春天到西湖，觉得它一年美丽一年，一年漂亮一年，一年可爱一年。到了解放第九年的春天，就是现在，它一定长得十分美丽、十分漂亮、十分可爱。可惜我刚从病院出来，不能随众人到西湖去游春，但在这里和读者作笔谈，亦是"画饼充饥"，聊胜于无。

　　西湖的最美丽的姿态，为什么直到解放后才充分表现出来呢？这是因为旧时代的西湖，只能看表面（山水风景），不能想内容（人事

摄于西湖边

社会）。换言之，旧时代西湖的美只是形式美丽，而内容是丑恶不堪设想的。

譬如说，你悠闲地坐在西湖船里，远望湖边楼台亭阁，或者精巧玲珑，或者金碧辉煌，掩映出没于杨柳桃花之中，青山绿水之间。这光景多么美丽，真好比"海上仙山"！然而你只能用眼睛来看，却切不可用嘴巴来问，或者用头脑来想。你倘使问船老大："这是什么建筑？""这是谁的别庄？"因而想起了它们的主人，那么你一定大感不快，你一定会叹气或愤怒，你眼前的"美"不但完全消失，竟变成了"丑"！因为这些楼台亭阁的所有者，不是军阀，就是财阀；建造这些楼台亭阁的钱，不是贪污来的，便是敲诈来的、剥削来的！于是你坐在船里远远地望去，就会隐约地看见这些楼台亭阁上都有血迹，隐约地听见这些楼台亭阁上都有被压迫者的呻吟声——这真是大杀风景！这样的西湖有什么美？这样的西湖不值得游！西湖游春，谁能仅用眼睛看看而完全不想呢？

旧时代的好人真可怜！他们为了要欣赏西湖的美，只得勉强屏除一切思想，而仅看西湖的表面，仿佛麻醉了自己，聊以满足自己的美欲。记得古人有诗句云："小事闲可坐，不必问谁家。"我初读这诗句时，认为这位诗人过于浪漫疏狂。后来仔细想想，觉得他也许怀着一片苦心：如果问起这小亭是谁家的，说不定这主人是个坏蛋，因而引起诗人的恶感，不屑坐他的亭子。旧时代的人欣赏西湖，就用这诗人的办法，不问谁家，但享美景。我小时候的音乐老师李叔同先生曾经为西湖作一首歌曲。且不说音乐，光就歌词而论，描写得真是美丽动人！让我抄录些在这里：

看明湖一碧，六桥锁烟水。
塔影参差，有画船自来去。
垂杨柳两行，绿染长堤。
飐晴风，又笛韵悠扬起。

看青山四围，高峰南北齐。
山色自空濛，有竹木媚幽姿。
探古洞烟霞，翠扑须眉。
霎暮雨，又钟声林外起。

大好湖山如此，独擅天然美，
明湖碧，又青山绿作堆。

漾晴光潋滟，带雨色幽奇。

靓妆比西子，尽浓淡总相宜。

这歌曲全部，刊载在最近出版的《李叔同歌曲集》中。

我小时候求学于杭州西湖边的师范学校时，曾经在李先生亲自指挥之下唱这歌曲的高音部（这歌曲是四部合唱）。当时我年幼无知，只觉得这歌词描写西湖景致，曲尽其美，唱起来比看图画更美，比实地游玩更美。现在重唱一遍，回味一下，才感到前人的一片苦心：李先生在这长长的歌曲中，几乎全部是描写风景，绝不提及人事。因为那时候西湖上盘踞着许多贪官污吏、市侩流氓，风景最好的地位都被这些人的私人公馆、别庄所占据。所以倘使提及人事，这西湖的美景势必完全消失，而变成种种丑恶的印象。所以李先生作这歌词的时候，掩住了耳朵，停止了思索，而单用眼睛来观看，仅仅描写眼睛所看见的部分。这样，六桥烟水、塔影垂杨、竹木幽姿、古洞烟霞、晴光雨色，就形成一种美丽的姿态，好比靓妆的西施活美人了。这仿佛是自己麻醉，自己欺骗。采用这种办法，虽然是李先生的一片苦心，但在今天看来，实在是不足为训的！

然而李先生在这歌曲中，不能说绝不提及人事。其中有两处不免与人事有关：即"有画船自来去""笛韵悠扬起"。坐在这画船里面的是何等样人？吹出这悠扬的笛声的是何等样人？这不可穷究了。李先生只能主观地假定坐在画船里的是一群同他一样风流潇洒的艺术家，吹笛的是同他一样知音善感的音乐家，或者坐在画船里的是一群天真烂漫的游客，吹笛的是一位冰清玉洁的美人。这样，才可以符合主观的意旨，才可以增加西湖的美丽。然而说起画船和笛，在我回忆中的印象很不好。记得有一次我和几个朋友买舟游湖。天朗气清，山明水秀，心情十分舒适。忽然邻近的一只船上吹起笛来，声音悠扬悦耳，使得我们满船的人都停止了说话而倾听笛韵。后来这只船载着笛声远去，消失在烟波云水之间了。我们都不胜惋惜。船老大告诉我们：这船里载着的是上海来的某阔少和本地的某闻人，他们都会弄丝弦，都会唱戏，他们天天在湖上游玩……原来这些阔少和闻人，都是我们所"久闻大名"的。我听到这些人的"大名"，觉得眼前这"独擅天然美"的"大好湖山"忽然减色，而那笛声忽然难听起来、丑恶起来，终于变成了恶魔的啸嗷声。这笛声亵渎了这"大好湖山"，污辱了我的耳朵！我用手撩起些西湖水来洗一洗我的耳朵——这是我回忆旧时代西湖上的"画船"和"笛韵"时所得的印象。

我疏忽了，李先生的西湖歌中涉及人事的，不止上述两处，还有一处呢，即"又钟声林外起"。打钟的是谁？在李先生的主观中大约是一位大慈大悲、大智大慧的高僧，或者面壁十年的苦行头陀，或者三戒具足的比丘。然而事实上恐怕不见得如此。在那时候，上述的那些高僧、头陀和比丘极少住在西湖上的寺院里。撞钟的可能是以做和尚为业的和尚，或者是公然不守清规的和尚。

李先生作那首西湖歌时，这些人事社会的内情是不想的，是不敢想的。因为一想就破坏西湖风景的美，一想就杀风景。李先生只得屏绝了思索和分辨，而仅用眼睛来看，不谈西湖的内容情状，而仅仅赞美西湖的表面形式。我同情李先生的苦心。我想，如果李先生迟生三十年，能够躬逢解放后的新时代，能够看到人民的西湖，那么他所作的西湖歌一定还要动人得多！

在这里我不免要讲几句题外的话：我记得资本主义社会的美学中，有一个术语叫作"绝缘"，英文是 isolation。所谓绝缘，就是说看到一个物象的时候，断绝了这物象对外界（人事社会）的一切关系，而孤零零地欣赏这物象本身的姿态（形状色彩）。他们认为"美感"是由于"绝缘"而发生的。他们认为：看见一个物象时，倘使想起这物象的内容意义，想起这物象对人类社会的关系、作用和意义，就看不清楚物象本身的姿态，就看不到物象的"美"。必须完全不想物象对人类社会的关系、作用和意义，而仅用视觉来欣赏它的形状和色彩，这才能够从物象获得"美感"——这种美学学说的由来，现在我明白了：只因为在旧社会中，追究起事物的内容意义来，大都是卑鄙龌龊、不堪闻问的，因此有些御用的学者就造出这种学说来，教人屏绝思索，不论好坏，不分皂白，一味欣赏事物的外表，聊以满足美欲，这实在是可笑、可怜的美学！

闲话少说，言归本题。旧时代的西湖春游，还有一种更切身的苦痛呢。上述那种苦痛还可以用主观强调、自己麻醉等方法来暂时避免，而另有一种苦痛则直接袭击过来，使你身心不安，伤情扫兴，游兴大打折扣，这便是西湖上的社会秩序的混乱。游西湖的主要交通工具是游船，即杭州人所谓"划子"。这种划子一向入诗、入词、入画，真是风雅不过的东西，从红尘万丈的都市里来的人，坐在这种划子里荡漾湖中，真有"春水船如天上坐"的胜概。于是划划子的人就奇货可居，即杭州人所谓"刨黄瓜儿"。你要坐划子游西湖，先得鼓起勇气来，同划划子的人作一场斗争，然后怀着余怒坐到划子里去"欣赏"西湖景致。划划子的人本来都是清白的劳动者，但因受当时环境的压迫和恶劣作风的影响，一时不得不如此以求生存了。上船之后，照例是在各名胜古迹地点停船：平湖秋月、中山公园、西泠印社、岳坟、三潭印月、雷峰夕照、刘庄、汪庄……这些名胜古迹的确是环肥燕瘦，各有其美，然而往往不能畅游，不能放心地欣赏。因为这些地方的管理者都特别"客气"，一看到游客，立刻端出茶盘来，倘使看到派头阔绰的游客，就端出果盒来。这种"盛情"，最初领受一二，也还可以；然而再而三，三而四，甚至而五、而六、而七……游客便受宠若惊，看见茶盘连忙逃走，不管后面传来奚落的、讥讽的叫声；若是陪着老年人游玩，处处要坐下来休息，而且逃不快，那就是他们所最欢迎的游客了，便是最倒霉的游客了。

游西湖要会斗争，会逃走——这是我数十年来的"宝贵"经验。直到最近几年，解放后几年，这"宝贵"经验忽然失却了效用。解放后有一年我到杭州，突然觉得西湖有些异样：湖滨栏杆旁边那些馋涎欲滴的划子手忽然不见了，讨价还价的斗争也没有了，只看见秩序井然的买票处和和颜悦色的舟子。名胜古迹中逐客的茶盘也不见了，到处明山秀水，任你逍遥盘桓。这一次我才十足地享受了西湖春游的快美之感！

"西子蒙不洁，则人皆掩鼻而过之。"解放前数十年间，我每逢游湖，就想起这两句话。路过湖滨的船埠头时，那种乌烟瘴气竟可使人"掩鼻"。解放之后，这西子"斋戒沐浴"过了，"大好湖山如此"，不但"独擅天然美"，又独擅"人事美"，真可谓尽善尽美了！写到这里，我的心已经飞驰到六桥三竺之间，神游于山明水秀、桃红柳绿之乡，不能再写下去了。

一九五八年春日作

与三姐丰满（左一）、妹雪雪在杭州西湖畔

上海岁月

庐山游记之一

——江行观感

译完了柯罗连科的《我的同时代人的故事》第一卷三十万字之后，原定全家出门旅行一次，目的地是庐山。脱稿前一星期已经有点心不在稿；合译者一吟的心恐怕早已上山，每天休息的时候搁下译笔（我们是父女两人逐句协商，由她执笔的），就打电话探问九江船期。终于在寄出稿件后三天的七月廿六日清晨，父母子女及一外孙一行五人登上了江新轮船。

胜利还乡时全家由陇海路转汉口，在汉口搭轮船返沪之后，十年来不曾乘过江轮。菲君（外孙）还是初次看见长江。站在船头甲板上的晨曦中和壮丽的上海告别，乘风破浪溯江而上的时候，大家脸上显出欢喜幸福的表情。我们占居两个半房间：一吟和她母亲共一间，菲君和他小娘舅新枚共一间，我和一位铁工厂工程师吴君共一间。这位工程师熟悉上海情形，和我一见如故，替我说明吴淞口一带种种新建设，使我的行色更壮。

江新轮的休息室非常漂亮：四周许多沙发，中间好几副桌椅，上

此造物者之无尽藏也

面七八架电风扇，地板上走路要谨防滑跤。我在壁上的照片中看到：这轮船原是初解放时被敌机炸沉，后来捞起重修，不久以前才复航的。一张照片是刚刚捞起的破碎不全的船壳，另一张照片是重修完竣后的崭新的江新轮，就是我现在乘着的江新轮。我感到一种骄傲，替不屈不挠的劳动人民感到骄傲。

新枚和他的捷克制的手风琴，一日也舍不得分离，背着它游庐山。手风琴的音色清朗像竖琴，富丽像钢琴，在云山苍苍、江水泱泱的环境中奏起悠扬的曲调来，真有"高山流水"之概。我呷着啤酒听赏了一会，不觉叩舷而歌，歌的是十二三岁时在故乡石门湾小学校里学过的、沈心工先生所作的扬子江歌：

长长长，亚洲第一大水扬子江。
源青海兮峡瞿塘，蜿蜒腾蛟蟒。
滚滚下荆扬，千里一泻黄海黄。
润我祖国千秋万岁历史之荣光。

反复唱了几遍，再教手风琴依歌而和之，觉得这歌曲实在很好；今天在这里唱，比半世纪以前在小学校里唱的时候感动更深。这歌词完全是中国风的，句句切题，描写得很扼要；句句叶音，都叶得很自然。新时代的学校唱歌中，这样好的歌曲恐怕不多呢。因此我在甲板上热爱地重温这儿时旧曲。不过在这里奏乐、唱歌，甚至谈话，常常有美中不足之感。你道为何：各处的扩音机声音太响，而且广播的时间太多，差不多终日不息。我的房间门口正好装着一个喇叭，倘使镇日坐在门口，耳朵说不定会震聋。这设备本来很好：报告船行情况，通知开饭时间，招领失物，对旅客都有益。然而报告通知之外不断地大声演奏各种流行唱片，声音压倒一切，强迫大家听赏，这过分的盛意实在难于领受。我常常想向轮船当局提个意见，希望广播轻些、少些。然而不知为什么，大概是生怕多数人喜欢这一套吧，终于没有提。

轮船在沿江好几个码头停泊一二小时。我们上岸散步的有三处：南京、芜湖、安庆。好像有一根无形的绳索系在身上，大家不敢走远去，只在码头附近闲步闲眺，买些食物或纪念品。南京真是一个引人怀古的地方，我踏上它的土地，立刻神往到六朝、三国、春秋吴越的远古，阖闾、夫差、孙权、周郎、梁武帝、陈后主……都闪现在眼前。望见一座青山，啊，这大约就是诸葛亮所望过的龙蟠钟山吧！偶然看见一家店铺的门牌上写着邯郸路，邯郸这两个字又多么引人怀古！我买了一把小刀作为南京纪念，拿回船上，同舟的朋友说这是上海来的。

芜湖轮船码头附近没有市街，沿江一条崎岖不平的马路旁边摆着许多摊头。我在马路尽头的一副担子上吃了一碗豆腐花就回船。安庆的码头附近很热闹。我们上岸，从人丛中挤出，走进一条小街，逶迤曲折地走到了一条大街上。在一爿杂货铺里买了许多纪念品，不管它们是哪里来的。在安庆的小街里许多人家的门前，我看到了一种平生没有见过的家具，这便是婴孩用的坐车。这坐车是圆柱形的，上面一个圆圈，下面一个底盘，四根柱子把圆圈和底盘连接；中间一个座位，婴儿坐在这座位上；底盘下面有四个轮子，便于推动。座位前面有一个特别装置：二三寸阔的一条小板，斜斜地装在座位和底盘上，与底盘成四五十度角，小板两旁有高起的边，仿佛小人国里的儿童公园里的滑梯。我初见时不解这滑梯的意义，一想就恍然大悟了它的妙用。记得我婴孩时候是站立桶的。这立桶比桌面高，四周是板，中间有一只抽斗，我的手靠在桶口上，脚就站在抽斗里。抽斗底上有桂圆大的许多洞，抽斗下面桶底上放着灰箩，妙用就在这里。然而安庆的坐车比较起我们石门湾的立桶来高明得多。这装置大约是这里的子烦恼的劳动妇女所发明的吧？安庆子烦恼的人大约较多，刚才我挤出码头的时候，就看见许多五六岁甚至三四岁的小孩子。这些小孩子大约是从子烦恼的人家溢出到码头上来的。我想起了久不见面的邵力子先生。[①]

轮船里的日子比平居的日子长得多。在轮船里住了三天两夜，胜如平居一年半载，所有的地方都熟悉，外加认识了不少新朋友。然而这还是庐山之游的前奏曲。踏上九江的土地的时候，又感到一种新的兴奋，仿佛在音乐会里听完了一个节目而开始再听另一个新节目似的。

---

① 邵力子先生曾提倡节育。

庐山游记之二

——九江印象

　　九江是一个可爱的地方，虽然天气热到九十五度[1]，还是可爱。我们一到招待所，听说上山车子挤，要宿两晚才有车。我们有了细看九江的机会。

　　"家临九江水，来去九江侧。同是长干人，生小不相识。"（崔颢）"浔阳江头夜送客，枫叶荻花秋瑟瑟。"（白居易）常常替诗人当模特儿的九江，受了诗的美化，到一千多年后的今天风韵犹存。街道清洁，市容整齐；遥望岗峦起伏的庐山，仿佛南北高峰；那甘棠湖正是具体而微的西湖。九江居然是一个小杭州。但这还在其次。九江的男男女女，大都仪容端正，极少有奇形怪状的人物。尤其是妇女们，无论群集在甘棠湖边洗衣服的女子，提着筐挑着担在街上赶路的女子，一个个相貌端正，衣衫整洁，其中没有西施，但也没有嫫母。她们好像都是学校里的女学生。但这也还在其次。九江的人态度都很和平，

_____

① 　九十五度，指华氏度，相当于摄氏三十五度。

对外来人尤其客气。这一点最为可贵。二十年前我逃难经过江西的时候，有一个逃难伴侣告诉我："江西人好客。"当时我扶老携幼在萍乡息足一个多月，深深地感到这句话的正确。这并非由于萍乡的地主（这地主是本地人的意思）夫妇都是我的学生的原故，也并非由于"到处儿童识姓名"（马一浮先生赠诗中语）的原故。不管相识不相识，萍乡人一概殷勤招待。如今我到九江，二十年前的旧印象立刻复活起来。我们在九江，大街小巷都跑过，南浔铁路的火车站也到过。我仔细留意，到处都度着和平的生活，绝不闻相打相骂的声音。向人问路，他恨不得把你送到了目的地。我常常惊讶地域区别对风俗人情的影响的伟大。萍乡和九江，相去很远。然而同在江西省的区域之内，其风俗人情就有共通之点。我觉得江西人的"好客"确是一种美德，是值得表扬、值得学习的。我说九江是一个可爱的地方，主要点正在于此。

九江街上瓷器店特别多，除了瓷器店之外还有许多瓷器摊头。瓷器之中除了日用瓷器之外还有许多瓷器玩具：猫、狗、鸡、鸭、兔、牛、马、儿童人像、妇女人像、骑马人像、罗汉像、寿星像，各种各样都有，而且大都是上彩釉的。这使我联想起无锡来。无锡惠山等处有许多泥玩具店，也有各种各样的形象，也都是施彩色的。所异者，瓷和泥质地不同而已。在这种玩具中，可以窥见中国手艺工人的智巧。他们都没有进过美术学校雕塑科，都没有学过素描基本练习，都没有学过艺用解剖学，全凭天生的智慧和熟练的技巧，刻划出种种形象来。这些形象大都肖似实物，大多姿态优美、神气活现。而瓷工比较起泥工来，据我猜想，更加复杂困难。因为泥质松脆，只能塑造像坐猫、蹲兔那样团块的形象。而瓷质坚致，马的四只脚也可以塑出。九江瓷器中的八骏，最能显示手艺工人的天才。那些马身高不过一寸半，或俯或仰，或立或行，骨胳都很正确，姿态都很活跃。我们买了许多，拿回寓中，陈列在桌子上仔细欣赏。唐朝的画家韩幹以画马著名于后世。我没有看见过韩幹的真迹，不知道他的平面造型艺术比较起江西手艺工人的立体造型艺术来高明多少。韩幹是在唐明皇的朝廷里做大官的。那时候唐明皇有一个擅长画马的宫廷画家叫作陈闳。有一天唐明皇命令韩幹向陈闳学习画马。韩幹不奉诏，回答唐明皇说："臣自有师。陛下内厩之马，皆臣师也。"我们江西的手艺工人，正同韩幹一样，没有进美术学校从师，就以民间野外的马为师，他们的技术是全靠平常对活马观察研究而进步起来的。我想唐朝时代民间一定也不乏像江西瓷器手艺工人那样聪明的人，教他们拿起画笔来未必不如韩幹。只因他们没有像韩幹那样做大官，不能获得皇帝的赏识，因此终身沉沦，湮没无闻；而韩幹独侥幸著名于后世。这样想来，社会制度不良的时代的美术史，完全是偶然形成的。

我们每人出一分钱，搭船到甘棠湖里的烟水亭去乘凉。这烟水亭建筑在像杭州西湖湖心亭那样的一个小岛上，四面是水，全靠渡船交通九江大陆。这小岛面积不及湖心亭之半，而树木甚多。树下设竹榻卖茶。我们躺在竹榻上喝茶，四面水光艳艳，风声猎猎，九十度以上的天气也不觉得热。有几个九江女郎也摆渡到这里的树荫底下来洗衣服。每一个女郎所在的岸边的水面上，都以这女郎为圆心而画出层层叠叠的半圆形的水浪纹，好像半张极大的留声机片。这光景真可入画。我躺在竹榻上，无意中举目正好望见庐山。陶渊明"采菊东篱下，悠然见南山"，大概就是这种心境吧。预料明天这时光，一定已经身在山中，也许已经看到庐山真面目了。

江流有声，断岸千尺

庐山游记之三

——庐山面目

"咫尺愁风雨，匡庐不可登。只疑云雾里，犹有六朝僧。"（钱起）这位唐朝诗人教我们"不可登"，我们没有听他的话，竟在两小时内乘汽车登上了匡庐。这两小时内气候由盛夏迅速进入了深秋。上汽车的时候九十五度，在汽车中先藏扇子，后添衣服，下汽车的时候不过七十几度了。赴第三招待所的汽车驶过正街闹市的时候，庐山给我的最初印象竟是桃源仙境：土地平旷，屋舍俨然；有茶馆、酒楼、百货之属；黄发垂髫，并怡然自乐。不过他们看见了我们没有"乃大惊"，因为上山避暑休养的人很多，招待所满坑满谷，好容易留两个房间给我们住。庐山避暑胜地，果然名不虚传。这一天天气晴明。凭窗远眺，但见近处古木参天、绿荫蔽日，远处岗峦起伏、白云出没。有时一带树林忽然不见，变成了一片云海；有时一片白云忽然消散，变成了许多楼台。正在凝望之间，一朵白云冉冉而来，钻进了我们的房间里。倘是幽人雅士，一定大开窗户，欢迎它进来共住；但我犹未免为俗人，连忙关窗谢客。我想，庐山真面目的不容易窥见，就为了这些白云在那里作怪。

　　庐山的名胜古迹很多，据说共有两百多处。但我们十天内游踪所到的地方，主要的就是小天池、花径、天桥、仙人洞、含鄱口、黄龙潭、乌龙潭等处而已，夏禹治水的时候曾经登大汉阳峰，周朝的匡俗曾经在这里隐居，晋朝的慧远法师曾经在东林寺门口种松树，王羲之曾经在归宗寺洗墨，陶渊明曾经在温泉附近的栗里村住家，李白曾经在五老峰下读书，白居易曾经在花径咏桃花，朱熹曾经在白鹿洞讲学，王阳明曾经在舍身岩散步，朱元璋和陈友谅曾经在天桥作战……古迹不可胜计。然而凭吊也颇伤脑筋，况且我又不是诗人，这些古迹不能激发我的灵感，跑去访寻也是枉然，所以除了乘便之外，大都没有专程拜访。有时我的太太跟着孩子们去寻幽探险了，我独自高卧在海拔一千五百公尺的山楼上看看庐山风景照片和导游之类的书，山光照槛，云树满窗，尘嚣绝迹，凉生枕簟，倒是真正的避暑。我看到天桥的照片，游兴发动起来，有一天就跟着孩子们去寻访。爬上断崖去的时候，一位挂着南京大学徽章的教授告诉我："上面路很难走，老先生不必去吧。天桥的那条石头大概已经跌落，就只是这么一个断崖。"我抬头一看，果然和照片中所见不同：照片上是两个断崖相对，右面的断崖上伸出一根大石条来，伸向左面的断崖，但是没有达到，相距数尺，仿佛一脚可以跨过似的。然而实景中并没有石条，只是相距若干丈的两个断崖，我们所登的便是左面的断崖。我想：这地方叫作天桥，大概那根石条就是桥，如今桥已经跌落了。我们在断崖上坐看云起，卧听鸟鸣，又拍了几张照片，逍遥地步行回寓。晚餐的时候，我向管理局的同志探问这条桥何时跌落，他回答我说，本来没有桥，那照相是从某角度望去所见光景。啊，我恍然大悟了：那位南京大学教授和我谈话的地方，即离开左面的断崖数十丈的地方，我的确看到有一根不很大的石条伸出在空中，照相镜头放在石条附近适当的地方，透视法就把石条和断崖之间的距离取消，拍下来的就是我所欣赏的照片。我略感不快，仿佛上了资本主义社会的商业广告的当。然而就照相术而论，我不能说它虚伪，只是"太"巧妙了些。天桥这个名字也古怪，没有桥为什么叫天桥？

　　含鄱口左望扬子江，右瞰鄱阳湖，天下壮观，不可不看。有一天我们果然爬上了最高峰的亭子里。然而白云作怪，密密层层地遮盖了江和湖，不肯给我们看。我们在亭子里吃茶，等候了好久，白云始终不散，望下去白茫茫的，一无所见。这时候有一个人手里拿一把芭蕉

游春人在画中行

扇，走进亭子来。他听见我们五个人讲土白，就和我招呼，说是同乡。原来他是湖州人，我们石门湾靠近湖州边界，语音相似。我们就用土白同他谈起天来。土白实在痛快，个个字入木三分，极细致的思想感情也充分表达得出。这位湖州客也实在不俗，句句话都动听。他说他住在上海，到汉口去望儿子，归途在九江上岸，乘便一游庐山。我问他为什么带芭蕉扇，他回答说，这东西妙用无穷：热的时候扇风，太阳大的时候遮阴，下雨的时候代伞，休息的时候当坐垫，这好比济公活佛的芭蕉扇。因此后来我们谈起他的时候就称他为济公活佛。互相叙述游览经过的时候，他说他昨天上午才上山，知道正街上的馆子规定时间卖饭票，他就在十一点钟先买了饭票，然后买一瓶酒，跑到小天池，在革命烈士墓前奠了酒，游览了一番，然后拿了酒瓶回到馆子里来吃午饭，这顿午饭吃得真开心。这番话我也听得真开心。白云只管把扬子江和鄱阳湖封锁，死不肯给我们看。时候不早，汽车在山下等候，我们只得引了济公活佛回招待所去。此后济公活佛就变成了我们的谈话资料。姓名地址都没有问，再见的希望绝少，我们已经把他当作小说里的人物看待了。谁知天地之间事有凑巧：几天之后我们下山，在九江的浔庐餐厅吃饭的时候，济公活佛忽然又拿着芭蕉扇出现了。原来他也在九江候船返沪。我们又互相叙述别后游览经过。此公单枪匹马，深入不毛，所到的地方比我们多。我只记得他说有一次独自走到一个古塔的顶上，那里面跳出一只黄鼠狼来，他打湖州白说："渠被倍吓了一吓，倍也被渠吓了一吓！"我觉得这简直是诗，不过没有叶韵。宋杨万里诗云："意行偶到无人处，惊起山禽我亦惊。"岂不就是这种体验吗？现在有些白话诗不讲叶韵，就把白话写成每句一行，一个"但"字占一行，一个"不"也占一行，内容不知道说些什么，我真不懂。这时候我想：倘能说得像我们的济公活佛那样富有诗趣，不叶韵倒也没有什么。

在九江的浔庐餐厅吃饭，似乎同在上海差不多。山上的吃饭情况就不同：我们住的第三招待所离开正街有三四里路，四周毫无供给，吃饭势必包在招待所里。价钱很便宜，饭菜也很丰富。只是听凭配给，不能点菜，而且吃饭时间限定。原来这不是菜馆，是一个膳堂，仿佛学校的饭厅。我有四十年不过饭厅生活了，颇有返老还童之感。跑三四里路，正街上有一所菜馆。然而这菜馆也限定时间，而且供应量有限，若非趁早买票，难免枵腹游山。我们在轮船里的时候，吃饭分五六班，每班限定二十分钟，必须预先买票。膳厅里写明请勿喝酒。有一个乘客说："吃饭是一件任务。"我想：轮船里地方小，人多，倒也难怪；山上游览之区，饮食一定便当。岂知山上的菜馆不见得比轮船里好些。我很希望下年这种办法加以改善。为什么呢？这到底是游览之区！并不是学校或学习班！人们长年劳动，难得游山玩水，游兴好的时候难免把吃饭延迟些，跑得肚饥的时候难免想吃些点心。名胜之区的饮食供应倘能满足游客的愿望，使大家能够畅游，岂不是美上加美呢？然而庐山给我的总是好感，在饮食方面也有好感：青岛啤酒开瓶的时候，白沫四散喷射，飞溅到几尺之外。我想，我在上海一向喝光明啤酒，原来青岛啤酒气足得多。回家赶快去买青岛啤酒，岂知开出来同光明啤酒一样，并无白沫飞溅。啊，原来是海拔一千五百公尺的气压的关系！庐山上的啤酒真好！

一九五六年九月作于上海

新年随笔

　　一九六一年的新年即将来到了。上海解放已经十一年半了。在十一年半以前，上海一向戴着"万恶社会"的帽子。我是浙江乡下人，乡下有一句描写上海社会的话，叫作"打呵欠割舌头"。这是极言上海社会之混乱，人心之险恶，恶霸流氓扒手之多，出门行路之难：在路上开口打个呵欠，舌头会被割掉的。然而十一年来，由于政治教育的移风易俗，"万恶社会"这顶帽子已经摘掉，上海早已变成一个光明幸福的亚东大都市了。从下面这段记事里便可窥见一斑。

　　前天我出门访友。走到弄口，看见一辆三轮车停在路旁，驾车员正坐在车上看报。他看见我来雇车，就跳下车来，把报纸折好，藏进坐垫底下，然后扶我上车（雇车早已不须问价，按照路程远近，划一规定。从前那种讨价还价和敲竹杠，早已没有了）。开进一条横路，地方僻静，行人稀少，驾车员就和我谈话："老先生今年高寿？贵姓？"我回答了，接着同样地问他。他说姓邱，今年三十岁。又说："丰这个姓很少。我只知道一个老画家丰子恺，是不是您本家？"我问："你怎么知道他？"他说："我在报上常常看到他的画。"我向他表明就是我。他停了车，回过头来，看着我说："啊，我真荣幸……"我们就攀谈起来。他说出我所作的几张画来，评论画中的意义，表示他的看法，都很有见解。接着谈到他的身世。原来他只读过几年小学，解放后学习文化，现在已经能够读书看报。我推想这个人一定很聪明，很用功，并且爱好文艺。我望着他的背影出神，回想十一年半以前上海的"黄包车夫"，和这个人比较一下，心中发生剧烈的感动。十一年半以前，上海的"黄包车夫"在重重的压迫和剥削之下喘不过气来，口食难度，衣衫褴褛，哪里谈得到学习文化、读书看报乃至欣赏图画？我在黑暗社会里度过了几十年，在垂老的时候能够看到这光明幸福的世界，心中感到说不出的欢欣。

车子经过热闹的马路，又转入一条横路。忽然他放缓了速度，回转头来，不好意思似的笑着说："丰老先生！我想请您签个名，最好画几笔画，好吗？机会难得啊……"我说："我很愿意。这里清静，你停一停车，我就在这里替你画吧。"他说："不，我要买本手册来。四马路有文具店，待我买了再请您画。"车子开到四马路，在一家大文具店门口停下了。他连忙进去，一会儿带了一本很漂亮的手册回来。我接了手册，问他花多少钱。他说八角。我说："这里太热闹，到了那边再画。"车子继续前进。我又望着他的背影出神地想：一本手册八角钱，足见他的生活很充裕。要是从前的"黄包车夫"，血汗换来的钱买米还不够，哪里会拿出八角钱来买手册？

不久车子在目的地停下了。地方很清静，我就坐在车子上展开手册来，用钢笔作画。我画一个儿童，手掌上停着一只和平鸽，题上"和平幸福"四个字，又加上他的上款，签了我的姓名。我又和他交换了一个地址，希望以后再见，然后下车。我问他车资多少，他摇摇手说："哪里哪里……谢谢您……"就想跨上驾车台去了。我拉住了他，说：

"很远的路，怎么可以叫你白费劳力？"就拿出一张五角钞票来，定要塞进他手里。他一定不受，用力推我的手。我也用力推他的手，然而要他不过①。我就左手抓住了他的一只臂膀，右手把钞票塞进他的衣袋里去。岂知他气力很大，一下子摆脱了我抓住他臂膀的手，双手阻挡我的钞票。正在不得开交的时候，一个人民警察走来了。我就喊警察。警察走过来，惊惶地问："什么事？"我说："他从沪西踏我到这里，这么多的路，不肯受我车钱，请您……"他不等我说完，抢着对警察说："我，我应该……"警察脸上的惊惶之色变成了笑容。我乘他们对话的时候突然把钞票丢在车子里，快步走进门去了。但听见背后警察在阻止他追赶："老先生客气，你莫推却了吧！"接着是他的咕哝声和警察的笑声。

我通过朋友家的长长的走廊时心中想：刚才这一幕很像"君子国"里的情景。"万恶社会"已经变成了君子国了。地狱已经变成天堂了。我就用这句话来庆祝一九六一年的新年。

这三轮车驾车员姓邱，名以广，家住闸北共和路二百六十弄三十五号。

一九六〇年十一月二十九日为中国新闻社作

———————————————

① 要他不过，作者家乡话，意即拗不过他。

扬州梦

在格致中学高中三年级肄业的新枚患了不很重的肺病，遵医嘱停学在家疗养。生活寂寞，自己发心乘此机会读些诗词，我就做了他的教师，替他讲解《唐诗三百首》和《白香词谱》，每星期一二次。暮春有一天，我教他读姜白石的《扬州慢》：

> 淮左名都，竹西佳处，解鞍少驻初程。过春风十里，尽荠麦青青。自胡马窥江去后，废池乔木，犹厌言兵。渐黄昏，清角吹寒，都在空城。
> 杜郎俊赏，算而今，重到须惊。纵豆蔻词工，青楼梦好，难赋深情。二十四桥仍在，波心荡冷月无声。念桥边红药，年年知为谁生。

这孩子兴味在于词律，一味讲究平平仄仄。我却怀古多情，神游于古代的维扬胜地，缅想当年烟花三月，十里春风之盛。念到

"二十四桥仍在"，我忽然发心游览久闻大名而无缘拜识的扬州，立刻收拾《白香词谱》，叫他到八仙桥去买明天到镇江的火车票。傍晚他拿了三张火车票回来。同去的是他和他的姐姐一吟。当夜各自准备行囊。

第二天下午，一行三人到达镇江。我们在镇江投宿，下午游览了焦山寺，认识了镇江的市容。下一天上午在江边搭轮船，渡江换乘公共汽车，不消两小时已经到达扬州。向车站里的人问询，他们介绍我们一所新开的公园旅馆。我们乘车投奔这旅馆，果然看见一所新造房子，里面的家具和被褥都是新的。盥洗既毕，斟一杯茶，坐下来休息一下。定神一想：现在我身已在扬州，然而我在一路上所见和在旅馆中所感，全然没有一点古色，但觉这是一个精小的近代都市，清静整洁，男女老幼熙攘往来，怡然操作，悉如他处，其中并无李白、张祜、杜牧、郑板桥、金冬心之类的面影。旅馆的招待员介绍我们到富春去吃中饭。富春是扬州有名的茶点酒菜馆，深藏在巷子里，而入门豁然开朗，范围甚广。点心和肴馔都极精美，虽然大都是荤的，我只能用眼睛来欣赏，但素菜也做得很好，别有风味。我觉得扬州只是一个小上海、小杭州，并无特殊之处。这在我似乎觉得有些失望，我决定下午去访问大名鼎鼎的二十四桥。我预期这二十四桥能够满足我的怀古欲。

到大街上雇车子，说"到二十四桥"。然而年青的驾车人都不知道，摇摇头。有一个年纪较大的人表示知道，然而他忠告我们："这地方很远，而且很荒凉，你们去做什么？"我不好说"去凭吊"，只得撒一个谎，说"去看朋友"。那人笑着说："那边不大有人家呢！"我很狼狈，支吾地回答他："不瞒你说，我们就想看看那个桥。"驾车的人都笑起来。这时候旁边的铺子里走出一位老者来，笑着对驾车人说："你们拉他们去吧，在西门外，他们是来看看这小桥的。"又

1963 年，在扬州个园

转向我说："这条桥从前很有名，可是现在荒凉了，附近没有什么东西。"我料想这位老者是读过唐诗，知道"二十四桥明月夜"的。他的笑容很特别，隐隐地表示着："这些傻瓜！"

　　车子走了半小时以上，方才停息在田野中间跨在一条沟渠似的小河上的一片小桥边。驾车人说："到了，这是二十四桥。"我们下车，大家表示大失所望的样子，除了"啊哟"以外没别的话。一吟就拿出照相机来准备摄影。驾车的人看见了，打着土白交谈："来照相的。""要修桥吧？""要开河吧？"我不辩解，我就冒充了工程师，倒是省事。驾车人到树荫下去休息吸烟了。我有些不放心：这小桥到底是否二十四桥？为欲考证确实，我跑到附近田野里一位正在工作的农人那里，向他叩问："同志，这是什么桥？"他回答说："二十四桥。"我还不放心，又跑到桥旁一间小屋子门口，望见里面一位白头老婆婆坐着做针线，我又问："请问老婆婆，这是什么桥？"老婆婆干脆地说："廿四桥。"这才放心，我们就替二十四桥拍照。桥下水涸，最狭处不过七八尺，新枚跨了过去，嘴里念着"波心荡冷月无声"，大家不觉失笑。

车子背着夕阳回城去的时候，我耽于冥想了。我首先想到李白"烟花三月下扬州"的名句，觉得正是这个时候。接着想起杜牧的诗："青山隐隐水迢迢，秋尽江南草未凋。二十四桥明月夜，玉人何处教吹箫？""落魄江湖载酒行，楚腰纤细掌中轻。十年一觉扬州梦，赢到青楼薄幸名。""娉娉袅袅十三余，豆蔻梢头二月初。春风十里扬州路，卷上珠帘总不如。"又想起徐凝的诗句："天下三分明月夜，二分无赖是扬州。"又想起王建的诗词："夜市千灯照碧云，高楼红袖客纷纷。"又想起张祜的诗："十里长街市井连，月明桥上看神仙。人生只合扬州死，禅智山光好墓田。"我在吟哦之下，梦见唐朝时候扬州的繁华。我又想起清人所作的《扬州画舫录》，这书中记述着乾隆年间扬州的繁盛景象，十分详尽。我又记起清朝的所谓"扬州八怪"，想象郑板桥、金冬心、罗聘、李方膺、汪士慎、高翔、黄慎、李鱓等潇洒不羁的文人画家寓居扬州时的风流韵事。最后想到描写清兵屠城的《扬州十日记》，打一个寒噤，不再想下去了。

回到旅馆里，询问账房先生，知道扬州有素菜馆。我们就去吃夜饭。这素菜馆名叫小觉林，位在电影院对面。我们在一个小楼上占据了一个雅座。一吟和新枚吃饱了饭，到对面看电影去了。我在小楼中独酌，凭窗闲眺，"十里长街"，"夜市千灯"，却全无一点古风。只见许多穿人民装的男男女女，熙攘往来，怡然共乐，比较起上海的市街来，特别富有节日的欢乐气象。这是什么原故呢？我想了好久，恍然大悟：原来扬州市内晚上没有汽车，马路上很安全，所有的行人都在马路中央憧憧往来，和上海节日电车停驶时的光景相似，所以在我看来特别富有欢乐的气象。我一方面觉得高兴，一方面略感失望。因为我抱着怀古之情而到这邗上名都来巡礼，所见的却是一个普通的现代化城市。

晚餐后我独自在街上徜徉了一会，回到旅馆已经九点多钟。舟车劳顿，观感纷忙，心身略觉疲倦，倒身在床，立刻睡去。

忽然听见有人敲门。拭目起床，披衣开门，但见一个端庄而壮健的中年妇人站在门口，满面笑容，打起道地扬州白说："扰你清梦，非常抱歉！"我说："请进来坐，请教贵姓大名。"她从容地走进房间来，在桌子旁边坐下，侃侃而言："我姓扬名州，号广陵，字邗江，别号江都，是本地人氏。知道你老人家特地来访问我，所以前来答拜。我今天曾经到火车站迎接你，又陪伴你赴二十四桥，陪伴你上酒楼，不过没有让你察觉。你的一言一动、一思一想，我都知道。我觉得你对我有些误解，所以特地来向你表白。你不远千里而枉驾惠临，想必乐于听取我的自述吧？"我说："久慕大名，极愿领教！"她从容地自述如下：

"你憧憬于唐朝时代、清朝时代的我，神往于'烟花三月''十里春风'的'繁华'景象，企慕'扬州八怪'的'风流韵事'，认为这些是我过去的光荣幸福，你完全误解了！我老实告诉你：在一九四九年以前，一千多年的长时期间，我不断地被人虐待，受尽折磨，备尝苦楚，经常是身患痼疾，体无完肤，畸形发育，半身不遂，古人所赞美我的，都是虚伪的幸福、耻辱的光荣、忍痛的欢笑、病态的繁荣。你却信以为真，心悦神往地吟赏他们的诗句，真心诚意地想象古昔的盛况，不远千里地跑来凭吊过去的遗迹，不堪回首地痛惜往事的飘零。你真大上其当了！我告诉你：过去千余年间，我吃尽苦头。他们压迫我，毒害我，用残酷的手段把我周身的血液集中在我的脸面上，又给我涂上脂粉，加上装饰，使得我面子上绚焕灿烂，富丽堂皇，而内部和别的部分百病丛生，残废瘫痪，贫血折骨，臃肿腐烂。你该知道，士大夫们在二十四桥明月下听玉人吹箫，在月明桥上看神仙，干风流韵事，其代价是我全身的多少血汗！

"我忍受苦楚，直到一九四九年方才翻身。人民解除了我的桎梏，医治我的创伤，疗养我的疾病，替我沐浴，给我营养，使我全身正常发育，恢复健康。我有生以来不曾有过这样快乐的生活，这才是我的真正的光荣幸福！你在酒楼上看见我富有节日的欢乐气象，的确，七八年来我天天在过节日似的欢乐生活，所以现在我的身体这么壮健，精神这么愉快，生活这么幸福！你以前没有和我会面，没有看到过我的不幸时代，你也是幸福的人！欢迎你多留几天，我们多多叙晤，你会更了解我的光荣幸福，欢喜满足地回上海去，这才不负你此行的跋涉之劳呢！时候不早，你该休息了。我来扰你清梦，很对不起！"她说着就站起身来告辞。

我听了她的一番话，恍然大悟，正想慰问她，感谢她，她已经夺门而出，回头对我说一声"明天会"就在门外消失了。

我走出门去送她，不料在门槛上绊了一下，跌了一跤，猛然醒悟，原来身在旅馆里的簇新的床铺上的簇新的被窝里！啊，原来是一个"扬州梦"！这梦比元人乔梦符的《扬州梦》和清人嵇留山的《扬州梦》有意思得多，不可以不记。

一九五八年春日作

黄山松

　　没有到过黄山之前，常常听人说黄山的松树有特色。特色是什么呢？听别人描摹，总不得要领。所谓"黄山松"，一向在我脑际留下一个模糊的概念而已。这次我亲自上黄山，亲眼看到黄山松，这概念方才明确起来。据我所看到的，黄山松有三种特色：

　　第一，黄山的松树大都生在石上。虽然也有生在较平的地上的，然而大多数是长在石山上的。我的黄山诗中有一句："苍松石上生。"石上生，原是诗中的话；散文地说，该是石罅生，或石缝生。石头如果是囫囵的，上面总长不出松树来，一定有一条缝，松树才能扎根在石缝里。石缝里有没有养料呢？我觉得很奇怪。生物学家一定有科学的解说；我却只有臆测：《本草纲目》里有一种药叫作"石髓"。李时珍说："《列仙传》言邛疏煮石髓。"可知石头也有养分。黄山的松树也许是吃石髓而长大起来的吧？长得那么苍翠，那么坚劲，那么窈窕，真是不可思议啊！更有不可思议的呢：文殊院窗前有一株松树，由于石头崩裂，松根一大半长在空中，像须蔓一般摇曳着。而

不畏浮云遮望眼，自缘身在最高层

这株松树照样长得郁郁苍苍、娉娉婷婷。这样看来，黄山的松树不一定要餐石髓，似乎呼吸空气，呼吸雨露和阳光，也会长大的。这真是一种生命力顽强的生物啊！

第二个特色，黄山松的枝条大都向左右平伸，或向下倒生，极少有向上生的。一般树枝，绝大多数是向上生的，除非柳条挂下去。然而柳条是软弱的，地心吸力强迫它挂下去，不是它自己发心向下挂的。黄山松的枝条挺秀坚劲，然而绝大多数像电线木上的横木一般向左右生，或者像人的手臂一般向下生。黄山松更有一种奇特的姿态：如果这株松树长在悬崖旁边，一面靠近岩壁，一面向着空中，那么它的枝条就全部向空中生长，靠岩壁的一面一根枝条也不生。这姿态就很奇特，好像一个很疏的木梳，又像学习的"习"字。显然，它不肯面壁，不肯置身丘壑中，而一心倾向着阳光。

第三个特色，黄山松的枝条具有异常强大的团结力。狮子林附近有一株松树，叫作"团结松"。五六根枝条从近根的地方生出来，密切地偎傍着向上生长，到了高处才向四面分散，长出松针来。因此这一束树枝就变成了树干，形似希腊殿堂的一种柱子。我谛视这树干，想象它们初生时的状态：五六根枝条怎么会合伙呢？大概它们知道团结就是力量，可以抵抗高山上的风吹、雨打和雪压，所以生成这个样子。如今这株团结松已经长得很粗、很高。我伸手摸摸它的树干，觉得像铁铸的一般，即使十二级台风、漫天大雪，也动弹它不了。更有团结力强得不可思议的松树呢：从文殊院到光明顶的途中，有一株松树，叫作"蒲团松"。这株松树长在山间的一小块平坡上，前面的砂土上筑着石围墙，足见这株树是一向被人重视的。树干不很高，不过一二丈，粗细不过合抱光景。上面的枝条向四面八方水平放射，每根都伸得极长，足有树干的高度的两倍。这就是说：全体像个"丁"字，但上面一划的长度大约相当于下面一直的长度的四倍。这一划上面长着丛密的松针，软绵绵的好像一个大蒲团，上面可以坐四五个人。靠近山的一面的枝条，梢头略微向下。下面正好有一个小阜，和枝条的梢头相距不过一二尺。人要坐这蒲团，可以走到这小阜上，攀着枝条，慢慢地爬上去。陪我上山的向导告诉我："上面可以睡觉的，同沙发床一样。"我不愿坐轿，单请一个向导和一个服务员陪伴着，步行上山，两腿走得相当吃力了，很想爬到这蒲团上去睡一觉，然而我们这一天要上光明顶，赴狮子林，前程远大，不宜耽搁；只得想象地在这蒲团上坐坐、躺躺，就鼓起干劲，向光明顶迈步前进了。

一九六一年五月十日记

黄山印象

　　看山，普通总是仰起头来看的。然而黄山不同，常常要低头去看。因为黄山是群山，登上一个高峰，就可俯瞰群山。这教人想起杜甫的诗句"会当凌绝顶，一览众山小"而精神为之兴奋，胸襟为之开朗。我在黄山盘桓了十多天，登过紫云峰、立马峰、天都峰、玉屏峰、光明顶、狮子林、眉毛峰等山，常常爬到绝顶，有如苏东坡游赤壁的"履巉岩，披蒙茸，踞虎豹，登虬龙，攀栖鹘之危巢，俯冯夷之幽宫"。

　　在黄山中，不但要低头看山，还要面面看山。因为方向一改变，山的样子就不同，有时竟完全两样。例如从玉屏峰望天都峰，看见旁边一个峰顶上有一块石头很像一只松鼠，正在向天都峰跳过去的样子。这景致就叫"松鼠跳天都"。然而爬到天都峰上望去，这松鼠却变成了一双鞋子。又如手掌峰，从某角度望去竟像一个手掌，五根手指很分明。然而峰回路转，这手掌就变成了一个拳头。其他如"罗汉拜观音""仙人下棋""喜鹊登梅""梦笔生花""鳌鱼驮金龟"等景致，也都随时改样，变幻无定。如果我是个好事者，不难替这些石山新造出几十个名目来，让导游人增加些讲解资料。然而我没有这种雅兴，却听到别人新起了两个很好的名目：有一次我们从西海门凭栏俯瞰，但见无数石山拔地而起，真像万笏朝天；其中有一个石山由许多方形石块堆积起来，竟同玩具中的积木一样，使人不相信是天生的，而疑心是人工的。导游人告诉我：有一个上海来的游客，替这石山起个名目，叫作"国际饭店"。我一看，果然很像上海南京路上的国际饭店。有人说这名目太俗气，欠古雅。我却觉得有一种现实的美感，比古雅更美。又有一次，我们登光明顶，望见东海（这海是指云海）上有一个高峰，腰间有一个缺口，缺口里有一块石头，很像一只蹲着的青蛙。气象台里有一个青年工作人员告诉我：他们自己替这景致起一个名目，叫作"青蛙跳东海"。我一看，果然很像一只青蛙将要跳到东海里去的样子。这名目起得很适当。

翻山过岭了好几天，最后逶迤下山，到云谷寺投宿。这云谷寺位在群山之间的一个谷中。由此再爬过一个眉毛峰，就可以回到黄山宾馆而结束游程了。我这天傍晚到达了云谷寺，发生了一种特殊的感觉，觉得心情和过去几天完全不同。起初想不出其所以然，后来仔细探索，方才明白原因：原来云谷寺位在较低的山谷中，开门见山，而这山高得很，用"万丈""插云"等语来形容似乎还嫌不够，简直可用"凌霄""通天"等字眼。因此我看山必须仰起头来。古语云："高山仰止。"可见仰起头来看山是正常的，而低下头去看山是异常的。我一到云谷寺就发生一种特殊的感觉，便是因为在好几天异常之后突然恢复正常的原故。这时候我觉得异常固然可喜，但是正常更为可爱。我躺在云谷寺宿舍门前的藤椅里，卧看山景，但见一向异常地躺在我脚下的白云，现在正常地浮在我头上了，觉得很自然。它们无心出岫，随意来往；有时冉冉而降，似乎要闯进寺里来访问我的样子。我便想起某古人的诗句："白云无事常来往，莫怪山僧不送迎。"好诗句啊！

然而叫我做这山僧，一定闭门不纳，因为白云这东西是很潮湿的。

　　此外也许还有一个原因：云谷寺是旧式房子，三开间的楼屋，我们住在楼下左右两间里，中央一间作为客堂；廊前很宽，布设桌椅，可以随意起卧，品茗谈话，饮酒看山，比过去所住的文殊院、北海宾馆、黄山宾馆趣味好得多。文殊院是石造二层楼屋，房间像轮船里的房舱或火车里的卧车：约一方丈大小的房间，中央开门，左右两床相对，中间靠窗设一小桌，每间都是如此。北海宾馆建筑宏壮，房间较大，但也是集体宿舍式的：中央一条走廊，两旁两排房间，间间相似。黄山宾馆建筑尤为富丽堂皇，同上海的国际饭店、锦江饭店等差不多。两宾馆都有同上海一样的卫生设备。这些房屋居住固然舒服，然而太刻板，太洋化；住得长久了，觉得仿佛关在笼子里。云谷寺就没有这种感觉，不像旅馆，却像人家家里，有亲切温暖之感和自然之趣。因此我一到云谷寺就发生一种特殊的感觉。云谷寺倘能添置卫生设备，采用些西式建筑的优点；两宾馆的建筑倘能采用中国方式，而加西洋设备，使外为中用，那才是我所理想的旅舍了。

　　这又使我回想起杭州的一家西菜馆的事，附说在此：此次我游黄山，道经杭州，曾经到一个西菜馆里去吃一餐午饭。这菜馆采用西式的分食办法，但不用刀叉而用中国的筷子。这办法好极。原来中国的合食是不好的办法，各人的唾液都可能由筷子带进菜碗里，拌匀了请大家吃。西洋的分食办法就没有这弊端，很应该采用。然而西洋的刀叉，中国人实在用不惯，我还是用筷子便当。这西菜馆能采取中西之长，创造新办法，非常合理，很可赞佩。当时我看见座上多半是农民，就恍然大悟：农民最不惯用刀叉，这合理的新办法显然是农民教他们创造的。

一九六一年五月二十日于上海记

上天都

　　从黄山宾馆到文殊院的途中，有一块独一无二的小平地，约有二三十步见方。据说不久这里要造一个亭子，供游人息足，现在已有许多石条乱放着了。我爬到了这块平地上，如获至宝，立刻在石条上坐下，觉得比坐沙发椅子更舒服。因为我已经翻了两个山峰，紫云峰和立马峰，尽是陡坡石级、羊肠坂道，两腿已经不胜酸软了。

　　坐在石条上点着一根纸烟，向四周望望，看见一面有一个高峰，它的峭壁上有一条纹路，远望好像一条虚线。仔细辨认，才知道是很长的一排石级，由此可以登峰的。我不觉惊讶地叫出："这个峰也爬得上的？"陪我上山的向导说："这个叫作天都峰，是黄山中最陡的一个峰，轿子不能上去，只有步行才爬得上。老人家不能上去。"

　　昨夜在黄山宾馆时，交际科的郝同志劝我雇一乘轿子上山。她说虽然这几天服务队里的人都忙着采茶，但也可以抽调出四个人来抬你上山。这些山路，老年人步行是吃不消的。我考虑了一下，决定谢绝坐轿。一则不好意思妨碍他们的采茶工作，二则设想四个人抬我一个人上山，我心情的不安一定比步行的疲劳苦痛得多。因此毅然地谢绝了，决定只请一个向导老宋和一个服务员小程陪伴上山。今天一路上来，老宋指示我好几个险峻的地方，都是不能坐轿，必须步行的。此时我觉得：昨夜的谢绝坐轿是得策的。我从过去的经验中发见一个真理：爬山的唯一的好办法，是像龟兔赛跑里的乌龟一样，不断地、慢慢地走。现在向导说"老人家不能上去"，我漫应了一声，但是心中怀疑。我想：慢慢地走，老人家或许也能上去。然而天色已经向晚，我们须得爬上这天都峰对面的玉屏峰，到文殊院投宿。现在谈不到上天都了。

在文殊院三天阻雨，却得到了两个喜讯，第 26 届世界乒乓球锦标赛，男女单打，中国都获得了冠军；苏联的加加林乘飞船绕地球一匝，安然回到本国。我觉得脸上光彩，心中高兴，两腿的酸软忽然消失了。第四天放晴，女儿一吟发兴上天都，我决定同去。她说："爸爸和妈妈在这里休息吧，怕吃不消呢。"我说："妈妈是放大脚[①]，固然吃不消；我又不是放大脚，慢慢地走！"老宋笑着说："也好，反正走不动可以在半路上坐等的。"接着又说："去年你们画院里的画师来游玩，两位老先生都没有上天都。你老人家兴致真好！"大概他预料我走不到顶的。

从文殊院走下五六百个石级，到了前几天坐在石条上休息的那块小平地上，望望天都峰那条虚线似的石级，不免有些心慌。然而我有一个法宝，就是不断地、慢慢地走。这法宝可以克服一切困难。我坐在平地的石条上慢慢地抽了两根纸烟，精神又振作了，就开始上天都。

这石级的斜度，据导游书上说，是六十度至八十度。事实证明这数字没有夸张。全靠石级的一旁立着石柱，石柱上装着铁链，扶着铁

---

① 　放大脚，指缠足陋习逐渐废绝而裹足后半途放松的小脚。

链才敢爬上去。我规定一个制度：每跨上十步，站立一下。后来加以调整：每跨上五步，站立一下。后来第三次调整：每跨上五步，站立一下；再跨上五步，在石级上坐一下。有的地方铁链断了，或者铁链距离太远，或者斜度达到八十度，那时我就四条"腿"走路。这样地爬了大约一千级，才爬到了一个勉强可称平地的地方。我以为到顶了，岂知山上复有山，而且路头比过去的石级更曲折，更险峻。有几个地方，须得小程在前面拉，老宋在后面推，我的身子才飞腾上去。

老宋说："过了鲫鱼背，离开山顶不远了。"不久，眼前果然出现了一个巨大的"鲫鱼"。它的背脊约有十几丈长，却只有两三尺阔，两旁立着石柱，柱上装着铁链。我两手扶着铁链，眼睛看着前面，能够堂皇地跨步；但倘眼睛向下一望，两条腿就不期地发起抖来，畏缩不前了。因为望下去一片石壁，简直是"下临无地"。如果掉下去，一定粉身碎骨。走完了鲫鱼背，我连忙在一块石头上坐下，透一口大气。我抽着纸烟，想象当初工人们立石柱、装铁链时的光景，深切地感到劳动人民的伟大，惭愧我的卑怯；扶着现成的铁链还要两腿发抖！

再走几个险坡，便到达了天都峰的最高处。这里也有石柱和铁链，也是下临无地的。但我总算曾经沧海了，并不觉得顶上可怕，却对于鲫鱼背特别感兴趣。回去的时候，我站在鱼背顶点，叫一吟拍一张照。岂知这照片并无可观。因为一则拍照不能摄取全景，表不出高和险；二则拍照不能删除芜杂、强调要点，所以不能动人。在这点上绘画就可以逞强了：把不必要的琐屑删去，让主要的特点显出，甚至加以夸张或改造，表现出对象的神气，即所谓"传神写照"，只有绘画——尤其是中国画——最擅长。

上山吃力，下山危险——这是我登山的经验谈。下天都的时候，我全靠倒退，再加向导和服务员的帮助，才免除了危险。回到文殊院，看见扶梯害怕了。勉强上楼，倒在床里。两腿酸痛难当，然而回想滋味极佳。我想：我的法宝"像乌龟一样不断地、慢慢地走"，不但适用于老人登山，又可普遍地适用于老弱者的一切行为：凡事只要坚忍不懈地进行，即使慢些，也终于能获得成功。今天我的上天都已经获得成功了。欢欣之余，躺在床上吟成了一首小诗：

结伴游黄山，良辰值暮春。
美景层层出，眼界日日新。
奇峰高万丈，飞瀑泻千寻。
云海脚下流，苍松石上生。
入山虽甚深，世事依然闻。
息足听广播，都城传好音。
国际乒乓赛，中国得冠军。
飞船绕地球，勇哉加加林！
客中逢双喜，游兴忽然增。
掀髯上天都，不让少年人。

一九六一年五月十一日于上海记

祇是青雲浮水上
教人錯認作山看
壬午中秋 子愷畫

只是青云浮水上，教人错认作山看

1936 年 10 月 10 日，在杭州田家园

附：丰子恺年表

（本年表所记年龄均为虚龄）

1898 年（清光绪二十四年，戊戌）

十一月九日（农历九月二十六日）生于浙江省崇德县石门湾（今桐乡县石门镇）丰同裕染坊内厅楼上。乳名慈玉。祖父丰小康，早丧。祖母沈氏。父丰镶（字斛泉），母钟云芳。排行第七，为长男。下有一妹二弟，二弟后皆夭亡。

1902 年（壬寅）五岁

秋，父中举（补行庚子辛丑恩正并科第八十七名举人）。祖母去世。因此父不得出仕，在家设塾。

1903 年（癸卯）六岁

就读于父之私塾。学名丰润。

1906 年（丙午）九岁

秋，父死于肺病，终年四十二岁。

1907 年（丁未）十岁

转入于云芝之私塾，继续求学。

1908—1909 年（戊申、己酉）十一至十二岁

在塾中按《芥子园画谱》勾描人像。被塾师发现，奉命画孔子放大像供同学朝夕礼拜之用。遂负有"小画家"盛名。

1910 年（庚戌）十三岁

私塾改为"溪西两等小学堂"。校址在石门湾西竺庵。

1911 年—1912 年（辛亥、壬子）十四至十五岁

溪西两等小学堂改名为崇德县立第三高等小学校。为便于选举，地方上盛行简化名字，丰润亦被改为丰仁。

1913 年（癸丑）十六岁

崇德绅士徐芮荪央媒为长女徐力民说亲，许配丰仁。

1914 年（甲寅）十七岁

年初，以第一名成绩毕业（当时为春季班）。二月，在《少年杂志》上发表署名丰仁之文言寓言四则：《猎人——戒贪心务寡欲》《怀挟——戒诈伪务正直》《藤与桂——戒依赖务自立》《捕雀——戒移祸务爱群》。为迄今所发现最早公开发表之文学作品。秋，以第三名在杭州考入浙江省立第一师范学校。

1915 年（乙卯）十八岁

由国文老师单不厂为丰仁取名子凯，后改为子恺。二三年级始，从李叔同老师学习图画、音乐（后来课余又从李叔同学习日文），受到极大影响，从此走上艺术之路。

1916 年（丙辰）十九岁

从夏丏尊老师学习国文，打破了传统八股文的束缚，走上文艺之路。

1917 年（丁巳）二十岁

参加校中"桐荫画会"（后改名"洋画研究会"）及金石篆刻研究会"乐石社"（后改名"寄社"）等组织。用日语代李叔同老师接待来西湖写生之日本西洋画家三宅克己等。

1918 年（戊午）二十一岁

在浙江省立第一师范学校《校友会志》第十六期上发表《溪西柳》等八首诗词，署名丰仁。是迄今所发现最早发表的诗词。在浙一师期间，一度自名丰仍。是年，李叔同老师在杭州虎跑定慧寺出家为僧，法名演音，字弘一。丰子恺自幼受家庭佛教思想影响。至此，更与佛教结下不解之缘。

1919年（己未）二十二岁

三月十三日（农历二月十二日，即花朝）与徐力民结婚。五月，绘画作品在浙江省立第一师范学校画会中初次公开对外展出。是年毕业于浙一师后，秋与高班同学吴梦非、刘质平在上海筹办上海专科师范学校，丰子恺任教务主任，兼教西洋画。同时，在东亚体育学校兼任图画音乐课，并在其校刊第一期（十二月出版）上发表译文《素描》、美术理论文《图画教授谈》，是迄今所发现最早发表的译文及理论文章。同年，与姜丹书、张拱璧、周湘、欧阳予倩、吴梦非、刘质平等人发起成立中华美育会。

1919年，丰子恺夫妇新婚时摄于上海

1920 年（庚申）二十三岁

中华美育会出版会刊《美育》，载有丰子恺所写《画家之生命》《忠实之写生》等文，署名丰子颛。八月二十八日（农历七月十五日），长女丰陈宝（即阿宝）出生。

1921 年（辛酉）二十四岁

一月，茅盾、郑振铎等发起组织"文学研究会"。丰子恺后来成为该会之会员。为了解西洋艺术之概况，向亲友借贷，于是年早春东渡日本游学。在日本，先后入川端洋画学校及二科画会学习油画，同时在独立音乐研究所学习小提琴，又入英语补习学校听教师以日语讲解初级英语，借此更进一步掌握日语会话。在日本结识了黄涵秋、陈之佛等。约十个月后金尽，不得不回国。在归国途中轮船上，开始从英文转译俄国作家屠格涅夫之小说《初恋》。回国后，又在上海专科师范任教，同时在吴淞中国公学中学部兼课。十月六日（农历九月初六），次女林先（又名林仙，今名宛音）生。

1922 年（壬戌）二十五岁

五月六日（农历四月十日），三姐丰满在离婚后生下一女儿宁馨（今又作宁欣，小名软软），由丰子恺夫妇作为三女抚养。是年，由夏丏尊介绍去浙江上虞白马湖春晖中学任教图画音乐。宅边自植杨柳一株，因自名其屋为"小杨柳屋"。在春晖时，开始用毛笔作简笔写意画，画风受日本画家竹久梦二、中国画家陈师曾等人影响。题材多取古诗词句、儿童生活、社会现实。九月，参加"妇女评论社"，为社友。十一月五日（农历九月十七日），女儿三宝生（二岁时夭折）。十二月十六日，春晖校刊第四期发表漫画《经子渊先生底演讲》《女来宾——宁波女子师范》，是迄今所发现丰子恺最早发表的漫画。

1923 年（癸亥）二十六岁

仍任春晖教职，同时在宁波第四中学、育德小学兼课。

1924 年（甲子）二十七岁

三月二十四日（农历二月十六日），长子华瞻生。发表《人散后，一钩新月天如水》于《我们的七月》杂志上。农历十二月，妻子小产。春晖部分同人与当局意见不合，集体辞职。由匡互生带领一部分学生到上海。

1925 年（乙丑）二十八岁

年初，匡互生等在上海筹办立达中学。丰子恺亦为创办人之一。同时又到上海专科师范兼课。三月，日本厨川白村著《苦闷的象征》丰译本由上海商务印书馆出版，为丰子恺最早公开出版的译作。五月，被聘为《文学周报》上海特约执笔者。在该杂志发表《燕归人未归》等漫画多幅，署名 TK（子恺之英文拼音首字母）。主编郑振铎加上"子恺漫画"之题头。中国始用"漫画"一词，似始于此。三月，"立达学会"成立。夏丏尊、匡互生、朱光潜、陈望道、朱自清、周予同、裴梦痕等人皆为丰子恺在学会中之同人。夏，立达中学改名"立达学园"，丰子恺任校务委员、西洋画科负责人。是年，为俞平伯诗集《忆》

作插图。十二月，由文学周报社编成《子恺漫画》一册出版（次年改由开明书店印行），郑振铎、夏丏尊、丁衍镛、朱自清、方光焘、刘薰宇作序，俞平伯写跋，为丰子恺最早问世的漫画集。同月，由上海亚东图书馆出版丰子恺最早问世之音乐理论著作《音乐的常识》。

1926年（丙寅）二十九岁

五月、六月，为《中国青年》杂志设计二封面。夏，儿子奇伟出生（三岁即夭折）。暮春，弘一法师经上海，丰子恺陪法师往访城南草堂。八月，写《法味》一文记其事。九月，立达学会创办刊物《一般》，丰子恺任美术装帧设计及撰稿人。立达新校舍在上海北郊江湾落成，丰子恺遂迁入永义里二十七号。十月，所作《音乐入门》一书由开明书店出版，对当时音乐启蒙教育工作产生颇大之影响，在半个多世纪内曾重印数十次。

1927年（丁卯）三十岁

加入上海之进步组织"著作人公会"。二月，第二册漫画《子恺画集》由开明书店出版，朱自清作跋。七月十三日（农历六月十五日），次子元草出生。秋，弘一法师来沪，下榻永义里丰宅，并应丰子恺之请，以拿阄方式为其寓所命名为"缘缘堂"。农历九月二十六日（公历为十月二十一日），丰子恺三十岁生日时，正式从弘一法师皈依佛门，法名婴行。十一月二十七日上午，与陶元庆等访鲁迅。约是年左右，兼任澄衷中学、复旦实验中学教职。

1928年（戊辰）三十一岁

六月六日，写随笔《渐》，署名婴行。夏，写随笔《儿女》，署名子恺。所撰《西洋美术史》由开明书店出版。是年暑假，立达西洋画科因经费困难而停办。丰子恺仍任校务委员。为祝弘一法师五十寿辰，绘护生画五十幅，由法师题字五十页，交开明书店于次年二月出版，为《护生画集》第一集，后在弘一法师逢十整寿时又续作第二集、第三集……直至弘一法师百岁冥寿前提早完成第六集。

1929年（己巳）三十二岁

五月六日（农历三月二十七日）幼女一宁（后改名一吟）出生。是年起，任开明书店编辑。秋，作随笔《秋》。始在松江女子中学任教图画。经子渊与何香凝等在上海创立艺术团体"寒之友社"，丰子恺为社员。

1930年（庚午）三十三岁

一月，开明书店创办《中学生》杂志，丰子恺任艺术编辑。二月三日（农历正月初五），母钟云芳去世。服丧期间开始蓄须。三月，《西洋画派十二讲》由开明书店出版。是年迁居嘉兴杨柳湾金明寺弄四号。秋，因患伤寒，辞去教职。

1931年（辛未）三十四岁

一月，《缘缘堂随笔》由开明书店出版，为丰子恺最早问世的散文集。九月，《学生漫画》一书由开明书店出版。是年由弘一法师介绍，结识厦门南普陀寺的广洽法师（法师后去新加坡）。

1932年（壬申）三十五岁

一月，《儿童漫画》一书由开明书店出版。因"一·二八"淞沪战役中立达学园遭到破坏，丰子恺从永义里迁居上海市内雷米坊。秋，立达校舍修复后又迁回永义里。

1933年（癸酉）三十六岁

春，在石门湾新建之缘缘堂落成。四月，立达创办人匡互生去世，学园逐渐变质，丰子恺不再过问校事。五月二十日，写随笔《作父亲》。

1934年（甲戌）三十七岁

一月，为《文学季刊》特约撰稿人。四月二十日，作随笔《吃瓜子》。五月十二日，作随笔《两场闹》。是年暑期，送子女到杭州赴考（有文《送考》记其事）。随后在杭州租皇亲巷六号为别寓。经常往来于杭州石门之间，有时亦到上海。八月，《随笔二十篇》由天马书店出版。九月，被聘为《太白》半月刊特约撰稿人。十一月，《艺术趣味》一书由开明书店出版。

1935年（乙亥）三十八岁

二月四日，作《谈自己的画》一文，三月，为"手头字"推行运

1934 年初，丰子恺（后排右三）在岳母家为岳母（二排右三）做寿

动发起人之一。是年，由上海良友图书印刷公司出版《艺术丛话》
（四月）及随笔集《车厢社会》（七月）。由开明书店出版画册《人
间相》（八月），由天马书店出版画册《云霓》（四月）、《都会之
音》（九月）。

1936 年（丙子）三十九岁

开明书店《新少年》杂志本年一月创刊，丰子恺任编辑及撰稿
人。夏，杭州别寓迁马市街一五六号，不久又迁田家园三号。六月，
加入中国文艺家协会，并在《中国文艺家协会宣言》上署名。十月，
与诸作家共同发表《文艺界同人为团结御侮与言论自由宣言》。十月
二十八日，作随笔《家》。

1937 年春，在缘缘堂二楼

1937 年（丁丑）四十岁

一月，《缘缘堂再笔》由开明书店出版。四月，赴南京参加美术研究会。"八·一三"事变，关闭杭州别寓。十一月六日，石门湾被炸，当晚率全家及丰满、岳母避居妹雪雪夫家所在之南深浜。十一月二十一日，率眷离南深浜往桐庐避寇。住河头上黄村埠，常至阳山阪聆听马一浮教诲。十二月二十一日离桐庐，经兰溪、衢州、常山，进入江西省。

1938 年（戊寅）四十一岁

一月一日抵上饶，六日抵宜春，八日抵萍乡，遇立达学生萧而化、吴裕珍夫妇，经挽留，遂于十三日到萍乡乡下暇鸭塘萧氏宗祠暂住。

其间获悉故乡缘缘堂已全部被毁。二月九日作《还我缘缘堂》一文。四月又作《告缘缘堂在天之灵》。在暇鸭塘度春节后，约二月底或三月初离萍乡。三月十三日到湖南长沙。在天鹅塘旭鸣里附一号萧而化之叔父家中安顿家属后，三月二十三日率长女、次女赴汉口，住开明书店仓库近两个月。以笔代枪，积极参加抗日宣传。五月，任《抗战文艺》编委。后因九江失守，遂回长沙。应桂林师范学校之聘，率眷于六月二十四日抵桂林。初住城内马皇背。后迁乡间，住两江泮塘岭四十号。在桂师与旧友王星贤、老同学傅彬然共事。老友张梓生亦常在桂林叙晤。十月二十四日始写《教师日记》。同日幼子新枚出生。年底，浙江大学老友郑晓沧托马一浮转言，校长竺可桢欲聘丰子恺为该校艺术指导及教师。遂辞桂师职。

1939 年（己卯）四十二岁

三月，重作被毁于炮火之画稿《漫画阿 Q 正传》，七月由开明书店出版。四月五日率眷离两江，八日抵宜山。住城郊龙岗园开明书店栈房中。在浙大任讲师，授艺术教育、艺术欣赏二课。八月，迁家属至思恩。九月于思恩写《辞缘缘堂》文。日寇攻南宁。浙大嘱师生员工各自疏散。丰氏一家亦化整为零，往指定地点贵州都匀进发。

1940 年（庚辰）四十三岁

元旦，全家相聚于都匀。仍在浙大任讲师兼全校艺术指导。在都匀约住一个月后，又随校迁遵义。初居城内，不久即迁近郊罗庄。后又迁居狮子桥塝南坛巷熊宅新屋，自名其室为"星汉楼"。四月，在日本出版吉川幸次郎日译本《缘缘堂随笔》，为丰子恺散文初次在国外翻译出版。

1941 年（辛巳）四十四岁

在浙大增授新文学课。秋，升副教授。在星汉楼重绘旧作漫画，成六册，名《子恺漫画全集》，于一九四五年十二月由上海开明书店出版。

1942 年（壬午）四十五岁

十月十八日，得弘一法师十三日生西电报，发愿为师造像一百尊。并于次年在四川五通桥作《为青年说弘一法师》一文（后改名为《怀李叔同先生》）。应国立艺术专科学校校长陈之佛之聘，于十一月离遵义到四川重庆沙坪坝。初寄居陈之佛家，后在风生书店楼上租屋。十一月下旬，在重庆夫子池举行第一次个人画展，展出逃难以来所作彩色人物风景画。并发表《画展自序》，阐述由黑白简笔漫画转变为彩色人物风景画之经过。

1943 年（癸未）四十六岁

二至四月，赴泸州、自贡、五通桥，至乐山，访马一浮。作《癸未蜀游杂诗》。五月，迁居刘家坟租屋，与雕塑家刘开渠为邻。夏，在正街以西租地自建竹壁平屋，名"沙坪小屋"。地址为庙湾特五号。不久，辞去艺专教职，以写文卖画为生。

1944年夏，与幼女一吟在
重庆沙坪坝

1944年（甲申）四十七岁

二至三月，率幼女赴长寿、涪陵、酆都旅游并举行个人画展。六月，由万光书局出版《教师日记》。中秋次日，填《贺新郎》词，以示切盼抗战胜利之心。冬，游川北，在南充举行个人画展，结识青年夏宗禹。又到阆中举行个人画展。

1945年（乙酉）四十八岁

六月中旬，去隆昌参加立达学园成立二十周年纪念，并举办个人画展。七月，去内江、成都开个人画展。八月初返重庆。八月十日日本投降消息传来，作《狂欢之夜》画。十一月，先后在重庆两路口社会服务处及励志社举行个人画展。事后应陈望道之邀，赴北碚复旦大学讲演。

1946 年（丙戌）四十九岁

四月二十日，卖去沙坪小屋，迁居重庆凯旋路特七号开明书店栈房，候舟车返江南。四月二十三日，夏丏尊师逝世，五月一日作《悼丏师》文。船票难买，只得走陇海路。于七月三日乘汽车离重庆，经绵阳、广元到陕西汉中、宝鸡，在夏宗禹母家小住，然后到开封。因内战，兰封①道中有阻。病卧开封，盘川将绝。不得已，回郑州，下武汉。住开明书店，并举行个人画展以筹盘川。然后乘江轮至南京，坐火车于九月十五日抵上海。暂居学生鲍慧和家。不久，赴故乡凭吊劫后之缘缘堂。然后到杭州，暂住里西湖畔之招贤寺。秋，在上海大新公司举办个人画展。十二月，万叶书店出版丰子恺第一本彩色画册《子恺漫画选》。

1947 年（丁亥）五十岁

二月，为立达学园筹募复校基金，去南京开个人画展。同年，又为故乡石门小学重建校舍举行漫画义卖。三月，租得静江路（今北山路）八十五号小平屋，举家迁入。梅花时节，在上海访梅兰芳，有文记其事。十二月，作《我的漫画》一文。

---

① 兰封与考城二县合并为今兰考县。

1947 年 2 月 5 日，在杭州虎跑寺与宽愿法师

1948 年（戊子）五十一岁

三月二十八日，作《湖畔夜饮》一文，以记叙老友郑振铎来访之事。清明后，再访梅兰芳，亦有文记其事。九月八日，率幼女离杭赴沪，二十七日与开明书店负责人章锡琛及其家属赴台湾游览。在台北举行个人画展，游阿里山、日月潭。十一月二十三日，渡海到厦门，住内武庙街青年友人黎丁家。与来自新加坡的广洽法师在厦门南普陀相会，系通信十七年后初次会面。十一月发表演讲《我与弘一法师》。不久，率幼女去泉州凭吊弘一法师圆寂之地，又去晋江、石狮、石码等地。所到之处，均举办个人画展，发表演讲。

1949 年（己丑）五十二岁

一月五日，妻力民率次子、幼子迁厦门。一月十四日，与黎丁家同赁古城西路四十三号定居。不久，传来解放大军即将南渡之消息。决定迁回江南。为筹生活费，四月二日，独自赴香港举行个人画展两次，并请叶恭绰为"护生画第三集"题字。家属则从厦门直接北返。四月底，与家眷相会于上海。初，寄居闸北西宝兴路汉兴里学生张心逸家，后在同一里弄中顶租一屋。在上海迎接解放。七月四日，应万叶书店主人、学生钱君匋之邀，为避轰炸而暂迁南昌路四十三弄七十六号万叶书店楼上。作《绘画鲁迅小说》交上海万叶书店于次年四月出版。一九八二年，该画册又由浙江人民出版社文艺编辑室（今浙江文艺出版社）重印。

1949年初，于厦门古城西路丰寓与广洽法师及幼子

1950 年（庚寅）五十三岁

一月二十三日迁至福州路六七一弄七号章锡琛旧居。开始学俄文。七月，列席华东军政委员会第二次会议。

1951 年（辛卯）五十四岁

开始阅读屠格涅夫《猎人笔记》原著及托尔斯泰《战争与和平》原著。

1952 年（壬辰）五十五岁

年底前，译成《猎人笔记》，于次年四月由上海文化生活出版社出版，一九五五年十一月改由人民文学出版社出版。

1953 年（癸巳）五十六岁

仍在福州路寓所，从事音乐美术译著。有《中小学图画教学法》等陆续出版。四月，被聘为上海市文史研究馆馆务委员。九月，与钱君匋、章锡琛、叶圣陶、黄鸣祥等集资在杭州虎跑后山为弘一大师筑舍利塔。次年一月十日落成。

1954 年（甲午）五十七岁

是年起，任中国美术家协会常务理事，上海美术家协会（原华东美协）副主席。八月，患肺病与肋膜炎。九月一日，迁居自己顶租之陕西南路三十九弄九十三号小洋屋中。因二楼室内日月明亮，取名为"日月楼"。在此定居，直至逝世。

1955年（乙未）五十八岁

元宵，为王朝闻编选的《子恺漫画选》（同年十一月由人民美术出版社出版）写自序。七月，率眷游莫干山。

1956年（丙申）五十九岁

北京外文出版社以英、德、波兰三种外文出版《丰子恺儿童漫画》。是为丰子恺画册最早由我国出外文本。七至八月率眷游庐山。

1955年，在莫干山芦花荡公园

十一月，接待日中友好协会副会长内山完造。十二月，当选为上海市人民代表，并出席大会。

1957 年（丁酉）六十岁

与幼女合译的俄国作家柯罗连科《我的同时代人的故事》一至四卷，从本年起陆续由人民文学出版社出版。五月二十九日，平生第一次戏作小说《六千元》。六月，率幼女、幼子游镇江、扬州。十一月，由人民文学出版社出版作者重新编成的《缘缘堂随笔》。始任上海市政协委员、上海市外文学会理事。编《李叔同歌曲集》，交北京音乐出版社于次年一月出版。

1958 年（戊戌）六十一岁

始任第三届全国政协委员。被聘为《音乐译文》双月刊顾问。

1959 年（己亥）六十二岁

四月，去北京出席全国政协三届一次会议。是年夏，任中华书局新编本《辞海》编辑委员、艺术分册主编。

1960 年（庚子）六十三岁

三月下旬，去北京出席全国政协三届二次会议。六月二十日，就任上海中国画院院长。七月起，任中国对外文化协会上海分会副会长。

1959 年，在北京长城

1961年（辛丑）六十四岁

八月一日，开始为译日本古典文学巨著《源氏物语》作阅读准备。四月偕妻及幼女游黄山。有诗、文、画发表于报刊。九月七日随上海政协参观团去江西，游南昌、赣州、瑞金、井冈山、抚州、景德镇等地，有诗、文、画发表于报刊。

1962年（壬寅）六十五岁

春，为《丰子恺画集》（上海人民美术出版社一九六三年出版）作诗五首代自序（"阅尽沧桑六十年……"）。三月十九日赴北京出

1962年，与马一浮（右一）、朱幼兰在杭州蒋庄

席全国政协三届三次会议。四月二十日返沪。五月，当选为上海市美术家协会主席、上海市文联副主席。在上海第二次文代会上发言，题为《我作了四首诗》。五月下旬至六月，偕妻与幼女游金华。秋，由中央新闻纪录电影制片厂拍成纪录片《画家丰子恺》。十二月十二日始，正式开译《源氏物语》。

1963 年（癸卯）六十六岁

三月，偕妻率次子、幼女游宁波、舟山、普陀。十月，偕妻率幼女再游镇江、扬州。十一月十日，赴北京出席全国政协三届四次会议，十二月五日返沪。

1964 年（甲辰）六十七岁

继续从事《源氏物语》翻译工作。

1965 年（乙巳）六十八岁

十一月至十二月，新加坡广洽法师归国观光，陪同前往苏州、杭州。九月二十九日，译毕《源氏物语》。

1966 年（丙午）六十九岁

三月，偕妻率长孙女游绍兴、嘉兴、南浔、湖州、菱湖。是年，"文化大革命"开始，被迫到画院"交代问题"，每日紧张奔波。夏，中暑住院。

1967 年（丁未）七十岁

坐"牛棚"，挨批斗。八月十六日，在黄浦剧场对丰子恺开专场批斗会。并出版《打丰战报》。初秋，与邵洛羊一同被关在上海美术学校内数十天。

1968 年（戊申）七十一岁

三月，"狂妄大队"冲击画院。丰子恺备受污辱。

1969 年（己酉）七十二岁

改为到上海博物馆坐"牛棚"。秋冬，被带到上海郊区港口曹行公社民建大队，从事三秋劳动。睡地铺，逢下雪时枕边有雪。

1970 年（庚戌）七十三岁

一月，留沪治病。二月，病转为中毒性肺炎，住淮海医院。时值批判高潮，马路上贴有批丰专栏。经医院抢救脱险。从此在家休养，不再去坐"牛棚"。是年，悄悄译出日本古典文学《落洼物语》《竹取物语》。后交幼子珍藏。

1971 年（辛亥）七十四岁

集旧作重画数套，名之曰《敝帚自珍》，"交爱我者藏之，今生画缘尽于此矣"。是年起始写《往事琐记》，后改名《缘缘堂续笔》。

1972年，在日月楼（桌上为《大乘起信论新释》译稿）

同年，由日文译出日本汤次了荣解释之《大乘起信论新释》。

1972年（壬子）七十五岁

是年译成日本古典小说《伊势物语》，写《缘缘堂续笔》三十三篇，后交幼子新枚珍藏。十二月三十日得画院通知："审查"结束，结论为："不戴资产阶级反动学术权威的帽子，酌情发给生活费。"

1973年（癸丑）七十六岁

是年，应嘱在上海市书法篆刻展览会中展出书法一件，不久被当时上海市当权人物下令取去。三月，由弟子胡治均陪同赴杭州，探望三姐丰满。《缘缘堂续笔》在杭定稿。

1974年（甲寅）七十七岁

一月，重译日本夏目漱石《旅宿》，交弟子胡治均收藏。是年，在所谓"批林批孔"运动中，丰子恺的画又被陈列在所谓"黑画展"上。后在劳动剧场（即天蟾舞台）参加大会，接受批判。

1975年（乙卯）七十八岁

四月十二日至二十二日，由学生胡治均、次女林先等陪同，赴故乡探望胞妹雪雪。八月初，右手手指麻木，渐及右臂，热度不退。十五日，得三姐丰满逝世消息，病势转剧。九月二日，经上海华山医院摄胸片，诊断为右叶尖肺癌，已转移到脑。九月十五日中午十二时

1975 年，最后一次回乡

零八分，在华山医院急诊观察室与世长辞。九月十九日，由上海画院在龙华火葬场大厅举行追悼会，老友叶圣陶作悼诗，内有句云"潇洒风神永忆渠"。

1978 年（戊午）

六月五日，上海市文化局作出结论，为丰子恺平反昭雪。

1979 年（己未）

六月二十八日，由上海市文化局、文联、画院出面，为丰子恺举行骨灰安放仪式，将骨灰安放在上海烈士陵园革命干部骨灰室。

1985 年（乙丑）

故居缘缘堂在挚友广洽法师资助下，由浙江省桐乡县人民政府重建落成。

1986 年（丙寅）

四月，丰子恺衣冠与妻徐力民、胞姐丰满、胞妹雪雪及妹夫蒋茂春，同葬于浙江省桐乡县石门镇南深浜雪雪之子蒋正东家自留地上。

丰一吟、丰陈宝编
1991 年 6 月

图书在版编目（CIP）数据

丰子恺·自述 / 丰子恺著、绘；钟桂松编．—上海：上海三联书店，2022.1
ISBN 978-7-5426-7455-5

Ⅰ．①丰… Ⅱ．①丰… ②钟… Ⅲ．①散文集–中国–当代 Ⅳ．①I267

中国版本图书馆CIP数据核字（2021）第114988号

丰子恺·自述

著 绘 者 / 丰子恺	
编 者 / 钟桂松	
责任编辑 / 程 力	
特约编辑 / 鞠 俊	
装帧设计 / 鹏飞艺术 刘洺铄	
监 制 / 姚 军	
出版发行 / 上海三联书店	
（200030）中国上海市漕溪北路331号A座6楼	
邮购电话 / 021-22895540	
印 刷 / 三河市中晟雅豪印务有限公司	
版 次 / 2022年1月第1版	
印 次 / 2022年1月第1次印刷	
开 本 / 710×1000 1/16	
字 数 / 163千字	
印 张 / 21.25	

ISBN 978-7-5426-7455-5/I · 1704

定 价：59.80元